当代文学理论问题阐释录

孙 媛 著

东南大学出版社
SOUTHEAST UNIVERSITY PRESS
· 南京 ·

图书在版编目(CIP)数据

当代文学理论问题阐释录/孙媛著. —南京：东南大学出版社，2022.10

ISBN 978-7-5766-0265-4

Ⅰ. ①当… Ⅱ. ①孙… Ⅲ. ①中国文学—当代文学—文学研究 Ⅳ. ①I206.7

中国版本图书馆 CIP 数据核字(2022)第 183144 号

责任编辑:陈　淑　　**责任校对**:张万莹　　**封面设计**:王　玥　　**责任印制**:周荣虎

当代文学理论问题阐释录

著　　者：孙　媛
出版发行：东南大学出版社
社　　址：南京四牌楼 2 号　邮编：210096　　电话：025-83793330
网　　址：http://www.seupress.com
电子邮箱：press@seupress.com
经　　销：全国各地新华书店
印　　刷：广东虎彩云印刷有限公司
开　　本：700 mm×1 000 mm　1/16
印　　张：12.25
字　　数：238 千字
版　　次：2022 年 10 月第 1 版
印　　次：2022 年 10 月第 1 次印刷
书　　号：ISBN　978-7-5766-0265-4
定　　价：69.00 元

本社图书若有印装质量问题，请直接与营销部联系。电话(传真)：025-83791830

前　言

20世纪80年代以后，中国当代文学理论掀开了历史发展的新篇章。尽管其间也伴随着种种问题，但是，就总体而言，这些问题不是阻力而是动力。甚至可以说，正是在问题意识的推动下，当代文学理论才获得了前所未有的发展，取得了令人瞩目的成就。所以，对这些问题进行梳理和阐释，不仅有助于深入理解和正确总结文学理论的发展变化，而且有助于更好地规划和面对文学理论的未来。

基于这一点考虑，本书的指导思想是：深入阐释20世纪80年代以来当代文学理论建设所面临的五大问题，从而为文学理论的未来发展提供有益的参考。与之相应，全书共分为五个部分：

第一章重点阐释当代文学理论的学科定位问题。在深入考察科学的定义方式与文学理论的研究对象的基础上，本章将文学理论定位为一种特殊的人文科学，并从文学理论与自然科学的划界过程，与社会科学的显著区别，与史学、哲学等其他人文科学的不同之处等方面入手，深入探讨文学理论作为一门人文科学的独特性质。最终得出结论：作为一种特殊的人文科学，文学理论在进行体系建构时，所追求的不是文学理论的事实精准性，而是文学理论的价值合理性。

第二章重点阐释当代文学理论的建构基点问题。作为一门人文科学，文学理论在进行体系建构时，理应以价值问题为基点。同时，文学理论不同于其他人文科学的独特性质又决定了其作为文学理论建构基点的价值必然会呈现出一定的特殊性。本章从其价值、审美价值、艺术审美价值、文学活动中的艺术审美价值这四个层面入手，层层递进地凸显出了这种特殊价值的基本内涵。

第三章重点阐释当代文学理论的发展趋向问题。20世纪80年代以来，文学理论先是由外部研究转向内部研究，再由内部研究转向外部研究。在内转与外突的过程中，其呈现出了文学美学和文化诗学这两种不同的发展趋向。本章深入探究了当代文学美学的理论资源和兴起过程，并在此基础上指出：当代文学理论之所以能够形成富有特色的文学美学发展趋向，离不开审美体验论和语言论的合力推动。不同于文学美学对文学内部审美特性的坚持和重视，文化诗学更关注文学内部审美特性和外部文化系统之间的共生互动关系。本章围绕着当代文化诗学的兴盛背景、理论优势、实践原则展开了深入论述,并在此基础上指出:文化诗学试图在内部研究和外部研究的双向建构中凸显文学理论所应具备的存在意义与现代品格,但是,时至今日,这仍然是一个未完成的课题,文化诗学还处于不断完善和发展之中。

第四章重点阐释当代文学理论的指导思想问题。马克思主义为当代文学理论奠定了坚实的世界观和方法论基础,具有重要的思想指导意义。本章围绕着"文学的社会意识形态属性""美学和历史的观点"等马克思主义文学理论命题展开了深入的探讨,在开掘马克思主义文学理论的丰富内涵、强化其思想指导地位的同时,特别分析了马克思主义文学理论对新时代文学及文化事业所起到的具体引领作用。

第五章重点阐释当代文学理论的话语重建问题。西语移植在为当代文学理论提供了话语生长点的同时,也使其屡屡面临语境错位所带来的言说尴尬和文论话语西化所带来的身份认同尴尬。为了摆脱言说尴尬和身份认同尴尬的双重挤压,当代文学理论试图从传统文论的话语转化入手,重新建构立足于中国当代语境且具有鲜明民族特性的理论话语。本章将当代文学理论发展和文化全球化的历史进程结合起来进行思考,不仅全面论述了机械移植西语的弊端,而且围绕着传统文论的话语转化和当代文学理论的话语重建之路进行了深入的探讨。

毋庸置疑,学科定位、建构基点、发展趋向、指导思想、话语重建并不足以涵盖当代文学理论建设所面临的全部课题。但是,通过对这五大问题的梳理和阐释,我们仍然可以深切地体会到,问题意识既是当代文学理论前行的动力,又是当代文学理论具备现实合理性的必要前提。历史已经一次次证明,只有直面种种问题和挑战,文学理论才能够获得发展,成为介入和引领文学活动的有效方式。

目　　录

第一章　当代文学理论的学科定位问题 …… 001

第一节　文学理论作为人文科学 …… 001

一、科学的定义方式 …… 001

二、文学理论的研究对象 …… 006

第二节　人文科学与自然科学、社会科学的划界 …… 009

一、人文科学与自然科学的划界 …… 010

二、人文科学与社会科学的划界 …… 014

第三节　文学理论作为人文学科的独特性质 …… 016

一、与艺术审美经验密切相关 …… 017

二、关注文学价值 …… 032

第二章　当代文学理论的建构基点问题 …… 035

第一节　有关价值的阐释 …… 035

一、“价值”的本体论阐释 …… 035

二、“价值”的活动论阐释 …… 037

第二节　审美价值 …… 040

一、审美对象·审美活动·审美感觉 …… 040

二、审美感觉·实践活动 …… 042

第三节　艺术审美价值 …… 047

一、艺术审美活动与其他审美活动的区别 …… 047

二、艺术审美与消费快感之间的界限 …… 050

第四节　文学活动中的艺术审美价值 …… 059

一、文学创作：艺术审美价值的初始生成 …… 060

二、文学作品：艺术审美价值的具体呈现 …… 062

三、文学接受：艺术审美价值的再创造 …… 070

第三章　当代文学理论的发展趋向问题 …… 075

第一节　文学美学 …… 075

一、当代文学美学的理论资源 …………………………………… 075
二、当代文学美学的兴起 ………………………………………… 079
三、语言论冲击下的当代文学美学 ……………………………… 084
四、审美体验论:推动当代文学美学发展的深层动力 ………… 098
第二节 文化诗学…………………………………………………… 103
一、文化诗学的兴盛背景 ………………………………………… 104
二、文化诗学的理论优势 ………………………………………… 110
三、文化诗学的实践原则 ………………………………………… 112

第四章 当代文学理论的指导思想问题 ……………………………… 118
第一节 文学的社会意识形态属性………………………………… 118
一、文学作为社会意识形态 ……………………………………… 120
二、文学作为社会意识形态的特殊审美属性 …………………… 123
第二节 美学和历史的观点………………………………………… 127
一、批评标准的重要性 …………………………………………… 128
二、"美学和历史的观点"的科学性和开放性 …………………… 130
三、"美学和历史的观点"的当代价值 …………………………… 133
第三节 文学理论对于新时代文学及文化事业的思想指导作用……… 139
一、强化马克思主义的思想指导地位 …………………………… 139
二、坚定"以人民为中心"的工作导向 …………………………… 141
三、厘清继承与创新之间的辩证关系 …………………………… 144

第五章 当代文学理论的话语重建问题 ……………………………… 147
第一节 尴尬的西语移植…………………………………………… 147
一、语境错位所导致的言说尴尬 ………………………………… 147
二、文论话语西化所引发的身份认同尴尬 ……………………… 153
第二节 传统文论的话语转化……………………………………… 158
一、继承传统和寻求现代民族文化身份 ………………………… 158
二、传统文论的话语转化问题 …………………………………… 162
三、文学意蕴的隐秀功能新解:以批评实践推动传统文论话语
转化的范例 ……………………………………………………… 174

参考文献……………………………………………………………… 183

后记…………………………………………………………………… 190

第一章 当代文学理论的学科定位问题

学科定位不仅决定着文学理论的建构基点和发展方向，而且关系着文学理论的存在意义和实践功能，其重要性不容忽视。作为一门特殊的人文科学，文学理论既强调科学性，又强调人文性。科学性意味着文学理论具有完整可靠的范畴体系，人文性意味着文学理论以价值判断为核心。在具体的文学理论研究中，我们既要切实考虑到文学理论的人文性，又要充分注意到文学理论的科学性。若是只重前者，便会使理论研究走向零散化和随意化，导致其科学体系的丧失。若是只重后者，则无法达到理论研究的预期效果——揭示人类生命活动的价值取向和理想追求。

第一节 文学理论作为人文科学

按照通行的标准，当今学科被分为自然科学、社会科学、人文科学三类。以文学活动为研究对象的文学理论，在如此三足鼎立的情势下，似乎应该顺理成章地属于人文科学。但是，一个重要问题由此凸显出来：文学理论能否拥有合法的科学身份？这个问题看似无关紧要，实则决定着文学理论学科的存在形态。如果文学理论与科学无缘，只停留在学问层面，那么文学理论就成了关于文学的见解，零星的解读、评论、随感皆无不可，没有必要去追求体系；如果文学理论是研究文学的科学，那么自然应该具备完整的理论体系。很多学者坚持认为文学理论无论如何都成不了科学，至多只能算作研究文学的学问。笔者认为这种看法是片面的，文学理论完全可以拥有合法的科学身份。下面，就从科学的定义方式和文学理论的研究对象这两个方面来谈谈这个问题。

一、科学的定义方式

文学理论能否拥有合法的科学身份，在很大程度上取决于科学的定义方式。近代以来，由于为自然科学神话般的力量所征服，人们常常想当然地把自然科学的特征当作区别科学和非科学的唯一标准，似乎只有通过精确实验和逻辑推理演绎出普遍客观规律的自然学科才能算作科学，这样与主体联系密切的文学理论自然就被归入了非科学甚至反科学。这种认识纯属误区。

我国使用“科学”一词始于近代，是由西语“science”翻译而来的[①]，所以，五四时期，进步知识分子又根据“science”的音译，将其称为“赛先生”。按照邓晓芒《作为“大科学”的人文科学——一种“正位论”的思考》一文的观点，英文法文中的 science 虽然读音不同，但源头和用法基本上是一致的：

> 该词来自拉丁文 scientia，本来的意思是知道、懂得或知识，如《圣经》里面亚当和夏娃吃了“知识之树的果子”，就是用的这个词。中文译成“科学”，其实属于意译了，即“分科的学问”，是为了区别于中国传统那种不分科的或者分科不严密的混沌的学问。[②]

而与邓晓芒的观点构成互补关系的，是吴国盛的相关论述：

> （在西方学术史的发展过程中，）从哲学中独立出来的科学，恰恰是从科学和哲学不分的那种思想传统中孕育出来的。……我们或许可以把这种思想传统称为“理知传统”（rational intellectual tradition）。从用语上说，代表这个理知传统的是希腊文的 episteme 和拉丁文的 scientia。拉丁文 scientia 是对希腊文 episteme 的直接翻译，如果译成中文，“知识”一词还算差强人意。……但是，episteme 或 scientia 指的不是一般的“知识”，而是那种系统的、具有确定性和可靠性的知识。[③]

在西方，科学（science）一词的早期用法的确相当广泛，只是，这种广泛性没有得到长久的延续。对此，英国理论家雷蒙·威廉斯（Raymond Henry Williams）在《关键词：文化与社会的词汇》一书中做过详细的梳理：“这个词在

---

① 根据吴国盛《什么是科学》一书中的论述，“‘科学’并不是汉语固有的一个术语，……在现代汉语中广泛使用的‘科学’一词，实则来自日本，来自日本人对西文 science 一词的翻译”。“20 世纪头二十年，西学术语的翻译大体有三种方式，一种是中国人自己提出的译名，以严复为代表，第二种是直取日文译名，第三种是音译。五四时期流传的德先生和赛先生就是音译，其中德先生指的是 democracy（民主）的音译‘德谟克拉西’，赛先生指的是 science（科学）的音译‘赛音思’。最后淘汰的结果，日译名字大获全胜。今日的科学、民主、自由、哲学、形而上学、技术、自然等词全都采纳了日译。”（吴国盛：《什么是科学》，广州：广东人民出版社 2016 年版，第 8 页，第 10 页）

② 邓晓芒：《作为“大科学”的人文科学——一种“正位论”的思考》，《哲学分析》2016 年第 7 卷第 1 期，第 112 页。

③ 吴国盛：《什么是科学》，广州：广东人民出版社 2016 年版，第 24 页。

14 世纪时成为英文词，其最接近的词源是法文 science、拉丁文 scientia——知识(knowledge)。”①可以说，早期的科学(science)“意指知识(knowledge)”②，不仅包括“思考上的认知”③，而且在“描述一些知识(knowledge)或技能(skill)”④时，还可以和 art 一词互通使用，譬如：“‘有关格律、押韵与节奏的知识(science)’[高尔(Gower)，1390]”⑤“‘他们的知识(science)……神学、物理学以及法学’(1421)”⑥“‘……人文学科(liberal sciences)，例如文法、艺术、物理学、天文学以及其他’(1422)”⑦等等。自 17 世纪中叶以后，这个词的含义产生了明显变化，尤其是与 art 产生了区别：“前者意指理论知识(theoretical knowledge)，后者意指实用知识(practical knowledge)。”⑧前者建立在“experiment(对于事物有系统、有方法的观察)”之上，后者建立在“experience”(即“实用的经验知识”和“相对于‘外在知识’……的‘内在知识’”⑨)之上。“在‘经验’(experience)领域——形而上学、宗教、政治、社会，以及特别与 art 有关的内在情感生活……中所应用的理论与方法则不被视为科学(science)。”⑩19 世纪以来，随着近代科技的发展，科学(science)渐渐变成了自然科学的代名词：自然科学以外的其他学科“或许也有理论(theory)与方法(method)，但一个学科是否为科学的重点已不在于它是否具有理论与方法，而在于它的研究方法和研究对象(这两者是相互关联的)是否具有客观性(objective character)”⑪。所以，“science 所包含的范围越来越小，很多其他的学科也不再被视为科学。scientific(科学的)、scientific method(科学方法)与 scientific truth(科学事实)”也被用来专指“自然科学(natural science)里的有效研究方法(主要是物理学、化学与生物学)”⑫。正是基于 19 世纪的“科学”定义，新批评的代表人物雷纳·韦勒克(René Wellek，又被译作雷·韦勒克或勒内·韦勒克)才会坚决反对在“文学研究”中引入“科学”视角：“‘科

① [英]雷蒙·威廉斯：《关键词：文化与社会的词汇》，刘建基译，北京：生活·读书·新知三联书店 2005 年版，第 422 页。

② 同上。

③ 同上。

④ 同上。

⑤ 同上。

⑥ 同上，第 422—423 页。

⑦ 同上，第 423 页。

⑧ 同上，第 424 页。

⑨ 同上。

⑩ 同上，第 425 页。

⑪ 同上。

⑫ 同上。

学'这一字眼在英语中已被限制在自然科学的范围之内,因而暗示着一种在自然科学才有的方法上和权利上的竞争。而对文学研究来说,这似乎是不明智的,而且也容易引起误解。"①

但是,论及"社会学"一词的渊源和发展时,雷蒙·威廉斯再次在《关键词:文化与社会的词汇》中提到了"科学"(science):

> Sociology 在 1830 年首度由孔德(Comte)使用,……在 20 世纪初,经涂尔干(Durkheim)的法文作品及韦伯(Weber)的德文作品的引介,这门学科开始普及。……在许多知识体系里,sociology 被定义为社会(society)的科学(science,参见本书)。②

将社会学定义为"社会(society)的科学(science)",意味着自然科学以外的学科也可以被划入"科学"之列,这实际上已经突破了 19 世纪对"科学"的定义范畴。难怪英国物理学家、科学学的创始人约翰·德斯蒙德·贝尔纳(John Desmond Bernal)会认为:"科学在全部人类历史中确已如此地改变了它的性质,以致无法下一个合适的定义。"③

与英文、法文中的 science 形成参照关系的是被翻译为"科学"的德语单词"wissenschaft",该词"不是来自拉丁文,而是来自德国本土的词汇 wissen。该词汇的意思同样也是认知、懂得、知道,但用法却和英、法文中的用法有很大的不同。"④"它并不优先指向'自然科学'",而是"保留了 episteme 和 scientia 的完整意义"⑤,"episteme、scientia、wissenschaft 表达的是对事物系统的理性探究,是确定性、可靠性知识的体系。"⑥较之 19 世纪英文、法文中 science 的用法,德文中 wissenschaft 的用法明显更为广义:

> 它不必加上任何修饰语,本身就包含有人文科学和社会科学的内容,而不仅仅是指自然科学。它甚至还包含哲学的各个部分,……可见该词在表示"科学"的含义时,更强调它在各门知识中共同的认知方法

---

① [美]R. 韦勒克:《文学理论、文学批评和文学史》,载[美]R. 韦勒克:《批评的诸种概念》,丁泓、余徵译,成都:四川文艺出版社 1988 年版,第 9 页。

② [英]雷蒙·威廉斯:《关键词:文化与社会的词汇》,刘建基译,北京:生活·读书·新知三联书店 2005 年版,第 453 页。

③ [英]约翰·德斯蒙德·贝尔纳:《历史上的科学:卷一 科学萌芽期》,伍况甫、彭佳礼译,北京:科学出版社 2015 年版,序言第 ix 页。

④ 邓晓芒:《作为"大科学"的人文科学——一种"正位论"的思考》,《哲学分析》2016 年第 7 卷第 1 期,第 112 页。

⑤ 吴国盛:《什么是科学》,广州:广东人民出版社 2016 年版,第 25 页。

⑥ 同上,第 26 页。

论的层面，而不是它所面对的认知对象的层面。我们面对任何对象，都可以用我们的认知去把握，哪怕这对象不是自然对象，而是人的精神生活、情感活动、政治制度、伦理道德、审美趣味、文化传统、历史资料，甚至是宗教信仰的对象，都可以加以科学的处理。①

正是基于德文语境中的“科学”用法，18 世纪的德国哲学家伊曼努尔·康德(Immanuel Kant)才会在《自然科学的形而上学基础》中做出如是论断：

任何一种学说，如果它可以成为一个系统，即成为一个按照原则而整理好的知识整体的话，就叫作科学。②

两百多年后，德国学者汉斯·波塞尔(Hans Poser)将这句话引入《科学，什么是科学》③一书，并以之作为理解“科学”的起点。首先，“科学与知识有关。……作为知识系统，科学中的所有的表达与陈述必须是有根有据、有头有脚的”；其次，“科学并不是单一陈述的堆积，……程序决定了陈述与陈述之间必须互相联系，此联系构成一个整体”；最后，“科学上的所有东西都得被证明一下，起码得自圆其说”。④ 在此基础上，波塞尔进一步强调：

最主要的是，科学能够提供一系列的概念，用这些概念可以解释实际中出现的具体情况。促使科学前进的，是“为什么如此如此”这类问题。也就是说，科学即是提供系统性的解释。⑤

20 世纪以后，随着“科学(science)”一词在英语、法语中的用法流变，该词的英语、法语含义渐渐与该词的德语含义走向融合。“科学(science)”已经不再是自然科学的专有名词，在英国物理学家、科学学的创始人约翰·德斯蒙德·贝尔纳看来：

科学可作为(1.1)一种建制；(1.2)一种方法；(1.3)一种积累的知识传统；(1.4)一种维持或发展生产的主要因素；以及(1.5)构成我们各

---

① 邓晓芒：《作为“大科学”的人文科学——一种“正位论”的思考》，《哲学分析》2016 年第 7 卷第 1 期，第 112 页。

② [德]伊曼努尔·康德：《自然科学的形而上学基础》，邓晓芒译，上海：上海人民出版社 2003 年版，第 2 页。

③ 该书的中文译本中，《自然科学的形而上学基础》被译作《自然科学的形而上学起源》，康德的这句话被译作：“每一种学问，只要其任务是按照一定的原则建立一个完整的知识系统的话，皆可被称为科学。”(见[德]汉斯·波塞尔：《科学，什么是科学》，李文潮译，上海：上海三联书店 2002 年版，第 11 页)

④ [德]汉斯·波塞尔：《科学，什么是科学》，李文潮译，上海：上海三联书店 2002 年版，第 11 页。

⑤ 同上，第 29 页。

种信仰和对宇宙和人类的各种态度的最强大势力之一。①

《苏联大百科全书》第二版则将自然、社会和思维都明确视作科学的研究对象：

> 科学，是在社会实践的基础上历史地形成的和不断发展的关于自然界、社会和思维及其客观发展规律的知识体系。……从实在的事实出发，科学揭示现象的本质联系。②

与之相应，我国1979年出版的《辞海》中，“科学”就被定义成了“关于自然、社会和思维的知识体系”③。可见，从历史发展的观点来看，无论是关于自然的知识系统，还是关于社会、思维的知识系统，只要具备完整性、可检验性和解释能力，就可以具备合法的科学身份。

二、文学理论的研究对象

从目前的科学定义方式来看，文学理论完全可以拥有合法的科学身份。但是，在学科定位的具体过程中，文学理论的科学身份仍然屡受质疑。原因何在？很多人认为，科学应该具备可检验性，而文学研究过于主观随意，因此，文学研究不可能与科学方法结缘，文学理论自然也无法具备合法的科学身份。这种看法明显模糊了文学创作、文学鉴赏和文学理论之间的界限。文学创作和文学鉴赏纯属个性化的文学活动，主体的性格情趣和爱憎好恶在其中起着关键作用，其主观性和变易性决定了它们不能被称为科学。但是，文学理论却可以被定位为一门科学，因为它不是停留在个性化的文学活动的层面，而是致力于探究其中的规律。所以，要确立文学理论的科学身份，我们必须厘清其与文学创作、文学鉴赏之间的区别。

首先，不同于文学创作和文学鉴赏对个人情绪的倚重，文学理论强调的是研究的客观性和结论的可检验性。现代文学家郑振铎曾经说过：

> 文学的自身是人的情绪的产物，文学作家大半是富于想象的浪漫的人物；文学研究者却是一个不同样的人，他是要以冷静的考察去寻求真理的。所谓文学研究，也与作诗作剧不同。它乃是文学之科学的研究。④

---

① ［英］约翰·德斯蒙德·贝尔纳：《历史上的科学：卷一　科学萌芽期》，伍况甫、彭佳礼译，北京：科学出版社2015年版，第7页。

② 转引自李醒民：《什么是科学》，北京：商务印书馆2014年版，第4页。

③ 辞海编辑委员会编：《辞海》（下册），上海：上海辞书出版社1979年版，第3997页。

④ 郑振铎：《研究中国文学的新途径》，载郑振铎：《郑振铎文集》第六卷，北京：人民文学出版社1988年版，第275页。

作为一种研究，文学理论的研究对象可以是个人爱好和主观情绪的产物，但是，文学理论的研究进程却不能任凭个人爱好和主观情绪所支配。对于一个文学理论研究者来说，文学创作和文学鉴赏所需要的体会、内省、直觉、顿悟等经验固然是有用的，但其职责却与文学创作者及鉴赏者完全不同。文学创作过程中的体会、内省、直觉、顿悟是为了激发艺术想象，从而孕育出飞扬灵动的形象世界；文学鉴赏过程中的体会、内省、直觉、顿悟是为了沉入艺术境界，从而获得妙不可言的审美感受；而文学理论研究过程中的体会、内省、直觉、顿悟则可以为研究者提供鲜活的文学体验并深化其对文学的认识和理解，使其得出更为可靠的、更经得起文学活动实践检验的研究结论。可见，尽管文学理论研究不能脱离感性化的文学体验，但是，对于文学理论研究者而言，重要的不是文学体验本身，而是这种文学体验能否推动研究者去有效探索文学的内部特性和一般规律。作为人类文明的呈现方式和历史文化事实的有机组成部分，文学的内部特性和一般规律必然会呈现出一定程度的历史客观性，且经得起文学活动实践的检验。所以，围绕文学内部特性和一般规律展开的探索过程也不应止步于见仁见智的主观感受和印象描述，其所指向的必然是不以个人主观情感或意志为转移的客观结论。

其次，有别于文学创作的表情达意和文学鉴赏的评论漫谈，文学理论注重的是表述的客观性和体系的完整性。在进行文学创作时，作家往往会采用极富艺术性和创造性的个性化语言来表情达意，讲究意在言外，追求余味无穷。为了充分表现个体化的生命感受，给读者带来新奇的阅读体验，作家甚至不惜违背语法搭配规则、打破形式逻辑制约，以超常的方式将不同系统的词语组合在一起，生成“反常化”①的审美效果。文学鉴赏自然无需这样的语言历险。用现代文学家郑振铎的话来说，进行文学鉴赏的鉴赏者好比“一个游园的游人，他随意地逛过，

① 俄国作家、文学评论家维克托·鲍里索维奇·什克洛夫斯基（Виктор Борисович Шкловский）曾围绕着艺术的“反常化手法”做过精辟论述：“那种被称为艺术的东西的存在，正是为了唤回人对生活的感受，使人感受到事物，使石头更成其为石头。艺术的目的是使你对事物的感觉如同你所见的视象那样，而不是如同你所认知的那样；艺术的手法是事物的‘反常化’手法，是复杂化形式的手法，它增加了感受的难度和时延，既然艺术中的领悟过程是以自身为目的的，它就理应延长；艺术是一种体验事物之创造的方式，而被创造物在艺术中已无足轻重。”（[俄]什克洛夫斯基：《作为手法的艺术》，载什克洛夫斯基等：《俄国形式主义文论选》，方珊等译，北京：生活·读书·新知三联书店 1989 年版，第 6 页）在文学创作中采用“反常化”语言的目的是打破读者的思维定式，使其更深刻地体会到语言形式的感染力和震撼力，领悟到其中所蕴含的独一无二的生命体验。对于这一点，英国文论家特雷·伊格尔顿（Terry Eagleton）也有过形象的说明：“文学话语疏离或异化普通言语；然而，它在这样做的时候，却使我们能够更加充分和深入地占有经验。平时，我们呼吸于空气之中却意识不到其存在：像语言一样，它是我们借以生存于其中之物。但是，如果空气突然变浓或受到污染，它就会迫使我们以新的警觉注意自己的呼吸，结果可能是我们的生命体验的加强。”（[英]特雷·伊格尔顿：《二十世纪西方文学理论》，伍晓明译，北京：北京大学出版社 2007 年版，第 4 页）

称心称意地在赏花评草”[①]，又好比“一个避暑的旅客，他到山中来，是为了自己的舒适，他见一块悬岩，他见一块奇石，他见一泓清泉，都以同一的好奇的赞赏的眼光去对待它们”[②]，可以凭着兴致发出“心底的赞叹与直觉的评论”[③]，“随心所欲地说这首诗好，说那部小说是劣下的，说这句话说得如何的漂亮，说这一个字用得如何的新奇与恰当；也许第二个鉴赏者要整个的驳翻了他也难说”[④]。在阐述文学的内部特性和一般规律时，文学理论所采用的具体话语既无须如文学创作那般执着于语言的艺术创造性，也不应如文学鉴赏那般满足于零散随意的评论和漫谈，表述的客观性和体系的完整性都是其不可或缺的基本特征。具体而言，表述的客观性意味着文学理论的话语形态必须排除主观情感的干扰，严格遵循理性逻辑、清晰精准地陈述真知、明确无误地解释意义、直接畅通地传达观点；体系的完整性意味着文学理论研究必须注意分析、归纳、综合、概括以及运用范畴和规律来表述研究的成果，“将他的文学经验转化成理智的（intellectual）形式”，“同化成首尾一贯的合理的体系”[⑤]，最终建立起一个完整的知识系统。

最后，如果说文学创作和文学鉴赏重在传达个人化的生命体验，文学鉴赏重在生成个人化的审美经验，那么，文学理论则重在追求概念命题的合理性及其对文学活动与文学现象的解释能力。概念、命题是文学理论的建构元素，其合理性及解释能力直接决定着文学理论是否成立这一根本问题。一般说来，文学理论概念命题的合理性离不开两个方面的支撑。其一，产生方式的合理性。文学理论的概念命题不是理论研究者凭空构想出来的，而是来自对文学活动的考察、分析、归纳、概括，其所展示的是文学活动的本质特性和一般规律。其二，陈述方式的合理性。文学理论的概念、命题不仅要经得起文学事实的检验，而且其具体陈述还必须建立在严密的推理和论证之上，各个概念、命题之间也应该体现出逻辑上的关联性，形成一个环环相扣的整体。与概念、命题的合理性共生互动的，是其对文学活动及文学现象的解释能力。一方面，概念、命题的合理性决定了它们不仅可以有效解释文学活动及文学现象的具体存在、产生原因、内部规律，而且可以在相当程度上判断和预测文学未来的发展走向；另一方面，概念、命题解释文学活动及文学现象的能力越强，就越能够经得起文学实践的检验，就越具有强大的合理性。

---

① 郑振铎：《研究中国文学的新途径》，载郑振铎：《郑振铎文集》第六卷，北京：人民文学出版社1988年版，第274页。

② 同上，第275页。

③ 同上，第274页。

④ 同上，第275页。

⑤ ［美］韦勒克、沃伦：《文学理论》，刘象愚、邢培明、陈圣生、李哲明译，北京：生活·读书·新知三联书店1984年版，第1页。

要之，从研究的客观性和结论的可检验性、表述的客观性和体系的完整性、概念命题的合理性及其对文学活动与文学现象的解释能力这三个方面，我们可以清晰地体会到文学理论与文学创作、文学鉴赏之间的本质区别：后者只能算作是文学现象，前者才有可能成为文学科学。这与自然现象、社会现象不能称作科学，只有自然研究、社会研究才有可能跻身科学之列是一个道理。

如此看来，在厘清科学内涵和文学理论概念的基础上，文学理论完全可以拥有合法的科学身份。但是同时，我们还必须注意到，作为一种创造性的精神文化活动，文学的主要特征是依赖内在的体验和感觉来把握生命冲动、体味生活本质，并通过个性化的想象和语言来进行情感书写和审美表达，单纯移用科学方法对其进行研究并不能达到预期的效果。正如美国文学理论家雷纳·韦勒克所说：虽然"科学方法仅就十分有限的文学研究范围或者某些特殊的文学研究手段而言，有时是有价值的""但是，大部分提倡以科学的方法研究文学的人，不是承认失败、宣布存疑待定来了结，就是以科学方法将来会有成功之日的幻想来慰藉自己"[①]。雷纳·韦勒克这里所说的"科学方法"特指自然科学研究法。在他看来，尽管自然科学与文学研究"在方法论上有许多交叉和重叠的地方。诸如归纳、演绎、分析、综合和比较等基本方法，对于所有系统性的知识来说，都是通用的"[②]"但是，还有有说服力的例子可以表明：文学研究自有不同于自然科学的其他有效方法，这些就是理智性的方法。只有对真理抱着十分狭隘的观念的人，才会摈弃人文科学的种种成就于知识领域之外"[③]。文学是一种人文现象，文学理论自然应该属于人文科学，而"自然科学与人文科学这两门科学在方法和目的上都存在着差异"[④]，这是我们对文学理论进行学科定位时首先应该认识的。

第二节　人文科学与自然科学、社会科学的划界

如上所述，文学理论自然应该属于人文科学。那么，人文科学的学科定位到底是什么？说到这一点，我们就不能不谈谈人文科学与自然科学、人文科学与社会科学的划界过程。

---

① [美]韦勒克、沃伦：《文学理论》，刘象愚、邢培明、陈圣生、李哲明译，北京：生活·读书·新知三联书店1984年版，第3页。

② 同上。

③ 同上。

④ 同上。

一、人文科学与自然科学的划界

人文科学源自拉丁文"humanitas"(人性、人情之意),由古罗马哲学家马库斯·图留斯·西塞罗(Marcus Tullius Cicero)提出,包括数学、语言学、历史学、哲学等学科。根据英国理论家雷蒙·威廉斯在《关键词:文化与社会的词汇》中的考证:

> Humanitas 具有重要特殊的意涵,指的是心智的培养与通才教育;这个词与现代的一组词群——cultivation(引者注:教化),culture(引者注:文化)及 civilization(引者注:文明)——有直接的关连。①

对"humanitas"的重视体现了西方古典时期人们习惯于通过修养自身来完善世界的倾向。时至近代,这种情况发生了改变,自然科学神话般的力量征服了世界,"数学和数理自然科学塑造了那个时代的知识理想"②,科技思维模式浸渍了人们的日常感觉方式,人文科学除了像数学物理学一样公式化以外,似乎再也别无选择。然而,正如德国著名美学家恩斯特·卡西尔(Ernst Cassirer)所概括的那样:

> 人类通过工具的应用使自身成为凌驾于万物之上的主宰。但是,对于人类自身而言,这种至上性非但不是一种幸事反而是一种灾祸。人类为了主宰物理世界而发明了科学技术,然而,这些科学技术却实际上反过来反对人。科学技术不仅导致日趋严重的人的自我疏远,而且最终导致人的自我丧失。③

19 世纪末和 20 世纪初的西方社会陷入了思想的迷雾,传统文化、规范和信仰都遭到了怀疑,人们对行为的价值和生存的意义茫然无知,社会发展失去了方向。

为了将人文科学从自然知识的沉重力量中解放出来,恢复其探究人类的生存意义和生命价值的功能,1883 年,德国哲学家、历史学家威廉·狄尔泰(Wilhelm Dilthey,又被译作韦尔海姆·狄尔泰)在《人文科学导论》中首次提出,人文科学(即精神科学)应该从自然科学中区分开来。具体而言,"人文科学"名

---

① [英]雷蒙·威廉斯:《关键词:文化与社会的词汇》,刘建基译,北京:生活·读书·新知三联书店 2005 年版,第 209 页。

② [德]恩斯特·卡西尔:《人文科学的逻辑》,沉晖、海平、叶舟译,北京:中国人民大学出版社 1991 年版,第 2 页。

③ 同上,第 65 页。

目下包括"所有以社会历史真实为宗旨的学科"①，作为对自然科学的反动与纠偏，它的中心任务是分析"内在经验的意识事实"，最终目标是"理解社会历史现实中的单一和个体、认识其形成过程中的一致性，为其未来的发展建立目标和规则"，这样：

> 当人文科学发展起来时，除了它的知识以外，它还会包括一种与价值、理想、规则和塑造未来的目标相联系的价值判断和命令系统的意识。②

如果说自然科学考察的是客观的物理世界，那么人文科学关注的则是活生生的知情意相统一的精神主体，涉及的是人生意义和人类追求。将二者区别开来，人文科学因此获得了独立的学科地位。可以说，这是威廉·狄尔泰在学术上的一个重要贡献。后来，"他对自然科学和人文科学的区分在英语中被整理成了'理科'与'文科'，一种在整个盎格鲁-美利坚的大学制度里都普遍存在着的划分方式"③。

1894年，德国新康德主义者文德尔班(Wilhelm Windelband)在他的演讲《历史与自然科学》中，提出了"一种纯粹方法论上的，以严格的逻辑概念为依据的经验科学分类法"④，并以之为根据，道明了自然科学和历史科学之间的差异。在他看来，对经验科学进行分类的原则应该是"它们的认识目标的形式性质"⑤。尽管自然科学和历史科学"都以经验、感觉事实作为出发点……都要求以一种经过科学提炼的，经过批判琢磨的，并且在概念活动中受过考验的经验作为它们的基础"⑥，但是：

> 前者追求的是规律，后者追求的是形态。在自然研究中，思维是从确认特殊关系进而掌握一般关系，在历史中，思维则始终是对特殊事物进行亲切的摹写。⑦

自然科学家旨在通过观察个别特定对象来推演出"类概念"，"洞察到一种合

---

① [德]韦尔海姆·狄尔泰：《人文科学导论》，赵稀方译，北京：华夏出版社2004年版，第5页。

② 同上，第27—29页。

③ [荷兰]D. 佛克马、E. 蚁布思：《文学研究与文化参与》，俞国强译，北京：北京大学出版社1996年版，第6页。

④ [德]文德尔班：《历史与自然科学》，王太庆译，载洪谦主编：《现代西方哲学论著选辑(上册)》，北京：商务印书馆1993年版，第68页。

⑤ 同上。

⑥ 同上，第70页。

⑦ 同上，第71页。

乎规律的普遍性”;历史学家旨在“使某一过去事象丝毫不走样地重新复活于当前的概念中”①。前者“倾向于抽象”②:

力求认识合乎规律的、无始无终的、常住不变的、支配一切现象的必然性。它从有声有色的感性世界中布置出一个秩序井然的概念体系,要求在其中把握真正的、藏在各种现象背后的万物的本质,……它所追求的并不是变易的东西本身,而是变易的不变形式。③

后者“倾向于直观”④:

从大量素材中把过去的真相栩栩如生地刻画出来;它所陈述出来的东西是人的形貌,人的生活,及其全部丰富多彩的特有的形成过程,描绘得一丝不苟,完全保存着生动的个性。⑤

这种简单的分野使人一目了然,却多少显得有些空泛,不足以描述自然科学和历史科学之间的复杂关系。

1899 年,文德尔班的继承人李凯尔特(Heinrich Rickert)进一步采用价值概念作为参照系统,围绕着文化和自然之间的区别作出了更为具体的界说:“关于价值,我们不能说它们实际上存在着或不存在,而只能说它们是有意义的,还是无意义的。”⑥这种意义不是纯粹的个人层面上的意义,而是那种可以使现实成为文化财富的特性,也就是说:

价值(wert)是文化对象所固有的,因此我们把文化对象称为财富(güter),以便使文化对象作为富有价值的现实同那不具有任何现实性并且可以撇开现实性的价值本身区别开来,自然现象不能当成财富,因其与价值没有联系。所以,如果把价值和文化对象分开,那么文化对象也就会因此而变成纯粹的自然了。⑦

1942 年,受学于新康德主义传统的德国美学家恩斯特·卡西尔在《人文科学的逻辑》一书中,对文德尔班和李凯尔特的观点提出了批评,认为他们对“概念

① [德]文德尔班:《历史与自然科学》,王太庆译,载洪谦主编:《现代西方哲学论著选辑(上册)》,北京:商务印书馆 1993 年版,第 68 页。,第 72 页。

② 同上。

③ 同上,第 73 页。

④ 同上,第 72 页。

⑤ 同上,第 72—73 页。

⑥ [德]H. 李凯尔特:《文化科学和自然科学》,涂纪亮译,北京:商务印书馆 1986 年版,第 21 页。

⑦ 同上。

形式的分析是不能完全清晰地展示自然科学和人文科学之间的特殊区别的”①。由此出发，恩斯特·卡西尔主张将“感知”作为探究人文科学特点的基本视角：

> 我们必须专心致志于一种感知现象学，并且追问一下这种感知现象学究竟能为解答我们的问题作出何种贡献。
>
> 在感知中，从来都有自我之极和对象之极之间的辨别。在一种情况下，自我所面对的世界乃是一物的世界，而在另一种情况下，自我所面对的乃是一人格的世界。在前一种情况下，我们所观察的世界乃作为一完全的空间之对象，以及作为这些对象于时间中之演变的总计；而在后一种情况下，我们把世界看作某种“类似于我们本身”的东西。②

通过对感知的分析，恩斯特·卡西尔归纳出：一人文科学对象并不仅仅是“存在”和“生成”；更重要的是在这种“存在”和“生成”中所显现出来的“意义”，“意义”是我们称之为“文化”的一切内容之共同因素。③

可见，在为自然科学和人文科学划界的过程中，威廉·狄尔泰和新康德主义者们已经围绕着两者的本质区别作出了清晰的界说。

首先，研究对象不同。自然科学研究的是客观存在的自然世界和自然生命；人文科学研究的则是与主体经验有关的精神意识和文化特征。人文科学所关注的问题是心灵最感兴趣的问题，也是自然科学难以回答的问题。

其次，研究方法不同。自然科学重在事实观察、科学实验和概念演绎；人文科学重在经验论证、观念诠释和价值分析。

最后，研究目的不同。自然科学致力于揭示自然规律的普遍概念；人文科学则致力于阐明生命活动的意义与价值。如果说自然科学是为了让我们更加清晰地认识世界，那么人文科学则是为了告诉我们该怎样在未来尚不可知的情况下生活下去而又不致为犹疑困扰。

值得注意的是，此时的人文科学，是与自然科学相对而言的，内容包括自然科学之外的社会科学、历史科学、文化科学、艺术科学等一切学科。作为人文科学的一个分支，文学理论以探索人类精神活动为旨归，必然会体现出不同于自然科学的学科特征和理论品格：以人自身主体为中心去感知外

---

① [德]恩斯特·卡西尔：《人文科学的逻辑》，沉晖、海平、叶舟译，北京：中国人民大学出版社1991年版，第79页。

② 同上，第79页、第80页。

③ 同上，第85页。

物，将其视为某种"'类似于我们本身'的东西"①。由此出发去理解内在经验中的意识现实、关注事物存在和生成过程中的意义显现、进行价值判断、预测未来发展。

二、人文科学与社会科学的划界

尽管威廉·狄尔泰和新康德主义者们已经围绕自然科学和人文科学的本质区别作出了清晰的界说，但是"自从又一个门类——社会科学兴起以来，情况变得愈加复杂而且也愈加灵活起来"。社会科学讨论的是"与人们之间和(或)群体之间的相互作用相关的问题"②。20世纪初，在自然科学成就的感召下，社会科学渐渐从人文科学的母体中分离出来。以孔德为代表的社会学创始人坚信，只有依靠观察和分析才能发现存在于事实中间的恒常关系。社会现象与物质现象一样，都是按照一定的自然法则发展进化而来的，属于模式化、有序化的真实存在。因此，研究物质自然的方法在研究社会现象时同样适用。为了努力实现学科的科学化，社会学应以自然科学为楷模将自己建设成一门实证科学——消灭主观偏见，运用中性语言，不带任何价值判断地揭示客观的因果关系原理。

为了确保社会科学研究的客观性，现代社会学的始祖之一马克斯·韦伯(Max Weber)对价值判断和事实判断进行了区分：所谓价值判断就是人们基于一定的伦理原则、文化观念或哲学信仰而对客观事物进行的评价行为，其中必然带有某种主观情感或功利色彩；而事实判断则与主体的兴趣、情感、意图、信念无关，仅限于对既存客观事实的关注。前者要回答的是"此物应该如何(should be)"的问题，属于宗教、信仰、理想、哲学世界观等领域；后者要回答的仅仅是"此物是什么(is)"的问题，属于社会科学等经验科学研究的领域。"一门经验科学并不能教给某人他应当做什么，而是只能教给他们能够做什么，以及——在具体条件下——他想要做什么。"③所以，社会科学研究者不能超越自己的本分去处理价值判断问题，在研究时要保持中立态度，无论如何不应通过价值评价去干预人们的信仰或理想。尽管反对者并不在少数，但是，20世纪后半叶以来，在社会科学研究中占主流的仍是韦伯所主张的科学程序：把社会事实视为客观的物，通

---

① [德]恩斯特·卡西尔：《人文科学的逻辑》，沉晖、海平、叶舟译，北京：中国人民大学出版社1991年版，第80页。

② [荷兰]D. 佛克马、E. 蚁布思：《文学研究与文化参与》，俞国强译，北京：北京大学出版社1996年版，第7页。

③ [德]马克斯·韦伯：《社会科学方法论》，李秋零、田薇译，北京：中国人民大学出版社1999年版，第4页。

过选择概念模式来建立规则，探索社会活动的普遍规律。正如美国社会学家丹尼尔·贝尔(Daniel Bell)在《当代西方社会科学》中所概括的那样：

> 随着尖端新技术的急剧进展，特别是在引进计算机以后，理论不再仅仅是一些观念或辞藻，而是一些可以用经验和可检验形式加以阐述的命题。再用专门的术语来说，社会科学正在变成像自然科学一样的“硬”科学。①

在系统性、精确性、可验证性方面，社会科学虽然还不能和自然科学相提并论，但比人文科学高出了许多。

随着社会科学的发展与成熟，社会科学(sociology)(包括经济学、政治学、人口学等等)与人文科学(the humanities)(包括哲学、史学、文学等等)之间的区别日益明显。其一，社会科学的对象是客观存在的社会事实和社会关系，人文科学的对象是人类生命活动的意义。前者关注的是人的行为，后者关注的是人的精神。其二，社会科学的目的是通过经验观察、事实分析来说明社会行为的因果始末；人文科学则力图通过对心灵世界、价值取向和理想追求的探寻来促进人的进步、发展和完善。其三，在具体研究中，社会科学着重解释，人文科学着重诠释。借用韦伯的概念，如果说社会科学仅仅将目光投向“此物是什么(is)”，那么人文科学则应更加关注“此物应该如何(should be)”的问题。前者可以在一定程度上保持价值中立，后者应义不容辞地承担起建立价值体系的责任。

通过与社会科学的比较，文学理论等人文科学可以得到更为清晰的定位：它通过诠释人的精神、观念和情感，为人提供了一种价值体系、一个意义世界、一个精神家园：

> 乌斯居尔曾断言，每一生物的形态结构，以及由此而决定了的该生物的刺激域和反应域之间的关系，犹如一监狱之高墙牢固地包围着该生物。人类无法通过摧毁这一牢墙而逃离这一监狱，但人类却可以通过转化成对此高墙的意识去超出此监狱。②

如果说自然科学和社会科学告诉我们的是监狱牢墙的现实坚固程度，那么哲学研究、文学研究等人文科学则是要帮助我们“通过转化成对此高墙的意识去超出此监狱”。具体说来，就是通过对主体经验意识和精神特征的揭示，探寻最

---

① [美]丹尼尔·贝尔：《当代西方社会科学》，范岱年等译，北京：社会科学文献出版社1988年版，第2页。

② [德]恩斯特·卡西尔：《人文科学的逻辑》，沉晖、海平、叶舟译，北京：中国人民大学出版社1991年版，第61—62页。

合乎人类生命本质需要的价值理想，从而化解通往精神自由的郁结，把个体从客观局限和现实重负中解放出来，使之在一种更为广阔自由的精神世界中，达到对生命本质的理解和把握。

与社会科学不同，作为人文科学分支的文学理论固然关涉着现实社会，但更离不开精神理想。文学理论的研究目的不是获得具体的琐屑的知识或普遍客观的模式，而是通过反思文学活动的轨迹和人类精神的发展，实现一种更加美妙和崇高的精神追求。与之相应，其研究方法也不应采用侧重客观实证的事实描述和经验分析，而应诉诸与情感体验密切相关的价值判断与意义评价。作为一门科学，文学理论固然应该具备完整、严密、可靠的知识体系，但是它的完整性、严密性和可靠性只能体现在理论框架的建构和基本概念的设定上，而不是体现在通过实证分析找出公式化的普遍结论上。任何一种试图用抽象图式来解释文学艺术现象的努力，都不过是一种徒劳而已。例如，法国著名文学理论家伊波利特·丹纳(Hippolyte Adolphe Taine)曾经试图从客观态度出发用实证方法来探求和揭示文艺发展的规律：

> 我唯一的责任是罗列事实，说明这些事实如何产生。我想应用而已经为一切精神科学开始采用的近代方法，不过是把人类的事业，特别是艺术品，看作事实和产品，指出它们的特征，探求它们的原因。科学抱着这样的观点，既不禁止什么，也不宽恕什么，它只是检定与说明。①

经过“检定与说明”，伊波利特·丹纳提出了一种自以为普遍适用的固定因果图式：种族、环境和时代三要素决定着一切文化艺术的特征。对此，德国著名美学家恩斯特·卡西尔不无揶揄地评论道：“似乎只要我们将这些要素结合起来，我们就能像施展魔术般地将笼罩在一切历史事件和文化现象上的光晕一扫而光。”②百余年来，虽然《艺术哲学》资料的丰富多样令人叹服，但是其实证科学的研究范式却屡屡遭人诟病。

第三节　文学理论作为人文学科的独特性质

在联合国教科文组织于1997年修订的《国际教育标准分类》中，史学、文学

① [法]丹纳：《艺术哲学》，傅雷译，北京：生活·读书·新知三联书店2016年版，第18—19页。

② [德]恩斯特·卡西尔：《人文科学的逻辑》，沉晖、海平、叶舟译，北京：中国人民大学出版社1991年版，第9页。

和哲学都属于人文科学。[①] 按照《不列颠百科全书》(1998年版)中的说法，文史哲等人文科学都“源于对人类价值及其独具的表达能力的重视与鉴赏”[②]。而任何一种“人类价值及其独具的表达能力”都是人类的精神结构整体——意志、情感、直觉、思维等方面共同作用的结果，只不过有时候某一方面的作用会更明显些而已。这就决定了文学理论和其他人文科学(哲学、史学等)在研究目的、研究内容、研究方法等方面必然会有交叉和渗透，而其间的差异远不及人文科学和自然科学、社会科学之间的区别那样显著。但是，研究对象的自有特征仍然会在一定程度上决定学科的独特性。文学理论的研究对象是文学活动，文学活动毕竟不同于哲学和史学等其他人文科学的研究对象。对文学活动的自有特征进行考察，也许可以帮助我们更加准确地把握文学理论作为一门人文科学的独特性质。

一、与艺术审美经验密切相关

文学理论的研究对象是文学活动，而文学活动是一种和艺术审美经验密切相关的创造性精神活动。在德国著名美学家恩斯特·卡西尔看来：

> 审美经验则是无可比拟的丰富。它孕育着在普通感觉经验中永远不可能实现的无限的可能性。在艺术家的作品中，这些可能性成了现实性：它们被显露出来并且有了明确的形态。展示事物各个方面的这种不可穷尽性就是艺术的最大特权之一和最强的魅力之一。[③]

艺术审美经验的丰富性和其带来的创造力的无限可能性决定了文学艺术活动必然会突破世界规则和惯性认知的局限，展现出内在生命的自由本质。对此，恩斯特·卡西尔亦有过精彩的论述：

> 如果在现实生活中我们不得不承受索福克勒斯的《俄底浦斯王》或莎士比亚的《李尔王》中的所有感情的话，那我们简直就难免于休克和因紧张过度而精神崩溃了。但是艺术把所有这些痛苦和凌辱、残忍与暴行都转化为一种自我解放的手段，从而给了我们一种用任何其他方式都不可能得到的内在自由。[④]

这种“内在自由”是文学艺术活动所能给予我们的最高享受，也是文学艺术

---

① 李惠国、何培忠主编：《面向21世纪的国外社会科学》，武汉：武汉大学出版社2003年版，第3页。
② 同上，第4页。
③ [德]恩斯特·卡西尔：《人论》，甘阳译，上海：上海译文出版社2004年版，第228页。
④ 同上，第235页。

作品的最大魅力所在：

> 我们所具有但却只是朦胧模糊地预感到的无限可能性，被抒情诗人、小说家、戏剧家们揭示了出来。这样的艺术品……是我们内在生命的真正显现。①

可见，无论是哲学式的纯粹思辨和演绎推理，还是史学式的事实陈述和议论评价，都不足以用来探究审美经验的丰富性和文学艺术活动的真正意义，“只有把艺术理解为是我们的思想、想象、情感的一种特殊倾向、一种新的态度，我们才能够把握它的真正意义和功能”②。这种理解方式本身就决定了文学研究的基础是文学体验而非单纯的逻辑思辨，是意义分析而非事实陈述。

所以，作为一种以文学活动为研究对象的人文科学，文学理论自然离不开对艺术审美经验的体察和把握。纵观文学理论史，那些对文学活动和文学现象具有强大解释能力的文学理论范畴都来自对艺术审美经验的深入思考。从文学典型这个被广泛运用于文学分析的理论范畴的产生和发展过程中，我们可以清晰地体会到这一点。

一般认为，文学典型这一理论范畴始自古希腊诗学家亚里士多德（Aristotle，又译作亚里斯多德）的悲剧观及其对人物性格的探讨。在亚里士多德看来，“悲剧是行动的摹仿，而行动是由某些人物来表达的，这些人物必然在‘性格’和‘思想’两方面都具有某些特点”③，在“性格”和“思想”的作用下，人物呈现出了某种特定的品质。这种品质推动着人物的行动，决定着人物的命运。也就是说，“‘性格’和‘思想’是行动的造因”④，是“行动”得以产生的内在动力。其中，“‘思想’指证明论点或讲述真理的话”⑤，“包括一切须通过语言而产生的效力，包括证明和反驳的提出，怜悯、恐惧、愤怒等情感的激发（还有夸大与化小）”⑥。“‘性格’指显示人物的抉择的话，……一段话如果一点也不表示说话的人的去取，则其中没有‘性格’。”⑦从亚里士多德围绕着“思想”和“性格”所进行的界说中，不难看出，较之“思想”，“性格”是人物品质的更为关键的“决定因

---

① ［德］恩斯特·卡西尔：《人论》，甘阳译，上海：上海译文出版社2004年版，第267页。
② 同上。
③ ［古希腊］亚里斯多德：《诗学》，罗念生译，北京：人民文学出版社2002年版，第17页。
④ 同上。
⑤ 同上，第18页。
⑥ 同上，第56页。
⑦ 同上，第20页。

素"[①]。但是,"悲剧的目的不在于摹仿人的品质,而在于摹仿某个行动"[②],在悲剧的构成因素中,最重要的是人物的行动而不是性格。亚里士多德的这一观点来自其对古希腊命运悲剧艺术的深入体验:就算是"性格"可以决定悲剧人物的"品质",也无法决定他们的命运。"他们的幸福与不幸",只能"取决于他们的行动"[③]。譬如,在索福克勒斯的《俄底浦斯王》中,推动主人公进入悲剧命运罗网的,就是他为了挣脱宿命而采取的一系列行动。当然,这并不是说,主人公的性格在其悲剧命运的发展过程中没有起到任何作用,只不过,性格显示的是主人公的抉择,而这种抉择只有在行动中才能表现出来。所以,悲剧人物"不是为了表现'性格'而行动,而是在行动的时候附带表现'性格'"[④]。既然"行动"重于"性格",那么,符合行动发展逻辑、合理推进行动发展就成了塑造悲剧人物"性格"的重要旨归。正是基于这一考量,亚里士多德才会提出:"刻画'性格',应如安排情节那样,求其合乎必然律或可然律;某种'性格'的人物说某一句话,做某一桩事,须合乎必然律或可然律;一桩事件随另一桩而发生,须合乎必然律或可然律。"[⑤]"诗"的首要目的是描述"某一种人,按照可然律或必然律,会说的话,会行的事"[⑥],而不是给人物起一个独特的名字或是凸显人物与众不同的性格。除了本质"善良"和"适合"人物身份之外,"性格"塑造还必须做到"相似"和"一致"。"相似"指的是类似于一般人的性格,能够令人想到自己(这样才能激发观众对悲剧人物命运的恐惧之情,强化悲剧的感染力量),"一致"指的是每个人的性格必须前后一致(这样才能符合必然律或可然律,合理有效推进行动的进展),即使诗人预先规定了人物性格的某种不一致性,"也必须寓一致于不一致的'性格'中"[⑦]。如此,经由对"性格"的探讨,亚里士多德为后世的文学典型范畴注入了重要的理论内涵:普遍性和统一性。而这一理论内涵的发现则始自亚里士多德对古希腊悲剧艺术的深入体验和思考。

18世纪,随着戏剧、小说等文学艺术形式的持续发展和不断完善,越来越多的作家和理论家开始关注和思考人物性格的独特性与差异性,他们的人物性格论构成了典型说得以诞生的重要理论力量。法国戏剧家德尼·狄德罗(Denis Diderot)、德国批评家戈特霍尔德·埃夫莱姆·莱辛(Gotthold Ephraim

---

① [古希腊]亚里斯多德:《诗学》,罗念生译,北京:人民文学出版社2002年版,第18页。
② 同上。
③ 同上。
④ 同上。
⑤ 同上,第41—42页。
⑥ 同上,第25页。
⑦ 同上,第40—41页。

Lessing)、英国小说家亨利·菲尔丁(Herry Fielding)、德国诗人约翰·沃尔夫冈·冯·歌德(Johann Wolfgang von Goethe)就是其中的杰出代表。

18世纪中期,为了推动思想启蒙,法国戏剧家德尼·狄德罗大力倡导"以人的美德和责任为对象"[①]且具有社会教益作用的严肃剧。1757年,他的严肃剧《私生子》问世。稍后,狄德罗发表《关于〈私生子〉的谈话》(又名《和多瓦尔的三次谈话》),该文在将情境作为最主要的戏剧表现对象的同时,也强调和突出了独特性格之于人物塑造的重要作用:"绝对不要有过场人物。万一情节需要有一个的时候,必须赋予这个人物以独特的性格,使它突出。"[②]1758年,继严肃喜剧《家长》之后,狄德罗发表长篇论文《论戏剧诗——献给我的朋友格里姆先生》,再次提倡"正派严肃的戏剧"[③]。在他看来,严肃感人并不意味着缺乏个性和激情,相反,"在正剧里,人物性格仍然可能是多种多样、新颖独特的,而且作者还应该更有力地去刻画他们"[④]。与"有力地去刻画"性格这一主张相联系的,是狄德罗对性格与情境关系的强调:"人物性格要根据情境来决定。"[⑤]"人物的情境愈棘手愈不幸,他们的性格就愈容易确定。……情境要有力地激动人心,并使之与人物的性格发生冲突,同时使人物的利害互相冲突。"[⑥]"假如你写阿尔赛斯特谈恋爱,就让他爱上一个风流的女子"[⑦]。这样设计的原因很简单:与上流社会格格不入的阿尔赛斯特[⑧]清高孤傲、真诚坦率、向往纯洁真挚的爱情。但是,他爱上的却偏偏是举止轻浮、没有真心的色里曼娜——一个热衷于卖弄风情、传播是非、在上流社会如鱼得水的风流寡妇。如此一来,阿尔赛斯特对色里曼娜的深挚感情以及其与色里曼娜所代表的上流社会之间的紧张关系就构成了阿尔赛斯特所处的情境。这个情境和阿尔赛斯特理想主义的单纯性格形成了鲜明的对比,而二者的激烈冲突则为阿尔赛斯特的性格展示提供了适宜的舞台。可见,"真正

---

① [法]狄德罗:《论戏剧诗——献给我的朋友格里姆先生》,载[法]狄德罗:《狄德罗美学论文选》,张冠尧、桂裕芳等译,北京:人民文学出版社2008年版,第121页。

② [法]狄德罗:《关于〈私生子〉的谈话》,载[法]狄德罗:《狄德罗美学论文选》,张冠尧、桂裕芳等译,北京:人民文学出版社2008年版,第86页。

③ [法]狄德罗:《论戏剧诗——献给我的朋友格里姆先生》,载[法]狄德罗:《狄德罗美学论文选》,张冠尧、桂裕芳等译,北京:人民文学出版社2008年版,第123页。

④ 同上,第124页。

⑤ 同上,第163页。

⑥ 同上。

⑦ 同上,第164页。

⑧ 17世纪法国古典主义喜剧家莫里哀《恨世者》中的主人公。

的对比是人物性格和情境之间的对比，是不同的利害之间的对比”[1]。相形之下，在性格之间进行对比的做法是不可取的。因为，在多数时候，性格只能是“各有不同”，不可能“截然对立”，“生活中也许有那么一回，性格的对比表现得如人们要求于诗人的那样分明，可是却有千万回，性格只是各有不同而已”[2]。某些作者热衷于“把一个性格和另一个性格相对比”，本来是“为了把其中的一个表现得更突出”，但其结果却是：不仅使“对比性人物之间的对话”变成了“一连串琐屑的意见，一连串正反对比的言词”[3]，而且会破坏事件的连贯性和各场之间的恰当联系，甚至会造成戏剧主题的“暧昧不明”[4]。在狄德罗看来，在人物性格之间刻意进行对比以凸显差异、避免混淆的做法是无谓且愚蠢的，因为人本身就是千差万别的存在：“在整个人类中或许找不出具有某些近似之处的两个人。总的身体组织、感官、外貌、内脏各有不同。纤维、肌肉、骨骼、血液各有不同。智力、想象、记忆、意念、营养、训练、知识、职业、教育、兴趣、财产、才能各有不同。物体、气候、风俗、法律、习惯、成规、政府、宗教也各各不同。”[5]在世界上，原本就没有两个人会“具有完全一样的爱好”或是“对真、善、美具有完全一样的概念”[6]。既然如此，又怎么会出现容易混淆的人物性格呢？只要将人物置于适宜的情境中，无须刻意制造不同性格的对比，就可以有力地刻画出人物的独特个性。从《关于〈私生子〉的谈话》和《论戏剧诗——献给我的朋友格里姆先生》等著作的相关论述中，我们可以清晰地体会到，狄德罗人物性格论的基础即是其对戏剧艺术的深刻体验。

狄德罗关于性格表现的重心在差异而非对比的观点得到了同时代批评家莱辛的热情呼应：“狄德罗说得对，性格不同要比性格对比好得多。对比性格很少是自然的，而且会增加戏剧情节本来就不易避免的那种传奇色彩。”[7]而且，和狄德罗比较起来，莱辛更强调性格在戏剧表现中的核心地位。譬如：托马·高乃依的剧本《艾塞克斯》问世后，伏尔泰围绕着该作所犯的众多历史性错误展开了激烈的抨击，对此，莱辛提出了不同的看法：“把纪念大人物当作戏剧的一项使命，是不能令人接受的。这是历史的任务，而不是戏剧的任务。……悲剧的目的远

① [法]狄德罗：《论戏剧诗——献给我的朋友格里姆先生》，载[法]狄德罗：《狄德罗美学论文选》，张冠尧、桂裕芳等译，北京：人民文学出版社2008年版，第164页。

② 同上，第165页。

③ 同上，第167页。

④ 同上，第165页。

⑤ 同上，第209页。

⑥ 同上。

⑦ [德]莱辛：《汉堡剧评》，张黎译，北京：华夏出版社2017年版，第401页。

比历史的目的更具有哲理性。如果把悲剧仅仅搞成知名人士的颂辞，或者滥用悲剧来培养民族的骄傲，便是贬低它的真正尊严。”①对于一部戏剧来说，即使其人物采用了历史人物的名字，也不必拘泥于历史事件和历史人物的本来面目；在戏剧表现中，一段历史之所以显得可信，不是因为它具有足够的事实证据，而是因为它的内在可能性。这种内在可能性是由人物的性格决定的，是具有一定性格的人物在特定环境中的必然行为方式。所以，“我们不应该在剧院里学习这个人或者那个人做了些什么，而是应该学习具有某种性格的人，在某种特定的环境中做些什么”②。“一切与性格无关的东西，作家都可以置之不顾。对于作家来说，只有性格是神圣的，加强性格，鲜明地表现性格，是作家在表现人物特征的过程中最当着力用笔之处。”③戏剧当然可以表达思想、叙述事件，但是，戏剧中所有的思想和事件都必须服从人物性格的逻辑：

剧中人物所表达的思想必须符合他的既定性格，这种思想不可能盖有绝对真理的印记，只要它在艺术上是真实的，只要我们承认，这样的性格，在这样的情况下，处在这样的激情中，只能做出这样的判断，也就够了。

对一个作家来说，性格远比事件更为神圣。首先是因为，如果对性格进行了仔细的观察，那么事件，只要它们是性格的一种延续，便不可能有多少走样儿；……第二，因为丰富的教育意义并非寓于单纯的事件，而是寓于认识。这种性格在这种情况下通常会引起这样的事件，而且必须引起这样的事件。

我们把事件看作某种偶然的、许多人物可能共有的东西。性格则相反，被看作某种本质的和特有的东西。前者我们让作家任意处理，只要它们不与性格相矛盾；后者则相反，只许他清清楚楚地表现出来，但不能改变；最微小的改变都会使我们感到抵消了个性，压抑了其他人物，成为冒名顶替的虚假人物。④

在莱辛看来，对于戏剧创作而言，人物（指借用历史人物名字的戏剧人物）性格与历史人物的实际性格不符并不是什么不可谅解的缺点，相形之下，“根据内

① ［德］莱辛：《汉堡剧评》，张黎译，北京：华夏出版社2017年版，第101页。
② 同上，第101页。
③ 同上，第123页。
④ 同上，第17页、第167页。

在可能性或者教育性自由选择的性格与实际不符”[①]才是动摇戏剧可信度的根本缺陷[②]喜剧《苏莱曼二世》就是这一缺陷的牺牲品，该剧将一个荒淫无耻、习惯于发号施令的土耳其苏丹演绎成了一个匍匐在轻佻女人脚下的情痴。对此，莱辛予以尖锐的批判：“一个土耳其人和专制君主，即使在恋爱的时候，仍然是土耳其人和专制君主。”[③]“作家塑造和创作的一切性格”应该“具有一致性和目的性”[④]，戏剧人物的“性格不能是矛盾的，必须始终如一、始终相似。性格可以由于事态的影响，时而表现得强些，时而表现得弱些，但是这些事态却不可以强大到足以令其由黑变白的程度”[⑤]。除了性格的“一致性和目的性”[⑥]，莱辛还特别强调了独特个性的重要意义，对独特个性的重视源自其对雕刻形象和文学形象差异性的深刻体认。以对“神和精灵”的描绘为例，雕刻艺术和绘画艺术重在将其表现为“人格化的抽象品”[⑦]，而诗人则尽力将其表现为具有独特个性的行动者：

> 艺术家所描绘的神和精灵并不完全就是诗人所要用的神和精灵。对于艺术家来说，神和精灵都是些人格化的抽象品，必须经常保持这样性格特点，才能使人认得出他们。对于诗人来说，神和精灵却是些实在的发出行动的东西，在具有他们的一般性格之外，还各有一些其他特性和情感，可以按照具体情境而显得比一般性格还更突出。对于雕刻家来说，女爱神维纳斯就只代表“爱”，所以他就须使她具有全部贞静羞怯的美和娴雅动人的魔力，这就是所爱对象使我们心醉神迷的一些品质，也就是我们纳入“爱”这个抽象概念里去的一些品质。如果艺术家对这个理想有丝毫的改动，我们就认不出他所描绘的是“爱”的形象。结合到庄严而不是结合到羞怯的那种美就会使人认出不是女爱神维纳斯而是雷神后朱诺。威风凛凛的丈夫气多于娴雅风姿的那种动人的魔力所显出的就是一位米涅瓦（智慧神）而不是一位维纳斯。……对于诗人来说却不如此，维纳斯固然代表爱，却还不只是爱，在爱这个性格以外，她还有自己的个性，因而她能爱慕也能怨恨。难怪她在诗人的作品里往

---

① ［德］莱辛：《汉堡剧评》，张黎译，北京：华夏出版社2017年版，第168页。
② ［德］莱辛：《拉奥孔》，朱光潜译，北京：商务印书馆2017年版，第67页。
③ ［德］莱辛：《汉堡剧评》，张黎译，北京：华夏出版社2017年版，第169页。
④ 同上。
⑤ 同上。
⑥ 同上。
⑦ ［德］莱辛：《拉奥孔》，朱光潜译，北京：商务印书馆2017年版，第57页。

往怒火大发，特别是点燃这怒火的正是受到损害的爱情。①

人物性格的象征化和符号化是文学创作的大忌。在雕刻艺术和绘画艺术中，"用象征符号来装饰一个形体"往往可以将其"从一个单纯的形体提高到一种较高尚的人物"②，但是，"这种画艺中的装饰"一旦被应用到文学创作中，原本"较高尚的"文学人物就会"变成一个傀儡"③。尽管古代诗人的创作实践已经证实了这条规律，但是很多近代诗人仍然在蓄意破坏这条规律："近代诗人的想象人物都戴着假面具行走，凡是对这种假面具把戏懂得最多的人，对作品中主要的东西也就懂得最少。所谓主要的东西是指让人物行动起来，通过行动来显出人物的性格特征。"④这种论述构成了文学典型说的重要理论资源，而对戏剧、诗歌、雕刻、绘画等艺术的深刻体验即是这些论述得以形成的重要基础。

在小说《汤姆·琼斯》中，英国小说家亨利·菲尔丁结合自己的文学创作和文学阅读的经验，围绕文学人物的共性和个性做过如是论述：

不要说本书中某某人物真像某某另外一个人物，例如说卷七中的女店主和卷九中的女店主如何相像。朋友，你应当晓得，有些特点是各行各业大部分成员所共有的。优秀作家的才能就在于能保持这些特点而同时在运用这些特点时又能使之各有不同。其次，优秀的作家还有这样一种本事，那就是，同是一种罪恶或愚蠢推动着两个人，而他能分辨这两人之间的细微区别。这种本事，只有很有限几位作家才具备，同时也只有很有限几个读者才能真正察觉这种本领，虽然我相信对能够察觉的人来说，这种发现是他读作品的一个很主要的乐趣。⑤

文学人物的魅力即在于，在体现出群体性特征的同时，又呈现出了具体而微的性格差异。如果说呈现这种性格差异是作家的重要本领，那么体会这种性格差异就是读者的主要乐趣。为这种共性个性统一论提供绝佳诠释的，是德国诗人歌德关于"特殊"与"一般"的一段论述：

诗人究竟是为一般而找特殊，还是在特殊中显出一般，这中间有一个很大的分别。由第一种程序产生出寓意诗，其中特殊只作为一个例

---

① ［德］莱辛：《拉奥孔》，朱光潜译，北京：商务印书馆2017年版，第57—58页。

② 同上，第67页。

③ 同上。

④ 同上。

⑤ ［英］菲尔丁：《汤姆·琼斯》，载伍蠡甫、蒋孔阳、程介未编：《西方文论选》（上），上海：上海译文出版社1988年版，第530页。

证或典范才有价值。但是第二种程序才特别适宜于诗的本质，它表现出一种特殊，并不想到或明指到一般。谁若是生动地把握住这特殊，谁就会同时获得一般而当时却意识不到，或只是到事后才意识到。①

如果热衷于将“特殊”作为“一般”的例证或是典范，个性就会成为共性的附庸，这实际上是为了“一般”和共性而牺牲了“特殊”和个性，是不符合文学本质的。真正的文学，只需以个性和“特殊”为中心，无须刻意地表现“一般”和共性，就可以“在特殊中显出一般”②，在个性中显出共性。

19世纪初，德国哲学家弗里德里希·黑格尔（Friedrich Hegel）在《美学》第一卷中围绕着人物性格展开了更为深入的探讨，这些探讨构成了现代典型说的直接理论来源。毋庸讳言，对理念的执着③决定了他只能在理念与感性显现的关系论述中展开对人物性格的讨论。但是同时，黑格尔也是一位非常熟悉文学艺术的美学家，丰富的艺术审美经验也决定了他的人物性格论绝非理念论的机械套用，而是在相当程度上融汇着其对文学艺术的深刻体验和独到理解：

例如在荷马的作品里，每一个英雄都是许多性格特征的充满生气

---

① ［德］歌德：《关于艺术的格言和感想》，转引自朱光潜：《西方美学史》（第2版），北京：人民文学出版社1979年版，第416页。

② 同上。

③ 朱光潜在《西方美学史》中谈道：“在黑格尔的体系中，整个真实界是一个绝对理念，它是抽象的理念或逻辑概念和自然由对立而统一的结果。绝对理念就是‘绝对精神’或‘心灵’（Geist），是最高的真实。”［朱光潜：《西方美学史》（第2版），北京：人民文学出版社1979年版，第473—474页］“理念不仅是概念的观念性的统一和主体性，而同时也是体现概念的客体，不过这客体对于概念并不是对立的，在这客体里，概念其实是自己对自己发生关系。从主体概念和客体概念两方面看，理念都是一个整体，同时也是这两方面的整体的永远趋于完满的而且永远达到完满的协调一致和经过调和的统一。只有这样，理念才是真实而且全部的真实。”“因此，一切存在的东西只有在作为理念的一种存在时，才有真实性。因为只有理念才是真正实在的东西。也就是说，现象之所以真实，并不由于它有内在的或外在的客观存在，并不是由于它一般是实在的东西，而是由于这种实在是符合概念的。只有在实在符合概念时，客观存在才有现实性和真实性。”“说理念是真的，就是说它作为理念，是符合它的自在本质和普遍性的，而且是作为符合自在本质与普遍性的东西来思考的。所以作为思考对象的不是理念的感性的外在的存在，而是这种外在存在里面的普遍性的理念。但是这理念也要在外在界实现自己，得到确定的现前的存在，即自然的或心灵的客观存在。真，就它是真来说，也存在着。当真在它的这种外在存在中是直接呈现于意识，而且它的概念是直接和它的外在现象处于统一体时，理念就不仅是真的，而且是美的了。美因此可以下这样的定义：美就是理念的感性显现。感性的客观的因素在美里并不保留它的独立自在性，而是要把它的存在的直接性取消掉（或否定掉），因为在美里这种感性存在只是看作概念的客观存在和客体性相，看作这样一种实在：这种实在把这种客观存在里的概念体现为它与它的客体性相处于统一体，所以在它的这种客观存在里只有那使理念本身达到表现的方面才是概念的显现。”（［德］黑格尔：《美学》第一卷，朱光潜译，北京：商务印书馆2017年版，第141页、第141—142页、第142—143页）

的总和。阿喀琉斯是个最年轻的英雄，但是他一方面有年轻人的力量，另一方面也有人的一些其他品质，荷马借种种不同的情境把他的这种多方面的性格都揭示出来了。阿喀琉斯爱他的母亲特提斯，布里赛斯被人夺去，他为她痛哭，他的荣誉受到损害，他就和阿伽门农争吵，这就成为《伊里亚特》中以后一切事变的出发点。此外，他也是帕屈罗克鲁斯和安惕洛库斯的最忠实的朋友。他一方面是个最漂亮最暴躁的少年，既会跑，又勇敢，可是另一方面他也很尊敬老年人；他所信任的仆人，忠实的腓尼克斯，躺在他的脚旁，在帕屈罗克鲁斯的丧礼中他对老人涅斯托表示最崇高的敬礼。但是对于敌人，他却显得容易发火，脾气暴躁，爱报复，非常凶恶，例如他把赫克托的尸体绑在他的车后，绕着特洛伊城拖了三个圈子，但是老莱普亚姆来到他的营帐，他的心肠就软下来了，他暗地里想到自己的老父亲，就伸出手来给哭泣的老国王去握，尽管这老国王的儿子是他亲手杀了的。关于阿喀琉斯，我们可以说："这是一个人！高贵的人格的多方面性在这个人身上显出了它的全部丰富性。"荷马所写的其他人物性格也是如此，例如俄底修斯、第阿默德、阿雅斯、阿伽门农、赫克忒、安竺罗玛克，每个人都是一个整体，本身就是一个世界，每个人都是一个完满的有生气的人，而不是某种孤立的性格特征的寓言式的抽象品。比起这些人物来，皮上起茧的什格弗里特，特洛伊的哈根甚至于音乐家浮尔考，尽管也是些强有力的个性，但都显得暗淡无光。①

经过对阿喀琉斯等文学人物的性格分析，黑格尔自然而然地得出这样的结论：

只有这样的多方面性才能使性格具有生动的兴趣。同时这种丰满性必须显得凝聚于一个主体，不能只是乱杂肤浅的东西，或是偶然心血来潮的激动——就像小孩子们把一切可拿到的东西都拿到手，就它们临时发出一些动作，但是见不出性格。性格不能如此，它必须渗透到最复杂的人类心情里去，守在那里面，在那里面吸收营养来充实它自己，而同时却又不停滞在那里，而是要在这些旨趣、目的和性格特征的整体里保持住本身凝聚的稳固的主体性。②

---

① ［德］黑格尔：《美学》第一卷，朱光潜译，北京：商务印书馆 2017 年版，第 302—303 页。

② 同上，第 303 页。

要塑造出生动完满的艺术人物，除了要切实做到性格多面性和性格整体性的统一，还必须注意到，“性格有特殊性和个性”①是艺术的迫切要求。要明确凸显这种特殊性和个性，就必须将“某种特殊的情致”“作为基本的突出的性格特征，来引起某种确定的目的、决定和动作”②。莎士比亚笔下的罗密欧和朱丽叶就是这种特殊“情致”③的化身：

> 例如莎士比亚在《罗密欧与朱丽叶》里所写的主要情感是爱情，但是我们看见罗密欧在最变化多端的关系里，例如在对他的父母、朋友和侍童的关系中，在同杜巴尔特的在荣誉上的冲突和决斗中，在对僧侣的尊敬和信任中，甚至在坟场上和卖毒药给他的药师的对话中，他都始终一贯地显得尊严高尚，用情深挚。朱丽叶也是一样的从许多关系的整体中显出她的性格，例如她对父母、保姆、巴里斯伯爵，以及神父劳伦斯的关系。尽管有这些复杂的关系，她在每一种情境里也是一心一意地沉浸在自己的情感里，只有一种情感，即她的热烈的爱，渗透到而且支持起她整个的性格。④

如果说“尊严高尚，用情深挚”⑤是罗密欧的特殊情致，“热烈的爱”⑥是朱丽叶的特殊情致，那么他们身处其中的各种关系就构成了其情致得以呈现的丰富情境，而情境的丰富性有助于特殊情致“展示出它本身的丰富性”⑦。也就是说，虽然“性格的特殊性中应该有一个主要的方面作为统治的方面”，但是，这个主要方面的界限不能“限定得过分死板”，以免“使一个人物仅仅成为某种情致——例如爱情和荣誉感之类——的完全抽象的形式”。因为，一旦人物成了这种完全抽象的形式，人物性格的“一切生气和主体性也就会完全消失了”，“这种艺术表现也就会因此枯燥贫乏”。⑧ 在保持定性的同时，性格还必须“保持住生动性与完

① [德]黑格尔：《美学》第一卷，朱光潜译，北京：商务印书馆2017年版，第304页。

② 同上。

③ 在黑格尔看来，“情致”是一种“不是本身独立出现的而是活跃在人心中，使人的心情在最深刻处受到感动的普遍力量，……这个意义的‘情致’是一件本身合理的情绪方面的力量，是理性和自由意志的基本内容”（[德]黑格尔：《美学》第一卷，朱光潜译，北京：商务印书馆2017年版，第295页）。“情致是艺术的真正中心和适当领域，对于作品和对于观众来说，情致的表现就是效果的主要的来源。情致所打动的是一根在每个人心里都回响着的弦子，每个人都知道一种真正的情致所含的意蕴的价值和理性，而且容易把它认识出来。情致能感动人，因为它自在自为地是人类生存中的强大的力量。”（同上，第296页）

④ [德]黑格尔：《美学》第一卷，朱光潜译，北京：商务印书馆2017年版，第305页。

⑤ 同上。

⑥ 同上。

⑦ 同上。

⑧ 同上，第304页。

满性，使个别人物有余地可以向多方面流露他的性格，适应各种各样的情境，把一种本身发展完满的内心世界的丰富多彩性显现于丰富多彩的表现”①。和莎士比亚笔下的罗密欧与朱丽叶一样，“索福克勒斯的悲剧形象”也“具有这种生动性，尽管他所写的情致本身是很单纯的”②。情致单纯并不等于性格单调，再单纯的情致也可能滋养出丰富的有血有肉的人物性格。反之，性格的丰富甚至矛盾也绝不会妨碍情致的稳定，“因为人的特点就在于他不仅担负多方面的矛盾，而且还忍受多方面的矛盾，在这种矛盾里仍然保持自己的本色，忠实于自己”③。“保持自己的本色，忠实于自己”使人物性格生发出了“一种一贯忠实于它自己的情致所显现的力量和坚定性”④，这种“力量和坚定性”决定了人物的整一性。当性格“所代表的力量的普遍性与个别人物的特殊性融会在一起”，性格就“在这种统一中变成本身统一的自己与自己融贯一致的主体性和整一性”⑤。性格的理想即“在于自身融贯一致的主体性所含的丰富的力量”⑥。可见，性格的丰富性和整体性、普遍性和特殊性辩证统一的观点在相当程度上融会着黑格尔对文学艺术的深刻体验和独到理解，这也是该观点能够成为现代典型说直接理论来源的重要原因。

在现代典型说的形成过程中，俄国美学家别林斯基是绕不过去的存在。正如朱光潜所说，“在近代美学家中，别林斯基是第一个人把典型化提到艺术创作中首要地位。”⑦在别林斯基看来：

> 典型性是创造底基本法则之一，没有它，就没有创造。
>
> 创作的新颖性——或者，毋宁说创造力本身——的最显著标志之一即在于典型性；假如可以这样说，典型性就是作家的徽章。在真正有才能的作家的笔下，每个人物都是典型；对于读者，每个典型都是一个熟识的陌生人。⑧

“熟识的陌生人”意味着读者既可以在“典型”中体会到自己所熟悉的一般和共性的部分，又可以感受到自己不熟悉的个性和特殊的成分，也就是：“典型既是

---

① [德]黑格尔：《美学》第一卷，朱光潜译，北京：商务印书馆2017年版，第304页。

② 同上，第304页。

③ 同上，第306页。

④ 同上，第307页。

⑤ 同上。

⑥ 同上，第301页。

⑦ 朱光潜：《西方美学史》，（第2版），北京：人民文学出版社1979年版，第543页。

⑧ [俄]别林斯基著，别列金娜选辑：《别林斯基论文学》，梁真译，上海：新文艺出版社1958年版，第121页，第120页。

一个人，又是很多人”[1]，“在典型里，是两个极端——普遍和特殊——的有机的融和(合)底成功”[2]。首先，典型“是这样的一种人物描写：在他身上包括了很多人，包括了那体现同一概念的一整个范畴的人们”[3]，“典型人物是一整类人的代表，是很多对象的普通名词，却以专名词表现出来”[4]。譬如，莎士比亚笔下的奥赛罗“就是典型，他代表一整类人，一整个范畴，代表所有这样嫉妒心强的人。奥赛罗们过去一直有，现在也还有，虽然换了一种形式：现在他们不再缢死妻子或情人，而是宁可缢死自己的”[5]。再如果戈理笔下的科瓦辽夫少校，之所以会引发读者的兴趣，主要是因为“他不是一个科瓦辽夫少校，而是科瓦辽夫少校们，因此，在你和他认识以后，即使你突然碰见上百个科瓦辽夫们，——你也会立刻认出他们，把他们从几千人里面区别出来”。[6] 其次，典型不仅意味着使人物“成为一个特殊世界的人们的代表”，而且意味着要使人物成为“一个完整的、个别的人”[7]，任何人物都不可能是其他人物的重复，只有凭借自己的特有生命获得存在的意义，“他一方面像这范畴里的许多人，同时又只像他自己，任什么别人也不像的”[8]，“只有在这种条件下，只有通过这种矛盾的调和，他才能够成为一个典型人物，就是在奥赛罗及科瓦辽夫少校那个含义上的典型人物”[9]。要实现共性与个性、普遍与特殊的矛盾的调和，创造出真正的典型人物，作家就要像果戈理塑造安娜·安德烈耶芙娜那样，“深入到对象的有机体隐秘的深处，把最难察见的、隐藏在机体内部的纤维和神经里的一切都暴露出来”[10]。

和上述理论家一样，马克思和恩格斯的文学典型说也是以他们的艺术审美经验为基础的。当代文艺理论家谭好哲曾经谈道：

> 马克思在评价法国作家欧仁·苏的流行小说《巴黎的秘密》时，曾称小说中所描写的一个并不显眼的人物为典型。他说：“在欧仁·苏的小说里，阿娜斯塔西娅·皮普勒是巴黎看门女人的典型。”为什么皮普

---

① [俄]别林斯基著，别列金娜选辑：《别林斯基论文学》，梁真译，上海：新文艺出版社 1958 年版，第 120 页。

② 同上，第 128 页。

③ 同上，第 120—121 页。

④ 同上，第 128 页。

⑤ 同上，第 121 页。

⑥ 同上。

⑦ 同上。

⑧ 同上，第 122 页。

⑨ 同上，第 121 页。

⑩ 同上，第 123 页。

勒太太是一个典型人物？因为皮普勒太太身上带有当时巴黎看门女人这一特定阶层人物的生活和思想性格共有的一些特点，如贪图小利、灵活多变，为了私利而当拉皮条和密探的角色等等，同时这些有代表性的特点又是通过她自己具有个人特点的独特言行活灵活现地表露出来的。[①]

可以说，马克思主义文学典型说的理论内涵就体现在马克思和恩格斯对文学作品的体会、理解、分析和评价之中。1859年，马克思在给斐迪南·拉萨尔的信中，批评拉萨尔的剧本《弗兰茨·冯·济金根》"在人物个性的描写方面看不到什么特色"[②]，主人公济金根"被描写得太抽象了"[③]，而胡登则被渲染成了一个慷慨激昂的狂热革命者，其"聪明人、机灵鬼"[④]的一面没有得到任何有效的表现。在马克思看来，《弗兰茨·冯·济金根》之所以会出现这些创作缺陷，是因为拉萨尔过于偏爱席勒式的创作方式，"把个人变成时代精神的单纯的传声筒"[⑤]，而要弥补这些创作缺陷，拉萨尔"就得更加莎士比亚化"[⑥]。同年，恩格斯在评价《弗兰茨·冯·济金根》时，也有相同的议论："我们不应该为了观念的东西而忘掉现实主义的东西，为了席勒而忘掉莎士比亚。"[⑦]所谓的"莎士比亚化"，除了追求"情节的生动性和丰富性"[⑧]，还要勾勒出"福斯泰夫式的背景"，即"介绍那时的五光十色的平民社会，会提供完全不同的材料使剧本生动起来，会给在前台表演的贵族的国民运动提供一幅十分宝贵的背景"[⑨]。1885年，在致明娜·考茨基的信中，恩格斯围绕着其小说《旧和新》作出如是评价：

对于这两种环境里的人物，我认为您都用您平素的鲜明的个性描写手法刻画出来了；每个人都是典型，但同时又是一定的单个人，正如老黑格尔所说的，是一个"这个"，而且应当是如此。但是，为了表示没有偏颇，我还要找点毛病出来，在这里我来谈谈阿尔诺德。这个人确实太完美无缺了，因此，当他最终在一次山崩中死掉时，人们只有推说他

① 谭好哲：《审美的镜子》，济南：山东友谊出版社2002年版，第113页。

② 《马克思致斐迪南·拉萨尔（2月22日）》，载《马克思恩格斯选集》第四卷，北京：人民出版社2012年版，第437页。

③ 同上。

④ 同上。

⑤ 同上。

⑥ 同上。

⑦ 同上，第442页。

⑧ 同上，第440页。

⑨ 同上，第442页。

不见容于这个世界，才能把这种情形同文学上的崇尚正义结合起来。可是，如果作者过分欣赏自己的主人公，那总是不好的，而据我看来，您在这方面也多少犯了这种毛病。爱莎尽管已经被理想化了，但还保有一定的个性描写，而在阿尔诺德身上，个性就更多地消融到原则里去了。

至于产生这个缺陷的原因，从小说本身就能感觉到。显而易见，您认为需要在这本书里公开表明您的立场，在全世界面前证明您的信念。这您已经做了，已经是过去的事了，用不着再以这种形式重复。我决不反对倾向诗本身，悲剧之父埃斯库罗斯和喜剧之父阿里斯托芬都是有强烈倾向的诗人，……现代的那些写出优秀小说的俄国人和挪威人全是有倾向的作家。可是我认为，倾向应当从场面和情节中自然而然地流露出来，而无须特别把它指点出来；同时我认为，作者不必把他描写的社会冲突的历史的未来的解决办法硬塞给读者。……如果一部具有社会主义倾向的小说，通过对现实关系的真实描写，来打破关于这些关系的流行的传统幻想，动摇资产阶级世界的乐观主义，不可避免地引起对于现存事物的永恒性的怀疑，那么，即使作者没有直接提出任何解决办法，甚至有时并没有明确地表明自己的立场，我认为这部小说也完全完成了自己的使命。①

虽然优秀的文学作品大多具有强烈的倾向性，但是，将倾向性强加到人物身上，用抽象原则消泯人物个性是文学创作的大忌，这样也绝对不可能产生真正的文学典型。1888年，对玛格丽特·哈克奈斯的小说《城市姑娘》进行评价时，恩格斯再次强调："我决不是责备您没有写出一部直截了当的社会主义的小说，一部像我们德国人所说的'倾向性小说'，来鼓吹作者的社会观点和政治观点。我决不是这个意思。作者的见解越隐蔽，对艺术作品来说就越好。"②而要使倾向性在场面和情节中自然而然地流露出来，作家就必须坚持现实主义的创作原则，而"现实主义的意思是，除细节的真实外，还要真实地再现典型环境中的典型人物"③。小说《城市姑娘》的人物就其本身而言虽然具有一定的典型性，"但是环绕着这些人物并促使他们行动的环境，也许就不是那样典型了"④。环境的非典型性不仅疏

① 《马克思致斐迪南·拉萨尔(2月22日)》，载《马克思恩格斯选集》第四卷，北京：人民出版社2012年版，第578—579页，第579页。

② 同上，第590页。

③ 同上。

④ 同上。

离了现实主义的创作原则，而且削弱甚至破坏了人物所承载的典型意义和社会价值。

从文学典型说的产生和发展过程中，我们可以清晰地体会到文学理论和艺术审美经验的密切关系。这种密切关系决定了作为一门人文科学的文学理论必然会呈现出有别于哲学、史学等其他人文科学的独特性质。这种独特性质是文学理论得以有效介入文学分析的关键因素。

二、关注文学价值

文学理论的研究对象是文学活动，而文学活动所构建的语言创造物是一种价值结构。正如雷纳·韦勒克和艾·阿·瑞恰慈(Ivor Armstrong Richards)所论述的那样：

> 一件艺术品……是由种种价值构成的总体，这些价值并不依附于这个结构，而是构成了这个结构的总体。所有企图将价值排除在文学之外的尝试都已失败了，将来也会失败，因为文学的本质正是价值。①
>
> 文学研究不同于历史研究的地方就在于它需要处理的不是文献，而是不朽的作品。历史学家必须根据目击者的叙述重新恢复早已逝去的事件；而另一方面，文学研究者达到自己的目的却有其捷径，即艺术作品。……文学研究者……可以观察他的对象，即作品本身；他必须读懂作品，对作品进行解释、评价；……文学研究者所面临的，却是一个有关价值的特殊问题；他的研究对象——艺术作品——不仅包孕着价值，而且本身就是价值构成的大厦。②
>
> 诸门艺术乃是我们载入史册的价值观念的宝库……一件艺术作品的源起即创造的时刻以及它成为交流载体这个方面，从这两点来看都能找到理由，让艺术在价值理论中占有一个极其重要的地位。艺术记载了我们关于经验的价值所掌握的最为重要的判断。③

所以，文学研究者绝不能忽视“有关价值的特殊问题”④，任何避免做出价值

---

① [美]R. 韦勒克：《文学史上进化的概念》，载[美]R. 韦勒克：《批评的诸种概念》，丁泓、余徵译，成都：四川文艺出版社1988年版，第58页。

② 同上，第22—23页。

③ [英]艾·阿·瑞恰慈：《文学批评原理》(第2版)，杨自伍译，南昌：百花洲文艺出版社2010年版，第26页。

④ [美]R. 韦勒克：《文学理论、文学批评和文学史》，载[美]R. 韦勒克：《批评的诸种概念》，丁泓、余徵译，成都：四川文艺出版社1988年版，第23页。

解释和价值判断的尝试都会导致文学研究的彻底失败。尽管价值选择和价值判断并非文学研究的专利，“政治的、经济的或社会的历史学家，无疑也会从事件的利害关系和重要性出发，对它们进行选择”，但是，“文学研究者所面临的，却是一个有关价值的特殊问题”。[①] 与哲学、史学的研究对象不同，文学艺术作品本身就是价值整体，其中所潜藏的多种价值观念构成了多维度、多层次、多指向、多变化的价值结构，这一方面强化了作品的艺术生命力，使其散发出常读常新的无尽魅力，另一方面又增加了价值解释和价值判断的难度。对此，雷纳·韦勒克有过精辟的论述：

> 艺术作品越是复杂，它所构成的价值的大厦就越是千变万化；因而对它的解释也就越是困难，忽略这一方面或那一方面的危险也就越大。但是，这并不意味着所有的解释都同样正确，也不意味着就不能对它们进行区分。有纯粹是异想天开的解释，也有偏颇的、歪曲的解释。……判断正确与否的观念，显然来自解释是否妥当的观念；评价来自理解；正确的评价又来自正确的理解。观点本身就存在着等级差别，这种等级差别就隐藏在解释是否妥当的观念里。正如有着正确的解释（至少作为一种理想）一样，也存在着正确的判断，好的判断。[②]

文学艺术作品可能会包孕着复杂多维的意义生成可能性和千变万化的价值结构，任何试图对其进行全面概括和解释的努力都有可能会成为徒劳。但是，这并不意味着研究者可以随意地解释和评判作品的价值。恰当的解释、正确的判断、正确的评价都离不开对价值理论的探索和把握。就这一意义而言，价值理论既是进行文学批评的必要条件，又关系着研究者对文学本质的探索，正如艾·阿·瑞恰慈所分析的那样：

> 价值理论并非是文不对题，脱离了人们想象中的深入文学艺术本质的探索。因为如果说一种有根有据的价值理论是批评的必要条件，那么同样确凿无疑，理解文学艺术中发生的一切乃是价值理论所需要的。“什么是好的？”和“什么是文学艺术？”这两个问题是互为照明的。实际上二者缺少任何一个都无法给予充分的解答。[③]

---

① ［美］R. 韦勒克：《文学理论、文学批评和文学史》，载［美］R. 韦勒克：《批评的诸种概念》，丁泓、余徵译，成都：四川文艺出版社 1988 年版，第 23 页。

② 同上，第 26—27 页。

③ ［英］艾·阿·瑞恰慈：《文学批评原理》（第 2 版），杨自伍译，南昌：百花洲文艺出版社 2010 年版，第 31—32 页。

可见，从“有根有据的价值理论”出发，对文学价值进行正确的解释和判断不仅是文学理论研究必不可少的组成部分，而且是文学理论体系得以建构的基本前提。

综上所述，文学活动是一种与艺术审美经验密切相关的创造性精神活动，其旨在以文学语言为艺术媒介创造价值结构。艺术审美经验、文学语言和价值结构的内在属性在决定文学活动自有特征的同时，也造就了文学理论不同于其他人文科学的独特性质。作为一种特殊的人文科学，文学理论在进行自我建构时，所追求的不是文学理论的事实精准性，而是文学理论的价值合理性。要将这种价值合理性落到实处，就必须对文学价值进行正确的解释和判断并以之作为文学理论的建构基点。而对文学价值正确的解释和判断则离不开对艺术审美经验丰富性和文学语言创造性的深入体察。

第二章　当代文学理论的建构基点问题

如本书第一章所述，文史哲等人文科学都“源于对人类价值及其独具的表达能力的重视与鉴赏”①，那么，作为一门人文科学，文学理论在进行自我建构时，理应以价值问题为基点。同时，文学理论不同于其他人文科学的独特性质又决定了作为其建构基点的价值必然会呈现出一定的特殊性。在本章中，我们将从价值、审美价值、艺术审美价值、文学活动中的艺术审美价值这四个层面入手，层层递进地诠释这种特殊价值的基本内涵。

第一节　有关价值的阐释

“价值”一词古已有之，但是，直到19世纪，它才正式成为哲学沉思的对象。众多哲学家从各个视角对价值内涵进行了深入的哲学阐释，种种阐释丰富复杂难以尽述。但在这里，我们只列举两种具有代表性的价值阐释思路：本体论阐释思路和活动论阐释思路。

一、“价值”的本体论阐释

按照本体论阐释思路，价值是一种先验的本体，具有真理性的绝对意义。尽管其有可能和现实世界或实践主体发生一定的联系，但是作为本体的价值自身绝不会因这种联系而发生任何改变。价值哲学创始人洛采、新康德主义者李凯尔特、现象学泰斗舍勒所秉持的价值概念基本上都属于通过这种阐释思路所得到的结果。

价值哲学创始人、德国哲学家鲁道夫·赫尔曼·洛采（Rudolf Hermann Lotze）将世界划分为三个逐层上升的领域：事实、普遍规律和价值，而事实和普遍规律这两个领域都是为了达到价值的阶梯和途径。如此，价值的哲学地位就

① 李惠国、何培忠主编：《面向21世纪的国外社会科学》，武汉：武汉大学出版社2003年版，第4页。

得到了空前的提升。在他看来，价值是内在于事物的一种实有存在和绝对法则。人类心灵的特定结构不仅使人在一定程度上具备了客观地理解价值的能力，而且会将主观因素带入对价值的客观理解之中。也就是说，作为实有存在的价值会以一种与人类心灵结构相匹配的方式呈现自身，可以被某个具体的主体在特定的情境中去认识去接受，主体的更替和情境的变化可以造成人类价值认识的不断发展。只不过，这种发展始终建立在价值自身独特性的持续呈现上，永远不会脱离价值的先验本质和客观边际。可见，在洛采的哲学视野中，价值具有先验主义特征，其普遍有效性的凸显固然离不开主体的参与，但是主体的参与并不会改变价值所具有的客观本质和普遍有效性。

新康德主义者李凯尔特也提出了和洛采相似的看法。在他看来，哲学视野中的价值理应超越一切现实，凌驾于所有对象存在和主体活动之上，呈现出客观普遍的先验性特征。但是，超越于现实之上并不意味着和现实无关：

> 价值决不是现实，既不是物理的现实，也不是心理的现实……但是，价值是与现实联系着的，……首先，价值能够附着于对象之上，并由此使对象变为财富；其次，价值能够与主体的活动相联系，并由此使主体的活动变为评价。为了确定财富是否确实配得上财富的称号或者评价是否正确，可以从与财富和评价相联系的价值的有效性的观点去考察财富和评价。①

也就是说，尽管价值可以改变和考察现实，但现实绝无能力对价值施加半点影响，更不会使价值呈现出任何事实性的特征，因为，“价值的实质在于它的有效性，而不在于它的实际的事实性”②。

现象学泰斗马克斯·舍勒(Max Scheler)更为明确地指出，价值是一种可以自我证明的先验本体，是完全客观的、绝对的、永恒的。尽管具体的事物可以在某种程度上成为价值的载体，具体的主体可以在一定范围内感受到价值的成分或性质，但价值本身既不会因任何事物的发展而改变，又不会因任何主体的参与而改变。甚至可以说，价值本身根本不需要依靠任何载体或是任何感受，载体或感受至多不过是价值所接受的存在形式：

> 一切价值……并不依赖于它们所接受的存在形式，例如无论它们是作为纯粹对象性的质性伫立在我们面前，还是作为价值状态的成分

---

① [德]H. 李凯尔特：《文化科学和自然科学》，涂纪亮译，北京：商务印书馆1986年版，第78页。

② 同上。

> （例如某物的适意或美），或是作为在善业中的部分因素，或是作为"一个事物"具有的价值。①

那些价值所接受的存在形式固然可以帮助价值在现实中发挥出功能和效用，但是，就其本质而言，价值始终是独立于一切存在形式的。

二、"价值"的活动论阐释

与本体论阐释思路不同，活动论阐释思路更注重探讨价值与主体活动之间的关系，即不再将价值理解为超越于一切现实活动之上的先验本体，而是将主体活动（包括实际活动和心理活动）以及在活动过程中生成的主客体关系视为阐释价值内涵的起点。从马克思和约翰·杜威（John Dewey）对价值所做的解说中，不难发现这种思路的投影。

在《剩余价值理论》中，马克思曾结合词源学梳理过价值一词的由来和意义：价值这个词（value、valeur、wert）与梵文"wer"相关，"梵文 wer 的意思是'掩盖、保护'，由此有'尊敬、敬仰'和'喜爱、珍爱'的意思。从这个词派生的形容词 wertas 是'优秀的，可敬的'意思"。而价值作为名词"最初无非是表示物对于人的使用价值，表示物的对人有用或使人愉快等等的属性"，这意味着价值的含义可以等同于使用价值，但是不同于交换价值：

> 使用价值表示物和人之间的自然关系，实际上是表示物为人而存在。交换价值则代表由于创造交换价值的社会发展后来被加在 wert（＝使用价值）这个词上的意义。这是物的社会存在。②

可见，价值的概念所昭显的即"人"与"物"之间自然生成的关系。后来，在《评阿·瓦格纳的"政治经济学教科书"》中，马克思将这种"人"与"物"之间的关系阐释为"以活动为基础的关系"，并由此对价值的概念做出了更为清晰的说明：

> 在一个学究教授看来，人对自然的关系首先并不是实践的，即以活动为基础的关系，而是理论的关系；……但是，人们决不是首先"处在这种对外界物的理论关系中"。正如任何动物一样，他们首先是要吃、喝等等，也就是说，并不"处在"某一种关系中，而是积极地活动，通过活动来取得一定的外界物，从而满足自己的需要。（因而，他们是从生产开

---

① ［德］马克斯·舍勒：《伦理学中的形式主义与质料的价值伦理学——为一种伦理学人格主义奠基的新尝试》（上册），倪梁康译，北京：商务印书馆 2017 年版，第 48 页。

② 《马克思恩格斯全集》（第 26 卷），第 3 册，北京：人民出版社 1974 年版，第 326—327 页。

始的。）由于这一过程的重复，这些物能使人们‘满足需要’这一属性，就铭记在他们的头脑中了。①

“人”与“物”（“自然”）之间的关系并不是先在的，而是在前者对后者的积极活动中动态生成的。通过积极活动，“人”不仅可以在实际上占有外物以满足自己的需要，而且会在观念上意识到、在头脑中铭刻下“这些外物具有可以满足自己需要的属性”，“然后人们也在语言上把它们叫做它们在实际经验中对人们来说已经是这样的东西，即满足自己需要的资料，使人们得到‘满足’的物”②。

如果说，人们不仅在实践中把这类物当做满足自己需要的资料，而且在观念上和语言上把它们叫做“满足”自己需要的物，从而也是满足自己本身的物，……——如果说，“按照德语的用法”，这就是指物被“赋予价值”，那就证明；“价值”这个普遍的概念是从人们对待满足他们需要的外界物的关系中产生的。③

可见，在马克思主义哲学视野中，作为普遍概念的价值首先应该被定位为在主体实践活动中所生成的主客体之间的特定关系范畴。若是主体没有基于自身需要展开实践活动，就不会意识到客体中有着能够满足自身需要的属性，主客体之间的价值关系自然也就无从谈起。

实用主义的集大成者约翰·杜威针对当代经验主义价值论的缺陷，将价值定位为主体智慧行动创造出来的结果，主张“用作为智慧行动后果的享受来界说价值”④。在他看来，价值作为一种事实存在，固然和享受、满足等具体经验紧密相关，但是，不是任何享受的东西都可以被认定为价值：

如果没有思想夹入其间，享受就不是价值而只是有问题的善，只有当这种享受以一种改变了的形式从智慧行为中重新产生的时候，它们才变成了价值。当代经验主义价值论的根本缺点在于：它只是把社会上所流行的，把实际所经验到的享受当作就是价值本身的这种习惯加以陈述和合理化而已。它完全规避了如何调节这种享受的问题。⑤

在约翰·杜威看来，未经智慧所操作调节的享受只是偶然的，经验主义错误地将

① 《马克思恩格斯全集》第19卷，北京：人民出版社1963年版，第405页。

② 同上。

③ 同上。

④ ［美］约翰·杜威：《确定性的寻求——关于知行关系的研究》，傅统先译，上海：上海人民出版社2005年版，第200页。

⑤ 同上。

这种偶然的享受视作价值本身，这实际上是混淆了事实和价值之间的关系：

> 某些东西为人们所享受时，这是在陈述一件事实，陈述某种已经存在着的东西；这不是在判断那件事实的价值。①

获得享受这一经验事实有可能和价值相关，但是并不能等同于价值：

> 我们对于我们所爱好和所享受的事物的直接和原来的经验只是所要达到的价值的可能性；当我们发现了这种享受的出现所依赖的关系时，这种享受就变成了一种价值。这种从因果关系上和从操作上所下的定义只是给人们一个关于价值的概念而不是给人们以一种价值本身。但是如果我们在行动中利用这种概念的话，我们就能得到具有可靠而重要价值的对象。②

主客体之间需要和被需要、享受和被享受的关系只是事实关系，并非价值关系。只有将这种事实关系问题化，在需要得以满足和满足这种需要之间、享受得以实现和实现这种享受之间展开关于二者因果关系的探究，才有可能发现主客体之间的价值关系，并由此生发出一种关于价值的看法和概念。尽管这种价值概念并非价值对象亦非价值本身，但只要利用得当，便可借此概念找到具有重要价值的对象。可见，与其将价值视作一种实体概念，不如将其视作一种性质概念，以之标举主客体间某种特殊的关系性质。这种特殊的关系性质并非固有存在，而是主体进行价值判断的结果。在约翰·杜威看来，和事实陈述不同，"判断"可以面向未来，成为一种包含着预测成分的理性鉴定：

> 当我们宣称说某一事物是可以满足要求的时候，这就是说它符合了某些特别的条件。事实上，这就是一个判断，说这个事物"将起作用"("will do")。其中包含有一种预测；它设想到一个未来，在这个未来中，这个事物将继续有用；它将起作用。……说它已满足了要求，这是一个关于事实的命题的内容；说它可以满足要求，这是一个判断、一种估价、一种鉴定。③

所谓价值判断：

> 就是关于经验对象的条件与结果的判断，就是对于我们的想望、情

---

① [美]约翰·杜威：《确定性的寻求——关于知行关系的研究》，傅统先译，上海：上海人民出版社2005年版，第200页。

② 同上。

③ 同上，第201页。

感和享受的形成应该起着调节作用的判断。①

可见,价值判断是一种对行动具有指导意义的预期性判断。对主客体之间的价值关系进行判断,是对主客体之间价值关系可能性的判断,是对有可能通过主体的某种行动而被创造出来的价值关系的预期性判断。如此,在约翰·杜威的哲学视野中,价值的核心问题不是价值存在,而是价值判断。主客体之间的价值关系也不是已经存在的既定关系,而是一种借助价值判断才有可能存在的关系。

尽管马克思和约翰·杜威的哲学立场大相径庭——前者立足于实践论,后者立足于实验经验主义,但在对价值进行阐释时,无论是前者强调的价值概念产生于"人们对待满足他们需要的外界物的关系"②,还是后者主张的以价值判断调节"想望、情感和享受的形成","用作为智慧行动后果的享受来界说价值"③,所注重的都是人的主体性对于价值的生成作用,所凸显的都是主体活动的重要意义。

第二节 审美价值

相较于强调价值先验性的本体论阐释思路,我们更倾向于将主体活动以及在活动过程中产生的主客体关系作为阐释审美价值的起点。因为,"美并不是事物的一种直接属性,美必然地与人类的心灵有联系——这一点似乎是差不多所有的美学理论都承认的"④。审美更是一种需要主体参与的活动,一切审美价值观念都是在主体通过发挥自身能动性使客体满足自身审美需要的过程中生成、发展和完善起来的,这标志着人在审美活动中赋予对象世界的审美意义。

一、审美对象·审美活动·审美感觉

波兰美学家罗曼·英加登(Roman Ingarden,又译作英加登)曾经说过:

"审美价值"是某种仅仅在审美对象内……的东西,……不容置疑

① [美]约翰·杜威:《确定性的寻求——关于知行关系的研究》,傅统先译,上海:上海人民出版社2005年版,第205页。

② 《马克思恩格斯全集》第19卷,北京:人民出版社1963年版,第406页。

③ [美]约翰·杜威:《确定性的寻求——关于知行关系的研究》,傅统先译,上海:上海人民出版社2005年版,第200页。

④ [德]恩斯特·卡西尔:《人论》,甘阳译,上海:上海译文出版社2004年版,第237页。

的是，为设立一个审美对象，观赏者的共同创造活动是必要的。[①]

审美对象之所以能够成为审美对象，首先是因为被纳入了审美活动，受到了主体的审美观照和审美体验。离开了这种观照和体验，一切自然美或艺术美就只能游离于审美活动之外，自然也就无法成为审美对象。王阳明《传习录》中著名的对话或许可以帮助我们加深对这一问题的理解：

先生游南镇，一友指岩中花树问曰："天下无心外之物，如此花树，在深山中自开自落，于我心亦何相关？"先生曰："你未看此花时，此花与汝心同归于寂，你来看此花时，则此花颜色一时明白起来，便知此花不在你的心外。"[②]

未经人看时，花对于人而言是不存在的，经人观看时，花的颜色才在人那里"明白起来"，成了人意识到的存在。人意识到的存在才是对人有意义的存在，意识不到存在的对于人就没有什么意义可言，也就谈不上有意义的存在。这段对话原本要说明的是心学思想，并非审美问题，但是，从对话里所论及的"人""花"关系中，我们可以生发出审美活动和审美主体之于审美对象的重要意义："花"在深山中自开自落，无人欣赏之时，无论其颜色绚烂与否，都与审美活动无关，自然也称不上是审美对象；只有在主体真切地观照和体验到"花"色之美时，"花"才进入了审美活动，成了审美主体的审美对象。审美对象只能依存于审美主体而存在，其审美价值的获得亦离不开审美主体的积极参与。对此，苏联美学家卡冈有过精辟的论断："只有当我们观照和体验对象时，它才获得自己的审美价值。"[③]那么，究竟在何种情况下，主体才会将外物视作审美对象加以观照和体验，使其获得审美价值呢？

外物能否成为审美对象获得审美价值，首先取决于主体是否具备审美感觉。离开了这种特定的审美感觉，审美对象和审美价值就无从谈起。正如马克思所说：

对于不辨音律的耳朵说来，最美的音乐也毫无意义，音乐对它说来不是对象。

忧心忡忡的穷人甚至对最美丽的景色都无动于衷；贩卖矿物的商人只看到矿物的商业价值，而看不到矿物的美和特性；他没有矿物学的

---

① ［波兰］罗曼·英加登：《艺术的和审美的价值》，朱立元译，载蒋孔阳主编：《二十世纪西方美学名著选》（下），上海：复旦大学出版社 1988 年版，第 278 页。

② （明）王阳明原著，马昊宸主编：《王阳明全集》第 1 册，北京：线装书局 2016 年版，第 285—286 页。

③ ［苏］列·斯托洛维奇：《审美价值的本质》，凌继尧译，北京：中国社会科学出版社 1984 年版，第 23 页。

感觉。①

只有主体具备审美感觉时，音乐、风景、矿物等事物才有可能成为主体的审美对象，才有可能获得审美价值。否则，它们就只是和审美活动无关的现实性存在，即使进入了主体的视野，也不是审美对象，更没有审美价值。谈到这个问题时，我们不妨参照德国哲学家马丁·海德格尔（Martin Heidegger）的精妙议论：

> 艺术作品是人人熟悉的。在公共场所，在教堂和住宅里，我们可以见到建筑作品和雕塑作品。在博物馆和展览馆里，安放着不同时代和不同民族的艺术作品。如果我们根据这些作品的未经触及的现实性去看待它们，同时又不至于自欺欺人的话，那就显而易见：这些作品与通常事物一样，也是自然现存的。一幅画挂在墙上，就像一支猎枪或一顶帽子挂在墙上。一幅油画，比如说凡·高那幅描绘一双农鞋的油画，就从一个画展转到另一个画展。人们运送作品，犹如从鲁尔区运送煤炭，从黑森林运出木材。在战役期间，士兵们把荷尔德林的赞美诗与清洁用具一起放在背包里。贝多芬的四重奏存放在出版社的仓库里，与地窖里的马铃薯无异。②

无论是凡·高的油画、荷尔德林的赞美诗，抑或是贝多芬的四重奏，都不是天然的审美对象，更不是审美价值本身。当它们作为货物被运送和存放的时候，它们在本质上和其他货物并无区别。只有具备了一定审美感觉的主体将其视作审美对象纳入审美活动时，它们才会产生审美价值。也就是说，这些在现实中被当做货物运送或存放的艺术品之所以能够成为审美对象并产生审美价值，是因为它们对于主体来说具有了某种审美意味，而这种意味能否产生，则取决于主体的审美感觉。

二、审美感觉·实践活动

主体的审美感觉并不是凭空产生的，而是在人类的实践活动中逐渐生成和发展起来的。实践是马克思主义哲学思想的重要范畴，在《关于费尔巴哈的提纲》中，马克思以实践论为武器，对费尔巴哈所代表的旧唯物主义进行了切中肯綮的批判：

---

① ［德］马克思：《1844年经济学—哲学手稿》，刘丕坤译，北京：人民出版社1979年版，第79页、第79—80页。

② ［德］马丁·海德格尔：《林中路》，孙周兴译，北京：商务印书馆2015年版，第3页。

从前的一切唯物主义(包括费尔巴哈的唯物主义)的主要缺点是:对对象、现实、感性,只是从客体的或者直观的形式去理解,而不是把它们当做感性的人的活动,当做实践去理解,不是从主体方面去理解。因此,和唯物主义相反,唯心主义却把能动的方面抽象地发展了,当然,唯心主义是不知道现实的、感性的活动本身的。费尔巴哈想要研究跟思想客体确实不同的感性客体,但是他没有把人的活动本身理解为对象性的活动。因此,他在《基督教的本质》中仅仅把理论的活动看成是真正人的活动,而对于实践则只是从它的卑污的犹太人的表现形式去理解和确定。因此,他不了解"革命的""实践批判的"活动的意义。

费尔巴哈不满意抽象的思维而喜欢直观;但是他把感性不是看做实践的、人的感性的活动。①

在这里,马克思明确将人的感性活动、实践和主观方面并列为理解事物、现实和感性的关键切入点,这不仅凸显了实践的重要地位,而且体现了实践和人的感性活动、主观方面之间的内在联系,昭示着实践即是一种以发挥人的主观能动性为基本特征的感性活动。

联系《1844年经济学—哲学手稿》中对人类活动特征的相关阐释,我们可以更为深入地体会到,人之所以有能力开展实践活动、发挥主观能动性,是因为人就是"这样一种存在物,它把类当做自己的本质来对待,或者说把自己本身当做类的存在物来对待","而自由自觉的活动恰恰就是人的类的特性"。② 当"人把自己本身当做现有的、活生生的类来对待,当做普遍的因而也是自由的存在物来对待"③时,人就可以摆脱物种的束缚和肉体的支配,"懂得按照任何物种的尺度来进行生产,并且随时随地都能用内在固有的尺度来衡量对象;所以,人也按照美的规律来塑造物体"④。

而人"用内在固有的尺度来衡量对象"和"按照美的规律来塑造物体"的行为就是以发挥主观能动性为基本特征的实践活动。通过实践活动,人创造和改变了对象世界,自然界"表现为他的创造物和他的现实性"⑤,人同时将"把自己化

① [德]马克思:《关于费尔巴哈的提纲》,载《马克思恩格斯选集》,第一卷,北京:人民出版社2012年版,第133页、第135页。

② [德]马克思:《1844年经济学—哲学手稿》,刘丕坤译,北京:人民出版社1979年版,第51页、第50页。

③ 同上,第49页。

④ 同上,第50—51页。

⑤ 同上,第51页。

分为二，并且在他所创造的世界中直观自身”[①]。人在他所创造的世界中直观自身，一方面说明了人的实践活动足以使人“确证自己是类的存在物”[②]，另一方面又说明实践就是人自己本质力量的外化过程，可以使对象世界成为“确证和实现他的个性的对象”[③]。本质力量和对象是相互对应的关系，对于实践主体来说：

> 对象如何对他说来成为他的对象，这取决于对象的性质以及与其相适应的本质力量的性质；因为正是这种关系的规定性造成了一种特殊的、现实的肯定方式。眼睛对对象的感受与耳朵不同，而眼睛的对象不同于耳朵的对象。每一种本质力量的独特性，恰恰是这种本质力量的独特的本质，因而也是它的对象化之独特方式，它的对象性的、现实的、活生生的存在方式。因此，人不仅在思维中，而且以全部感觉在对象世界中肯定自己。[④]

本质力量的独特性必然导致对象化的独特方式。经过这种独特方式洗礼后的对象，不复是外在于人的存在，成为独特本质力量的对象实际上意味着对象本身也会成为推动本质力量产生和发展的重要因素。也就是说，人以全部感觉展开的对象化进程不仅是对自身本质力量的确证，更是对感觉等自身本质力量的促动和发展：

> 只是由于属人的本质的客观地展开的丰富性，主体的、属人的感性的丰富性，即感受音乐的耳朵、感受形式美的眼睛，简言之，那些能感受人的快乐和确证自己是属人的本质力量的感觉，才或者发展起来，或者产生出来。因为……人的感觉、感觉的人类性——都只是由于相应的对象的存在，由于存在着人化的自然界，才产生出来的。[⑤]

人的感觉的产生必须依托于“相应的对象的存在”，依托于“人化的自然界”。自然的人化即是人的本质力量的对象化，而人的本质力量的对象化既可以“使人之感觉变成人的感觉”[⑥]，又可以“创造与人的本质和自然本质的全部丰富性相

---

① ［德］马克思：《1844年经济学—哲学手稿》，刘丕坤译，北京：人民出版社1979年版，第51页。
② 同上。
③ 同上，第78—79页。
④ 同上，第79页。
⑤ 同上。
⑥ 同上，第80页。

适应的人的感觉”①。可见，自然的人化和人的本质力量的对象化作为人类实践活动的一体两面，同为使人的感觉得到发展和丰富的必要途径。同时，在马克思的哲学视野中，实践活动只能在一定的历史进程中展开，不能成为超越历史时空的抽象存在，故无论是自然的人化还是人的本质力量的对象化，都是不能脱离具体历史进程的实践活动。所以，“五官感觉的形成是以往全部世界史的产物”②。

同理，主体的审美感觉也不是天然的恒定存在，其形成和发展也不能脱离具有历史性品格的实践活动，必须依托于自然的人化和人的本质力量的对象化进程。在自然的人化和人的本质力量的对象化的历史进程中，人们渐渐摆脱了物种本能的束缚，发展出与人的本质及自然本质的全部丰富性相适应的人的感觉，其中就包括了审美感觉。论及这个问题时，我们可以参照德国艺术史家格罗塞(Ernst Grosse)《艺术的起源》中的一段记载：

> 当达尔文将一段红布送给一个翡及安的土人，看见那土人不把布段作为衣着而和他的同伴将布段撕成了细条缠绕在冻僵的肢体上面当做装饰品，他以为非常的奇怪。其实这种行为并不是翡及安人特有的。达尔文如果在卡拉哈利沙漠里或在澳大利亚森林里做同样的事，也可以看见和荷恩(Horn)海角一样的情形。除那些没有周备的穿着不能生存的北极部落外，一切狩猎民族的装饰总比穿着更受注意，更丰富些。③

格罗塞结合田野调查和考古学的研究成果指出，处于寒冷中的土人将本可御寒的红布撕成细条作为身体的装饰，是因为他们对红色有着非常强烈的审美感觉：

> “他们情愿裸体，却渴望美观”，原是库克(Cook)专指翡及安人说的话，但如把这话应用到澳大利亚人、明克彼人、布须曼人和菩托库多人身上去，也是非常正确的。④

在格罗塞看来，人类对红色的强烈感觉可以一直追溯至他们的原始冲动和生活情境：

> 许多兽类对于红色的感觉，是和人类相像的。每一个小孩都知道牝牛和火鸡看见了红色的布会引起异常兴奋的感情，每一个动物学者，

① [德]马克思：《1844年经济学—哲学手稿》，刘丕坤译，北京：人民出版社1979年版，第80页。
② 同上，第79页。
③ [德]格罗塞：《艺术的起源》，蔡慕晖译，北京：商务印书馆1984年版，第42页。
④ 同上。

> 从热情的狒狒的臀部红色硬皮、雄鸡的红冠、雄性蝾螈在交尾期间负在背上的橙红色冠等事实，都能观察到动物用红色来表示第二性征的显然的例子。这种种的事实都证明红色的美感，是根本靠着直接印象的。然而在另一方面，这种直接印象在人身上所生的效力又因着感情上强烈的联想而增加，也是真的。在原始民族中有一个情境比其他的都有意义些，这就是红的血的颜色。人们总是在狩猎或战争的热潮中，或说正在他们感情最兴奋时看见血色的。……一切关于施用红色的联想都会发生效力的——如对于跳舞和角斗的兴奋情形的联想等。①

红色的产生或昭显着性的热情，或伴随着搏斗的亢奋，总之，是和强大的生命力以及由此产生的极度兴奋的心理状态联系在一起的。久而久之，红色就产生了联想和暗示作用，似乎红色一出现，观者就可以感觉到那种强大的生命力以及亢奋的情绪。联想和暗示作用强化了鲜艳的红色给人造成的视觉冲击力，使其格外受人珍视。德国大诗人歌德曾经在《色彩论》中对这种颜色激赏有加："橙红色！这种颜色最能表示气力，无怪那些强有力的、健康的、裸体的男人都特别喜爱这种颜色。野蛮的人们对这颜色的爱好，是到处很彰著的。"②在格罗塞看来，歌德"称赞橙红色在情感上所发生的无比的力量，自然是表示一般的印象"③。这种一般印象中的"橙红色"和翡及安人宁可受冻也要用来自我装饰的红布条一样，它已经脱离了对性冲动和流血搏斗的直接依存关系，所昭显的都是人类在实践活动中逐渐生成和发展起来的对色彩的审美感觉。也就是说，尽管原始人对红色的强烈感觉最初有可能与性冲动或流血搏斗所带来的刺激有关，但是，这种刺激不会长久地决定人对红色的全部感觉。人的感觉不会消极被动地受制于任何一种既定的刺激，而是在实践活动中不断生成和发展的。在各种与红色发生联系的实践过程中，人将自身的情感、意志、想象和创造力不断地投射到红色上，既使红色不断地呈现出与人的本质力量的丰富性更为合拍的多样性内涵，又使人的感觉和红色之间逐渐发展出了一种自由的关系。当人可以根据自身的需要和所处的条件，自由地生成和选取感觉红色的角度时，自然也就可以将这种色彩作为身体的装饰或是生命情感的表达形式，使其成为审美感觉的对象，并从中发掘出无穷无尽的审美价值。

如上所述，人在实践活动中逐渐发展出了审美感觉，审美感觉又是使外物成

---

① [德]格罗塞：《艺术的起源》，蔡慕晖译，北京：商务印书馆 1984 年版，第 48 页。

② 同上，第 84 页。

③ 同上，第 47 页。

为审美对象获得审美价值的关键。所以，实践活动的自由自觉特性既直接决定着审美感觉的丰富性，又间接导致了审美价值的超越性和不可穷尽性。而艺术审美价值即是这种超越性和不可穷尽性的最高体现方式。

第三节　艺术审美价值

之所以要将艺术审美价值单独列为一种特殊的审美价值加以考量，主要是基于以下两点考虑：其一，如同审美价值离不开审美活动一样，艺术审美价值也必须依存于艺术审美活动，艺术审美活动与其他审美活动之间的区别势必会决定艺术审美价值的特殊性；其二，"日常生活的审美呈现"[①]正推动着审美价值与消费的联姻，以凸显艺术审美价值的特殊性，有助于厘清艺术审美与消费快感之间的界限。下面，我们就围绕着这两点来谈谈艺术审美价值的特殊品质。

一、艺术审美活动与其他审美活动的区别

艺术审美价值的特殊性首先取决于艺术审美活动与其他审美活动之间的区别。尽管和其他审美活动一样，艺术审美活动也体现为主体与对象之间的对应与互动关系，但是，与其他审美活动不同，在艺术审美活动中，主体是通过艺术创造及艺术体验的方式与对象联系在一起的。艺术审美价值作为艺术创造及艺术体验过程中主体与对象相互作用所产生的关系范畴，自然会呈现出有别于其他审美价值的特殊品格。

为了更形象地说明这一点，我们不妨参照《红楼梦》第七十六回"凸碧堂品笛感凄清，凹晶馆联诗悲寂寞"中的几段描写：

> （中秋之夜，贾母带领众人进入大观园，上山赏月，）正说着闲话，猛不防只听那壁厢桂花树下，呜呜咽咽，悠悠扬扬，吹出笛声来。趁着这明月清风，天空地净，真令人烦心顿解，万虑齐消，都肃然危坐，默默相赏。听约两盏茶时，方才止住，大家称赞不已。……
>
> 只听桂花阴里，呜呜咽咽，袅袅悠悠，又发出一缕笛音来，果真比先越发凄凉。大家都寂然而坐。夜静月明，且笛声悲怨，贾母年老带酒之人，听此声音，不免有触于心，禁不住堕下泪来。众人彼此都不禁有凄

① ［英］迈克·费瑟斯通：《消费文化与后现代主义》，刘精明译，南京：译林出版社2000年版，第95页。

凉寂寞之意，半日，方知贾母伤感，才忙转身陪笑，发语解释。①

圆月当空，笛音袅袅，触动情肠，沉浸在月色笛音中的诸人实际上已经进入了一种典型的审美活动。他们的倾听、体验、欣赏和感动使笛声、圆月、清风、静夜成了审美感觉的对象，体现了审美价值。但是，贾母诸人的赏月听音还只是停留在情感体验的层面，还缺乏主动地意义发现和自觉地经验升华，自然也就达不到艺术创造和艺术体验的高度。

相形之下，后文中黛玉和湘云的“凹晶馆联诗悲寂寞”才是艺术创造和艺术体验的典型表现方式：

只因黛玉见贾府中许多人赏月，贾母犹叹人少……不觉对景感怀，自去俯栏垂泪。……只剩湘云一人宽慰他，因说：“你是个明白人，何必作此形像自苦……咱们两个竟联起句来，明日羞他们一羞。”……说着，二人便同下了山坡。只一转弯，就是池沿……二人遂在两个湘妃竹墩上坐下。只见天上一轮皓月，池中一轮水月，上下争辉，如置身于晶宫鲛室之内。微风一过，粼粼然池面皱碧铺纹，真令人神清气净。湘云笑道：“怎得这会子坐上船吃酒倒好。这要是我家里这样，我就立刻坐船了。”……黛玉笑道：“不但你我不能趁心，就连老太太、太太以至宝玉探丫头等人，无论事大事小，有理无理，其不能各遂其心者，同一理也，何况你我旅居客寄之人哉！”湘云听说，恐怕黛玉又伤感起来，忙道：“休说这些闲话，咱们且联诗。”

正说间，只听笛韵悠扬起来。黛玉笑道：“今日老太太、太太高兴了，这笛子吹得有趣，倒是助咱们的兴趣了，咱两个都爱五言，就还是五言排律罢。”……黛玉道：“我先起一句现成的俗语罢。”因念道：

三五中秋夕，

湘云想了一想，道：

清游拟上元。撒天箕豆灿，

林黛玉笑道：

匝地管弦繁。几处狂飞盏，

…………

湘云也望月点首，联道：

① (清)曹雪芹、高鹗：《红楼梦》(中)，中国艺术研究院、红楼梦研究所校注，北京：人民文学出版社1982年版，第1082页、第1083页。

乘槎待帝孙。虚盈轮莫定，

黛玉笑道:“又用比兴了。”因联道:

晦朔魄空存。壶漏声将涸，

湘云方欲联时，黛玉指池中黑影与湘云看道:“你看那河里怎么像个人在黑影里去了，敢是个鬼罢?”湘云笑道:“可是又见鬼了。我是不怕鬼的，等我打他一下。”因弯腰拾了一块小石片向那池中打去，只听打得水响，一个大圆圈将月影荡散复聚者几次。只听那黑影里嘎然一声，却飞起一个白鹤来，直往藕香榭去了。……湘云笑道:“这个鹤有趣，倒助了我了。”因联道:

窗灯焰已昏。寒塘渡鹤影，

……黛玉只看天，……因对道:

冷月葬花魂。

湘云……因又叹道:“诗固新奇，只是太颓丧了些。你现病着，不该作此过于清奇诡谲之语。”①

黛玉和湘云均父母双亡，寄居贾府。黛玉体弱多病、心思敏感，凄凉的中秋气氛触动了她多愁善感的情怀，使其黯然神伤、独自垂泪;湘云则健朗活泼、洒脱豁达，虽亦为凄凉氛围所感却不愿自怜自伤。尽管两位少女性情各异，但是都极具艺术气质和诗意情怀。面对当空皓月，耳闻袅袅笛音，她们不仅获得了情感体验和美的享受，而且生发出了无尽的艺术想象，并在想象中超越了现实局限，进入了艺术体验和艺术创造的自由境界。在自由的艺术境界中，她们发现并升华了月色背后的诗意，从人间欢庆联想到月宫传说，再由月之盈虚生发出对生命的体会和思考。周遭的景物不只是她们的审美对象和情感载体，更是她们艺术体验的对象和艺术创造的契机。一只飞掠池塘的白鹤不仅触发了湘云深埋于心底的凄凉，而且进入了她的艺术体验，激发了她的艺术创作灵感。于是，池塘成了“寒塘”，白鹤成了“鹤影”，一“寒”一“影”，弥漫着清冷寂寥的气氛和无可把握的悲哀。而黛玉所对的那句“冷月葬花魂”，凄楚忧伤而又充满了幻灭之美，其高洁的灵魂融入了幽凉的月光，既哀婉又决绝，呈现出了一种旷世的孤独和倔强。如此，经过黛玉和湘云的艺术体验和艺术创造，凹晶馆的月色就被内化和符号化为了一种独特的生命情感表达方式——“寒塘渡鹤影，冷月葬花魂”，生发出了足以动人心魄的艺术审美价值。

---

①　(清)曹雪芹、高鹗:《红楼梦》(中)，中国艺术研究院、红楼梦研究所校注，北京:人民文学出版社1982年版，第1084—1092页。

如果说“凸碧堂品笛感凄清”时，贾母等人所感受到的凄清还只是她们个人情感体验范围里的凄清，那么，“凹晶馆联诗悲寂寞”时，“寒塘渡鹤影，冷月葬花魂”等句所表达的寂寞则已经摆脱了个人经验世界的束缚，是诗意升华之后的寂寞，是无限意义上的寂寞，是言有尽而意无穷的寂寞，是给人留下无尽想象空间和体味空间的寂寞。两相对照，我们可以较为形象地体会到：艺术审美活动是一种特殊的审美活动，在艺术体验和艺术创造的推动下，它不仅昭示着符号表达的重要意义，而且蕴含着精神超越的无限可能。艺术审美活动的特殊性直接导致了艺术审美价值的特殊品格，使其成了审美价值超越性和不可穷尽性的最高体现方式。

二、艺术审美与消费快感之间的界限

在倡导多元异质的后现代语境中，审美的含义已经发生了很大改变。充满享乐消费欲望的日常生活被冠上了“审美化”的修饰语，洋溢着商业气息的“日常生活的审美呈现”也因此获得了进入审美价值研究视域的资格。在这种情况下，人们尤其需要强化艺术审美价值的特殊性，以厘清艺术审美与消费快感之间的界限。

作为一种人类经验，“审美”原本就以不同的形式体现在古今中外各色人等的“日常生活”之中。但是，在本书中，“日常生活的审美呈现”却并不是指人们日常生活中自觉不自觉地流露出来的审美意识和审美倾向，而是在消费社会背景下产生的一个有特定内涵的话题，是西方后现代语境中特有的话语景观。英国社会学家迈克·费瑟斯通(Mike Featherstone)是它的正式命名者，德国哲学家沃尔夫冈·韦尔施(Wolfgang Welsch)对其亦有相关论述。

1987年，迈克·费瑟斯通在西印度群岛圣·马丁举行的“宗教及寻求全球秩序大会”上发表了题为“消费文化和全球失序”的演说，明确指出后现代主义的特征之一就是“后现代主义所喜好的就是对以审美的形式呈现人们的感知方式和日常生活”①。1988年4月，在新奥尔良举行的“大众文化协会大会”上，迈克·费瑟斯通又做了题为“日常生活的审美呈现 The Aestheticization of Everyday Life”的演说。在这次演说中，他将“the aestheticization of everyday life”定位为一种后现代性体验，并认为可以在三种意义上谈论它：第一，那些追求消解艺术与日常生活之间界限的艺术亚文化，即在第一次世界大战和20世纪20年代出现的达达主义、历史先锋派及超现实主义运动。它们的许多策略与艺

① ［英］迈克·费瑟斯通：《消费文化与后现代主义》，刘精明译，南京：译林出版社2000年版，第180页。

术技巧，已经被消费文化中的大众传媒所吸收。第二，将生活转化为艺术作品的谋划。“这种既关注审美消费的生活、又关注如何把生活融入（以及把生活塑造为）艺术与知识反文化的审美愉悦之整体中的双重性，应该与一般意义上的大众消费、对新品位和新感觉的追求、对标新立异的生活方式的建构（它构成了消费文化之核心）联系起来。”第三，“充斥于当代社会日常生活之经纬的迅捷的符号与影像之流”。随着“实在与影像之间差别”的消失，“日常生活以审美的方式呈现了出来，也即出现了仿真的世界或后现代文化”。迈克·费瑟斯通认为，“充斥于当代社会日常生活之经纬的迅捷的符号与影像之流”是消费文化发展的中心，它与“将生活转化为艺术作品的谋划”关联着发展，而这种发展的过程则派生出了“大众消费文化的梦幻世界”。①

从迈克·费瑟斯通的论述中，我们可以体会到，“日常生活的审美呈现”和消费社会之间是互为因果的密切关系：消费社会为“日常生活的审美呈现”提供了直接的现实背景；而“日常生活的审美呈现”又对消费社会的形成起到了推波助澜的作用。

正如迈克·费瑟斯通在《消费文化和全球失序》中所指出的，虽然“具象的审美（figural aesthetic）和日常生活的审美呈现，可一直追溯到中世纪的狂欢与集会”②，但是，只有在后现代时期，借助消费社会中艺术文化市场力量的推动，它们的感知程度和感知范围才得到了空前的发展与扩张。也就是说，只有在消费逻辑无所不在的消费社会里，“日常生活的审美化”才会成为一个明显的社会征候。

在后现代语境中，消费社会意味着丰富的物质财富和无尽的快感追求。我们可以结合让·波德里亚（Jean Baudrillard）、迈克·费瑟斯通和沃尔夫冈·韦尔施的描述来对其加以观照：“今天，在我们周围，存在着一种由不断增长的物、服务和物质财富所构成的惊人的消费和丰盛现象。”③在物的包围中，“当代人越来越少地将自己的生命用于劳动中的生产，而是越来越多地用于对自身需求及福利进行生产和持续的更新。他应该细心地不断调动自己的一切潜能、一切消费能力”④。“一切都要尝试一下：因为消费者总是怕‘错过’什么，怕‘错过’任何一种享受。……这里起的作用不再是欲望，甚至也不是‘品位’或特殊爱好，而是被一种扩散了的牵挂挑动起来的普遍好奇——这便是‘娱乐道德’，其中充满了

① ［英］迈克·费瑟斯通：《消费文化与后现代主义》，刘精明译，南京：译林出版社2000年版，第95—99页。

② 同上，第180页。

③ ［法］让·波德里亚：《消费社会》，刘成富、全志钢译，南京：南京大学出版社2000年版，第1页。

④ 同上，第71页。

自娱的绝对命令，即深入开发能使自我兴奋、享受、满意的一切可能性。”①“遵循享乐主义，追逐眼前的快感，培养自我表现的生活方式，发展自恋或自私的人格类型，这一切，都是消费文化所强调的内容”，而“新资产阶级及新型小资产阶级的前卫们所表现出来的新伦理，特别恰当地体现在下列过程中：创造完美的消费者”②。

正是在消费和享受欲望的驱使下，“那个古老的梦想，那个通过引入美学来改善生活和现实的梦想，似乎又让人记上心头”。“审美化意味着用审美因素来装扮现实，用审美眼光来给现实裹上一层糖衣”③。所以：

> 过去的几年里，城市空间中的几乎一切都在整容翻新。购物场所被装点得格调不凡，时髦又充满生气。这股潮流长久以来不仅改变了城市的中心，而且影响到了市郊和乡野。差不多每一块铺路石、所有的门户把手和所有的公共场所，都没有逃过这场审美化的大勃兴。甚至生态很大程度上也成了美化的一门分支学科。事实上，倘若发达的西方社会真能够随心所欲、心想事成的话，他们会把都市的、工业的和自然的环境整个儿改造成一个超级的审美世界。④

这个超级审美世界的问世似乎意味着“传统的艺术态度被引进现实，日常生活被塞满了艺术品格”⑤。但是与此同时，“这类日常生活的审美化”又“大都服务于经济目的”⑥。它使美和艺术变成了炙手可热的消费文化，充溢着令人难以抗拒的魅力和浓重的商业气息。“一旦同美学联姻，甚至无人问津的商品也能销售出去，对于早已销得动的商品，销量则是两倍或三倍地增加”。“审美氛围是消费者的首要所获，商品本身倒在其次。”⑦从这个意义上来说，“日常生活的审美呈现”可谓是消费文化重要的新宠，它刺激消费的力量是任何商品本身都难以与之相比的，因为：

---

① [法]让・波德里亚：《消费社会》，刘成富、全志钢译，南京：南京大学出版社 2000 年版，第 71—72 页。

② [英]迈克・费瑟斯通：《消费文化与后现代主义》，刘精明译，南京：译林出版社 2000 年版，第 133 页。

③ [德]沃尔夫冈・韦尔施：《重构美学》，陆扬、张岩冰译，上海：上海译文出版社 2002 年版，第 6 页、第 5 页。

④ 同上，第 4—5 页。

⑤ 同上，第 6 页。

⑥ 同上，第 7 页。

⑦ 同上。

> 审美时尚特别短寿，具有审美风格的产品更新换代之快理所当然，没有哪一种需求可以与之相比。甚至在产品固有的淘汰期结束之前，审美上已经使它“出局”了。不仅如此，那些基于道德和健康的原因而滞销的商品，通过审美提高身价，便又重出江湖，复又热销起来。①

很明显，如此商业化、享乐化的审美倾向与西方传统美学观是格格不入的。西方传统美学强调的是排除欲望，只有“当刺激和感动没有影响着一个赞赏判断（尽管它们仍然和这对于美的愉快结合着），后者仅以形式的合目的性作为规定根据时，这才是一个纯粹的鉴赏判断”②。“至于一个对象由于它的形式而具有的那种美，当人们以为凭借魅力的刺激能够提高它，这种想法是一个庸俗的错误。”③正像美国学者弗雷德里克·詹姆逊（Fredric Jameson，又译作弗·杰姆逊）所归纳的那样：

> 德国的古典美学家康德、席勒、黑格尔都认为心灵中美学这一部分以及审美经验是拒绝商品化的；康德将人类活动分为三类：实际的、认识论的和美学的；对康德以及其后很多美学家甚至象征主义诗人来说，美、艺术的最大长处，就在于其不属于任何商业（实际的）和科学（认识论的）领域，这里的科学知识是从不好的角度来理解的。美是一个纯粹的、没有任何商品形式的领域。④

虽然日常生活中的审美现象比比皆是，但是从康德、黑格尔以后，西方美学主流一直将引发物欲的日常生活拒绝于研究视域之外，而美学和艺术哲学基本上是同义词。以西奥多·阿多诺（Theodor Wiesengrund Adorno）为首的法兰克福学派更是认为，日常生活现实已经被意识形态化了，其中没有任何真理性的内容，只有反叛日常生活的自律性艺术才能反抗现实的粗鄙，才有望实现美学的救赎。对此，后现代理论家基于重平等、重异质、重多元的后现代视野，提出了完全相反的意见。沃尔夫冈·韦尔施提出，在后现代世界中，“异质的东西已经没有距离”⑤。现实生活中充满了“典型的后现代现象：多元性、解构、处处可见的杂

---

① [德]沃尔夫冈·韦尔施：《重构美学》，陆扬、张岩冰译，上海：上海译文出版社2002年版，第7页。

② [德]康德：《判断力批判》（上卷），宗白华译，北京：商务印书馆1964年版，第61页。

③ 同上，第63页。

④ [美]弗·杰姆逊：《后现代主义与文化理论——弗·杰姆逊教授讲演录》，唐小兵译，西安：陕西师范大学出版社1987年版，第128—129页。

⑤ [德]沃尔夫冈·韦尔施：《我们的后现代的现代》，洪天富译，北京：商务印书馆2004年版，第6页。

交——以显赫的形式出现的杂交和以日常的形式出现的杂交"①。而在异质杂交的时代里,"阿多诺以艺术否认粗鄙的当代呼吁"是靠不住的,因为"它没有保持住审美的差异性",相反,通过消除原始感性甚至消弭了这种差异性②。费瑟斯通则认为,法兰克福学派的方法取向,"是通过对今天看来已经站不住脚的关于真实个体与虚假个体、正确需求与错误需求的区分,对大众文化进行精英主义式的批评。普遍的看法是,他们瞧不起下里巴人式的大众文化,并对大众阶级乐趣中的直率与真诚缺乏同情。而对后一点的强烈赞同正是人们转向后现代主义的关键"③。在强调平等原则、铲除等级制度和消解文化分类的冲动中,后现代主义"强调了艺术与日常生活界限的消解、高雅文化与大众通俗文化之间明确分野的消失、总体性的风格混杂及戏谑式的符码混合"④。

可以说,正是基于这种消解精英与大众、高雅与通俗并注重审美差异性的后现代主义理论视野,迈克·费瑟斯通、沃尔夫冈·韦尔施等后现代理论家才断然拒绝将"日常生活的审美呈现"这一消费文化的产物踢出美学研究的视野反而大力主张重新思考审美方式和美学研究范围。

在消解艺术和日常生活之间差异的基础上,迈克·费瑟斯通对审美对象和审美方式进行了重新思考。首先,他认为日常生活中所有的事物都可以变成审美的对象。而"日常生活的审美总体必然推翻艺术、审美感觉与日常生活之间的藩篱"⑤。其次,在他看来,审美的时候,我们并不一定必须要和审美客体保持审美距离(注:是康德以后占主导地位的审美观)。"对那些被置于常规的审美对象之外的物体与体验进行观察"时,可以采用"距离消解(de-distantiation)"的审美方式,即主体与客体的直接融合,"通过表达的欲望来投入到直接的体验之中"⑥。我们可以"在审美沉浸与离身远观这两个审美极端之间来回摇摆,乐在其中,审美沉浸快感与距离美感两者都是享受和欣赏"⑦。而在这里,德国哲学家康德所强调的快感和美感的本质区别已然不复存在。

较之迈克·费瑟斯通,沃尔夫冈·韦尔施更明确地致力于颠覆传统的美学

---

① [德]沃尔夫冈·韦尔施:《我们的后现代的现代》,洪天富译,北京:商务印书馆2004年版,第308页。

② 同上,第93页。

③ [英]迈克·费瑟斯通:《消费文化与后现代主义》,刘精明译,南京:译林出版社2000年版,前言第2页。

④ 同上,第94页。

⑤ 同上,第103页。

⑥ 同上,第104页。

⑦ 同上,第118页。

定义——“艺术哲学”，致力于对美学的学科本质进行全新的理解，其理论思考主要从两个方面进行：

首先，他认为当今世界正在经历着全方位的审美化：（1）锦上添花式的日常生活的表层的审美化；（2）更深一层的技术和传媒对我们物质和社会现实的审美化；（3）我们生活实践态度和道德方向的审美化；（4）彼此关联的认识论的审美化。[①] 凡此种种，导致“现实作为一个整体，也愈益被我们视为一种美学的建构”[②]。这给当代美学提出了新的问题和使命：“审美和艺术的传统等式已站不住脚了。”[③]“美学必须超越艺术问题，涵盖日常生活、感知态度、传媒文化，以及审美和反审美体验的矛盾。”[④]美学的学科“结构应该是超学科的”，应该“综合了与‘感知’相关的所有问题，吸纳着哲学、社会学、艺术史、心理学、人类学、神经科学等等的成果”[⑤]。只有这样，美学才能“成为理解现实的一个更广泛也更普遍的媒介”[⑥]。

其次，他借鉴德国哲学家路德维希·维特根斯坦（Ludwig Josef Johann Wittgenstein）的语义学研究法，认为“审美”是“一个以家族相似性为特征的语词”[⑦]，“‘审美’理当交相意指感性的、愉悦的、艺术的、幻觉的、虚构的、形构的、虚拟的、游戏的以及非强制的，如此等等”[⑧]。我们应该公平地对待它的所有用法，“一心给出或想宣布一个单一的终极审美概念，是错误的，也是不合时宜的”[⑨]。所以，“凡是将审美的概念专门连接到艺术的领地、将它同日常生活和活生生的世界完全隔离开来的人，无一例外是在推行一种审美—理论的地方主义”[⑩]，这样只会导致一种片面的美学。所以，沃尔夫冈·韦尔施等后现代主义学者力主从“日常生活的审美呈现”出发，去重新思考对“审美”的界定，质疑和批判那种将美学等同于艺术哲学的主流审美观念。在他们看来，艺术当然会具备审美意义，但是艺术并不足以涵盖审美意义的全部：“在审美意义的宇宙中，艺术当然是一块特别重要的领地。但它并不是仅有的一块领地。今天审美的热火

---

① ［德］沃尔夫冈·韦尔施：《重构美学》，陆扬、张岩冰译，上海：上海译文出版社 2002 年版，第 40 页。

② 同上，第 4 页。

③ 同上，第 31 页。

④ 同上，第 2 页。

⑤ 同上，第 136—137 页。

⑥ 同上，第 1 页。

⑦ 同上，第 17 页。

⑧ 同上，第 15 页。

⑨ 同上，第 30 页。

⑩ 同上，第 31 页。

正是出于这个原因，源自这个事实：审美和艺术的传统等式已站不住脚了。”①

如上所述，“日常生活的审美呈现”是后现代消费社会的产物，消费社会的全面启动为它的产生和发展提供了现实条件，而后现代主义的多元化视野又为之进入美学视域提供了理论基础。作为一种新的审美现象，“日常生活的审美呈现”固然丰富了美的内涵，但是，其背后享乐至上的消费主义态度也在消解着传统的审美观念。在这种情况下，人们尤其需要强化艺术审美价值的特殊性，以免其被湮没在充满消费享乐气息的“日常生活的审美呈现”大潮中。

对于“日常生活的审美呈现”中的消费享乐气息，沃尔夫冈·韦尔施亦有清醒的认识，在他看来，这是一种“作为新的文化基体的享乐主义”②和“作为经济策略的审美化”③：“在表面的审美化中，一统天下的是最肤浅的审美价值：不计目的的快感、娱乐和享受。”④“这类日常生活的审美化，大都服务于经济的目的。”⑤可见，尽管沃尔夫冈·韦尔施主张将“日常生活的审美呈现”视作重新思考“审美”和美学内涵的契机，但是，他仍然认为这种专注于享乐主义的“表面的审美化”只能产生“最肤浅的审美价值”⑥，并未将其与艺术审美价值等同看待。

当然，这并不意味着，艺术审美价值就与享乐背道而驰。事实上，几乎所有的艺术审美活动都与主体的享受愿望密切相关。正如德国美学家莫里茨·盖格尔(Moritz Geiger)所描述的那样：

> 音乐会是为了听众而存在的；我们之所以去剧院，是因为我们要享受那从音乐演奏中产生出来的东西；我们之所以去博物馆，是为了在那里度过令人赏心悦目的一小时时光……⑦

“毋庸置疑，任何一种享受都意味着欢乐”⑧，艺术审美活动所带来的享受也不例外。但是，艺术审美所享受的欢乐与“日常生活的审美呈现”所着力激发的享乐并不是一回事。因为：

> 全部欢乐都是可以享受的客观对象进入到自我之中去的过程。各

---

① [德]沃尔夫冈·韦尔施：《重构美学》，陆扬、张岩冰译，上海：上海译文出版社 2002 年版，第 40 页，第 31 页。

② 同上，第 6 页。

③ 同上，第 7 页。

④ 同上，第 6 页。

⑤ 同上，第 7 页。

⑥ 同上，第 6 页。

⑦ [德]莫里茨·盖格尔：《艺术的意味》，艾彦译，华夏出版社 1998 年版，第 226 页。

⑧ 同上。

种欢乐之间的差别不仅取决于这种进入的本质，而且也取决于这个客观对象所唤起的主体的态度。①

尽管艺术审美和“日常生活的审美呈现”都是可以享受的对象，但是二者所进入的却是不同的自我，所唤起的也是不同的主体。按照莫里茨·盖格尔的分析，“主体并不是一个单一的点……它是由深度、意味、特性都各不相同的层次构成的一种结构”②。其中，有三个特别重要的层次：

第一个层次是纯粹的生命层次：

在这里，自我是所有生命事件的核心。在享受一片水果的过程中，人们所体验到的就是这种生命自我对接近它的感官刺激所作出的反应。这个纯粹的生命层次所涉及的另一个方面是激动和松懈，亦即生命律动的加快和放慢……我们享受那种令人激动的经验所具有的刺激……③

第二个层次是经验性自我层次：

正是这个只考虑自身的“经验性自我”构成了利己主义的基础，使一切事物都接受它自己的希望和欲望的支配。④

第三个层次是存在的自我层次，是“我们的存在的最深层次”⑤。

“日常生活的审美呈现”所带来的享受和欢乐只能作用于主体的纯粹生命层次或经验性自我层次，无法进入存在的最深层次。从主体方面来说，他们从“日常生活的审美呈现”中所获得的享乐越多，就越是会沉湎于处于纯粹生命层次的感官刺激和处于经验性自我层次的利己主义，也就越是会远离存在的自我层次。只有真正意义上的艺术审美才能帮助主体突破纯粹生命和经验性的束缚，摆脱感官刺激和利己主义的羁绊，抵达存在的自我，体会到来源于这个自我层次的幸福：

当我们陶醉在那些伟大的希腊悲剧之中的时候，当我们倾听《马太的激情》的时候，当我们为埃及艺术而陶醉，或者为莎士比亚的十四行诗而欣喜若狂的时候，我们的经验既没有涉及我们的生命自我，也没有

---

① [德]莫里茨·盖格尔：《艺术的意味》，艾彦译，华夏出版社1998年版，第228页。
② 同上。
③ 同上。
④ 同上，第230页。
⑤ 同上。

涉及我们的经验性自我。我们的幸福来源于更深刻的自我层次，来源于我们的存在的最深层次——就像我们可以称呼这种层次那样，来源于我们的“存在的自我”。①

来源于“存在的自我”的幸福“是某种与生命欢乐的兴奋或者人们对经验自我的奉承不同的东西”②，也就是说：

当存在的自我与它自身相一致的时候，当存在的自我的精神活动、它的欲望和希冀、它的目的和行动与它那内在的存在保持和谐的时候，幸福就成了快乐的符号。③

而这种内在的幸福状态就是艺术审美价值的最高体现：

人们在最富有审美特性的艺术那里所寻求的欢乐，就是这种内在的幸福状态。正是在这种幸福状态之中，存在的自我被进入到它那得到了最充分发展的领域中去的那些价值和艺术作品深深地吸引住了。④

由此出发，我们就可以进一步阐明艺术审美价值的特殊性：艺术审美价值是通过作用于存在自我的方式与主体联系在一起的。“日常生活的审美呈现”等“表面的审美化”所产生的“最肤浅的审美价值”⑤只能使自我被动地沉湎于感官享受之中，非但不能抵达存在的自我，甚至还会堵塞通往存在自我的道路；而艺术审美价值则包含着一种使存在的自我为之陶醉的意味，可以吸引住存在的自我。当主体专注于艺术活动并真正领会到艺术审美价值的时候，主体就会在艺术审美享受中体验到一种与存在的自我和谐一致的幸福感。

综合以上两点论述，艺术审美价值是一种产生于艺术活动过程中的特殊审美价值，是主体通过艺术创造或艺术体验与对象相互作用所产生出来的关系范畴。其不仅可以最大限度地体现审美价值的超越性和不可穷尽性，而且可以突破经验性自我的羁绊，直接进入并深深地吸引住存在的自我，带来一种和谐一致的存在的体验和存在的幸福。

---

① ［德］莫里茨·盖格尔：《艺术的意味》，艾彦译，华夏出版社 1998 年版，第 230 页。
② 同上，第 233 页。
③ 同上。
④ 同上，第 231 页。
⑤ ［德］沃尔夫冈·韦尔施：《重构美学》，陆扬、张岩冰译，上海：上海译文出版社 2002 年版，第 6 页。

第四节　文学活动中的艺术审美价值

如本书第一章所述，文学活动是一种与艺术审美经验密切相关的具有创造性的精神活动，旨在以文学语言为艺术媒介创造价值结构。可见，文学活动离不开艺术体验和艺术创造，而艺术审美价值也必然会成为文学活动价值意义的重要组成部分。当然，重要不等于唯一，文学活动的价值意义作用于文学活动的主客体关系，主客体关系的复杂性决定了文学活动价值意义的多样性。而在文学活动中，主客体之间除了艺术审美关系，还可以产生诸多其他社会关系和心理关系。当主客体处于不同的关系时，文学活动就会昭示出不同的价值意义。和艺术审美价值一样，道德价值、伦理价值、政治价值、历史价值、认识价值、情感价值、哲理价值等诸多价值也都能在文学活动中找到自己的位置。但是，文学作品是依据艺术审美规律创造出来的特殊精神产品，文学活动是一种以艺术审美方式观照对象世界的人类活动，如此看来，文学活动中主客体之间的关系首先应该是一种艺术审美关系。也就是说，艺术审美关系是文学活动主客体之间必不可少的关系，是主客体得以成为文学活动主客体的关键，而其他的社会关系和心理关系只是文学活动主客体之间的或然性存在。主客体之间如果不具备艺术审美关系，那么，再深刻的社会关系和心理关系也不能将其带入文学活动；同理，一部作品，如果体现不出艺术审美价值，那么，即使能够提供再多的社会学或是心理学洞见，它也仍然算不上是文学作品。所以，艺术审美价值是文学活动的核心价值，道德的、伦理的、政治的、历史的、认识的、情感的、哲理的等种种价值只有在艺术审美价值的引导下才能进入文学殿堂，是艺术审美价值赋予它们以文学生命，将它们熔冶成了文学活动价值意义的有机组成部分。

文学理论是一门以文学活动为研究对象的人文科学，人文科学建构所追求的是价值合理性而非事实精准性，所以，我们在进行文学理论建构时，首先需要厘清文学活动的核心价值并以之作为理论建构的基点。艺术审美价值是文学活动的核心价值，对其加以考察和研究，不仅可以把握文学活动的特殊性质，而且可以深化对文学活动各环节、各要素的认识和理解。所以，艺术审美价值完全可以成为文学理论的建构基点。同时，我们还应该注意到，处于文学活动中的艺术审美价值并不是一个闭锁自身的固定存在，而是文学活动中的主客体相互作用下的关系范畴，随着文学活动中主客体关系的展开和推进，艺术审美价值也经历了从生成到呈现到再创造的动态过程。

一、文学创作：艺术审美价值的初始生成

艺术审美价值是艺术创造和艺术体验过程中主体与对象相互作用所产生出来的关系范畴。在文学创作过程中，创作主体从一定的审美需要和审美心理出发，以艺术审美的态度观照对象世界，在促使对象世界走向审美化、艺术化的同时使自身逐渐进入审美化艺术化的对象世界，并与之融为一体。在主客体相互感应和相互作用的过程中，主体的艺术审美能力和对象的艺术审美潜质双向互动，共同构造出了新的艺术审美意义并使其物化为可供传达的艺术形象。所以，作为一种心物交感的艺术审美活动，文学创作的过程就是艺术审美价值生成的过程。

首先，在文学创作活动中，创作主体所面对的并不是实体世界，而是一种意义化和价值化的审美对象，这种意义和价值是主体赋予它的。所以，审美对象并不是单纯的客体，而是已经获得主观意味且影响主体的一种存在，是自我的化身，是另一个主体。正如法国现象学美学学派代表人物米盖尔·杜夫海纳(Mikel Dufrenne)所说：审美对象"与创作者的主观性相联系"。

> 它要求创作者为创作它而活动，而创作者则借此以表现自己，即使——尤其是——创作者并没有这样的明确想法。所以我们称呼审美对象的世界就用它的作者的名字，我们用巴赫、凡·高或季劳都(Giraudoux)的世界来表示他们的作品所表现的东西，而这一点本身就表明了对象与主观性的一种更深刻的联系。如果对象能够表现，如果对象本身带有一个与它所处的客观世界不同的自己的世界，那就应该说，它表现了一个自为的效能，它是一个准主体。①

可以说，在文学创作中，"准主体"的审美价值就是在创作者审美体验的驱动下生成的。创作者的审美体验是一种非常微妙的直觉式体验，这种体验挣脱了逻辑与概念的羁绊，推动着创作者在具体的、生动的、独特的、直接的感受中与审美对象的内在本质自然而然地融为一体，审美对象作为"准主体"的审美价值由此而生。

其次，在文学创作活动中，创作主体在将对象世界审美化、艺术化的同时，还需借助文学构思和语言符号将其物化为可供传达的文学作品，如此，文学创作才能产生艺术审美效应和艺术审美价值。所谓的文学构思，指的是创作主体从自

---

① [法]米盖尔·杜夫海纳：《美学与哲学》，孙非译，北京：中国社会科学出版社1985年版，第57页。

身的审美心理出发，在充分感受审美对象的基础上，针对作品的整体形式所进行的定向性思维活动，即文学创作的“打腹稿”阶段。作为从客观生活到文学作品的重要中介环节，文学构思不仅是决定文学作品未来面目的关键因素，而且是审美心理和审美对象之间相互感应和互动关系的一种体现。只有借助文学构思，文学创作这一审美价值的生成过程才能够得到真正的展开。作为深谙文学创作原理的艺术家，在文学构思过程中，其创作主体胜过普通人的地方主要在于，他们更能够将内心的艺术审美体验形式化，而不是只停留在零散的感觉和虚空的幻想之中。对于这一点，美国理论家鲁道夫·阿恩海姆(Rudolf Arnheim)有过详尽的说明：

> 艺术家与普通人相比，其真正的优越性就在于：他不仅能够得到丰富的经验，而且有能力通过某种特定的媒介去捕捉和体现这些经验的本质和意义，从而把它们变成一种可触知的东西。非艺术家则不然，他在自己敏锐的智慧结出的果实面前不知所措，不能把它们凝结在一个完美的形式之中。他虽然能够清晰或模糊地表达自己的思想，但不能把自己的经验表达出来。一个人真正成为艺术家的那个时刻，也就是他能够为他亲身体验到的无形体的结构找到形状的时候。①

对于文学创作者而言，为自己“亲身体验到的无形体的结构找到形状”的过程不仅是进行艺术构思的过程，而且是语言符号的传达过程。意大利美学家克罗齐(Benedetto Croce)曾经说过：“没有物质，精神活动就不能摆脱其抽象性，从而变为具体与实际活动。”②没有物态化的语言符号形式，再好的文学构思也只能停留在遐思迩想的层面，无法走出私人心理空间、参与到具体实际的艺术活动之中。所以，和文学构思一样，对于文学创作活动而言，语言符号的传达也是不可或缺的重要环节。正如德国著名美学家恩斯特·卡西尔所概括的那样，即使是最强调情感表现的抒情诗创作，也不能忽视语词形式的具体化过程：“抒情诗人并不仅仅只是一个沉湎于表现感情的人。只受情绪支配乃是多愁善感，不是艺术。一个艺术家如果不是专注于对各种形式的观照和创造，而是专注于他自己的快乐或者‘哀伤的乐趣’，那就成了一个感伤主义者。……抒情艺术……包含

---

① [美]鲁道夫·阿恩海姆：《艺术与视知觉：视觉艺术心理学》，滕守尧、朱疆源译，北京：中国社会科学出版社1984年版，第228页。

② [意]克罗齐：《作为表现科学和一般语言学的美学的理论》，田时纲译，北京：中国社会科学出版社2007年版，第18页。

着同样性质的具体化以及同样的客观化过程。……它是以形象、声音、韵律写成的……”①艺术活动离不开情感体验和情感表现，但是，如果找不到具有传达能力的语言符号，这些体验和表现就不能成为艺术。文学构思和语言符号传达既是文学创作的关键工序，也是艺术审美价值得以生成的必要保证。二者为创作主体的审美体验和审美想象赋予了具体可感的形式，使之超越了纯粹的自我意识，成为可供传递的审美信息。

二、文学作品：艺术审美价值的具体呈现

文学作品的结构层次及组合关系是艺术审美价值的具体呈现方式，语言层、形象层、意蕴层组合成极富张力的艺术审美结构，并将诸多认识意义和功利思考纳入艺术审美的熔炉之中，使之熔冶成了艺术审美价值的有机组成部分。从文学作品的结构层次及组合关系中，我们可以清晰地体会到艺术审美价值在文学作品中的具体呈现方式。

首先，文学语言既是文学活动的艺术媒介，又是文学作品最直接的存在形态。通过创作主体对文学语言的书写和阅读，个体化的审美经验可以得到命名和传达，世界可以得到诗意化的展现。更重要的是，文学语言的意义不在语言之外，而在语言之中。哲学和史学也离不开语言，但是，哲学语言和史学语言都是一种陈述式的符号结构，所指向的是外在于这些符号的思维存在和社会现实，所追求的是概念命题的清晰性和既定事实的准确性。而文学语言所指向的则是位于符号结构内部的文学世界，所追求的是审美意味的丰富和多样。为了将审美意味的丰富和多样发挥到极致，文学语言往往非常注重声音的力量。特别值得一提的是美国作家埃德加·爱伦·坡(Edgar Allan Poe)最负盛名的诗作《乌鸦》(*The Raven*)，这首诗叙述的是一位失去爱人的男子在深夜里被寂寞与痛楚缠绕，企图借助读书和冥想来中止忧伤、排遣绝望，却总是徒劳。昏昏沉沉之际，叩门声响起，随声而至的是一只幽灵般的黑色乌鸦。孤独无助的男子试图向乌鸦倾诉自己痛失挚爱的忧伤，但是，不管他说什么，乌鸦的回复都是咒语般的“Nevermore”(可以翻译为“永不可能”或“永远不再”)。深夜悼亡却被没有来由的叩门声所扰、乌鸦不期而至却只是发出简短的咒语等描写所营造的都是神秘奇诡的场景。但是，这些神秘奇诡的场景给人带来的审美感受却并非怪诞而是悲凉，因为，作者精心营造的声韵极大地强化了忧郁悲怆的审美意味，使全诗弥漫着无可排遣的宿命式的哀怨和绝望。我们不妨列举该诗的几段原文和译文，

① [德]恩斯特·卡西尔：《人论》，甘阳译，上海：上海译文出版社2004年版，第224—225页。

在对照中体会声韵对于意义传达和审美效果的重要作用：

Once upon a midnight dreary, while I pondered, weak and weary,

Over many a quaint and curious volume of forgotten lore——

While I nodded, nearly napping, suddenly there came a tapping,

As of someone gently rapping——rapping at my chamber door.

"Tis some visitor," I muttered, "tapping at my chamber door——

Only this, and nothing more."

Ah, distinctly I remember, it was in the bleak December,

And each separate dying ember wrought its ghost upon the floor.

Eagerly I wished the morrow;—vainly I had sought to borrow

From my books surcease of sorrow—sorrow for the lost Lenore

For the rare and radiant maiden whom the angels name Lenore—

Nameless here for evermore.

...

Then, methought, the air grew denser, perfumed from an unseen censer

Swung by Seraphim whose foot-falls tinkled on the tufted floor.

"Wretch, "I cried, "thy God hath lent thee—by these angels he hath sent thee

Respite—respite and nepenthé from thy memories of Lenore!

Quaff, oh quaff this kind nepenthé, and forget this lost Lenore!"

Quoth the Raven, "Nevermore."

"Prophet!" said I, "thing of evil! —prophet still, if bird or devil! —

Whether Tempter sent, or whether tempest tossed thee here ashore,

Desolate yet all undaunted, on this desert land enchanted—

On this home by Horror haunted—tell me truly, I implore—

Is there—is there balm in Gilead? —tell me—tell me, I implore!"

Quoth the Raven, "Nevermore."①

从前在一个凄凉的子夜,我冥想着,神疲力竭,
冥想许多稀奇古怪的、被人遗忘的学问,
我垂着头,正睡眼迷离,突然传来一声敲击,
仿佛有人在轻轻叩击,叩击我卧室的门。
"客来了罢,"我呢喃着,"正敲我的房门——
就此而已,别无它闻。"
哦,分明地我想起,那正是萧瑟的十二月里,
每一团余烬行将消熄,在地板上投下鬼影绰绰。
热切地我期盼着天光;徒劳地我一直在想望
用阅读来中止忧伤——忧伤,为了失去的莱诺——
为了那光彩照人的绝代女郎,天使们称她莱诺——
可这名字在这儿已永远沉默。
…………
于是我想,空气密度增强,被看不见的香炉熏香,
天使们挥舞着香炉,叮零的脚步声响在铺毡的地面。
"可怜的人,"我喊道,"上帝已派天使来给你送药,
这药能为你解忧,中止你对莱诺的思念!
哦,那就让我痛饮这解忧剂吧,忘却对莱诺的思念!"
乌鸦说:"永不再现。"
"先知!"我说,"不祥的东西!仍是先知,不论是鸟是魑!
不论是魔鬼派你,还是暴风雨抛你,到这里的岸边,
遭到遗弃,却毫不泄气,在这荒凉而受到妖惑的上地,
在这被恐怖作祟的屋里——请真实地告诉我,求你见怜——
有吗——吉列有香膏吗——告诉我,告诉我,求你见怜!"
乌鸦说:"永不再现。"②

原文和译文的词句意义基本是一致的,但是,就审美效果而言,译文明显不如原文。究其原因,主要是因为翻译只能传达词语的大意,但无法传达词语的声

① [美]爱伦·坡:《爱伦·坡诗歌全集》英文版,沈阳:辽宁人民出版社2016年版,第5—9页。

② [美]爱伦·坡:《乌鸦》,刘象愚译,载刘象愚编选:《爱伦·坡精选集》,济南:山东文艺出版社1999年版,第613—617页。

音，声音的变化导致了文字审美效果的弱化。原文中"lore、door、more、nore"发出的低沉长元音，仿佛梦境里哀伤无力的呓语，难以言表、绵绵无绝，找不到出路和方向，烘托出了一种迷茫、孤独、压抑、绝望的氛围，这种氛围使诗中所有的词句都染上了忧郁悲怆的审美意味，而这恰恰是译文所欠缺的。如果说原文是在抒情，那么译文就更像是在叙事。不同的音响世界造就了不同的审美效果。原文和译文不同的审美效果说明：较之其他应用语言，文学语言更强调语言本身的艺术审美价值，而语言本身的艺术审美价值就体现在声音与意义的水乳交融之中。

其次，文学形象不是纯粹的客体存在，而是文学语言的组织结构在人的心灵中所生成的审美幻象。也就是说，文学形象的产生基础是诗意化的语言创造物：

> 这种创造物从科学的立场和从生活实践的立场上看，完全是一种幻觉。这种创造出来的幻象可以令人联想到真实的事件和真实的地方，就像历史性小说或是描写某一地区风貌的小说可以令人回忆起往事一样。然而在大多数情况下，这种创造出来的幻象却是一种不受真实事件、地区、行为和人物约束的自由创造物……①

尽管语言创造物的产生与外部生活刺激脱不了干系，但是，这种创造物一经形成，就会具备某种内在自足性，与客观生活世界拉开距离，成为一种类似于幻象的创造物。即使是标榜实录的历史小说中的形象或是专注于倾吐心声的抒情诗中的自我形象也不例外。正如美国文学理论家雷纳·韦勒克所说：

> 小说中的陈述，即使是一本历史小说，或者一本巴尔扎克的似乎记录真事的小说，与历史书或社会学书所记载的同一事实之间仍有重大差别。甚至在主观性的抒情诗中，诗中的"我"还是虚构的、戏剧性的"我"。②

可见，在任何文学作品中，形象世界都只能是被意向性创造的虚幻世界，与自主存在的客观事态之间并不存在着一一对应的关系。就这一意义而言，所有的文学形象都可以被视作韦勒克理论视野中的小说人物：

---

① [美]苏珊·朗格：《艺术问题》，滕守尧、朱疆源译，北京：中国社会科学出版社 1983 年版，第 145 页。

② [美]韦勒克、沃伦：《文学理论》，刘象愚、邢培明、陈圣生、李哲明译，北京：生活·读书·新知三联书店 1984 年版，第 13—14 页。

小说人物不过是由作者描写他的句子和让他发表的言辞所塑造的。他没有过去,没有将来,有时也没有生命的连续性。这一基本的观念可以免却许多文学批评家再去考察哈姆雷特在威丁堡的求学情况、哈姆雷特的父亲对他的影响、福尔斯塔夫年轻时怎样瘦削、“莎士比亚笔下的女主角的少女时代的生活”以及“麦克佩斯夫人有几个孩子”等等问题。小说中的时间和空间并不是现实生活中的时间和空间。①

审美幻象的虚构特质决定了文学形象可以突破现实世界的束缚,具有多种不确定的意义。正如法国思想家、文学评论家罗兰·巴特(Roland Barthes)所谈到的:文学作品中的形象“没有任何即情即景可做依据,或许,正是这一点最能说明它的特征:作品不受任何语境所环绕、提示、保护和操纵;任何现实人生都不能告诉我们作品应有的意义。……作品永远处于预言性的语境。……作品……也不指定意义之所在,因为它是循着意义的容量,而不是循着线条走的,它建立多种模糊性而非单一性的意义”②。譬如,鲁迅笔下的过客形象,目光阴沉、衣衫褴褛、步履踉跄、困顿倔强、拒绝妥协、勇往直前。但是,过客究竟要去哪里?他为什么会忘记自己的名字?前方究竟是什么声音在召唤他?他为什么不愿意接受他人的布施和好意?凡此种种,文中都没有明言。惟其如此,过客形象才成了一个预言式的存在,呈现出了耐人寻味的多重审美价值。

需要指出的是,强调文学形象作为审美幻象的虚构特质,并不意味着要彻底切断文学形象和现实世界的联系。因为,虚构与现实并不是截然对立的关系。德国美学家沃尔夫冈·伊瑟尔(Wolfgang Iser,又译为 W. 伊泽尔)曾经对那种将虚构视作现实对立面的观点进行过有力的驳斥:

人们一般认为文学本文是虚构性文章,并且的确,虚构这个词本身就意味着,印在纸上的词语并不是用来指称某些在经验世界中给定的现实,而是用来表现没有给定的现实。所以,“虚构”和“现实”总是被人们当做纯粹的对立面区分开来;因此,当人们试图限定文学的“现实”时就出现了大量的混乱。有时它被看成独立存在的,有时又按照不论一个什么参照系被看成是受外界支配的。不论参照系是什么,根本的、容易使人误解的假设在于把虚构看成现实的反义词。

如果虚构不是现实,这并不是因为它缺少现实的属性,而是因为它

---

① [美]韦勒克、沃伦:《文学理论》,刘象愚、邢培明、陈圣生、李哲明译,北京:生活·读书·新知三联书店 1984 年版,第 14 页。

② [法]罗兰·巴特:《批评与真实》,温晋仪译,上海:上海人民出版社 2016 年版,第 37 页。

> 所告诉我们的是某种关于现实的东西，而载体是不能和运载物等同起来的。①

虚构的文学形象尽管不能直接等同于现实，但是它并不会缺少现实的属性。若是某个形象完全脱离了和已知现实的联系，那么，它必然会失去被理解的可能。在文学形象的世界里，虚构与现实之间的依存特性要远远超过二者之间的对立特性，而文学形象的虚构性就是想象事物与既定事物之间的纠缠和渗透的结果。文学作品中的形象世界既是虚幻生活的片段，又是经验历史的浓缩。只不过，经验历史所起的作用并不是显性的，而是潜隐的，就其本质而言，文学作品内部所呈现的仍然是一个虚拟和想象的世界。虚构和想象才是文学形象艺术审美特质的直接呈现方式。

最后，文学意蕴处于文学作品结构的纵深层次，是文学作品的内在灵魂，也是其呈现出艺术审美价值的深层动力。正如黑格尔在《美学》中所谈到的：

> 遇到一件艺术作品，我们首先见到的是它直接呈现给我们的东西，然后再追究它的意蕴或内容。前一个因素——即外在的因素——对于我们之所以有价值，并非由于它所直接呈现的；我们假定它里面还有一种内在的东西，即一种意蕴，一种灌注生气于外在形状的意蕴。那外在形状的用处就在指引到这意蕴。因为一种可以指引到某一意蕴的现象并不只代表它自己，不只是代表那外在形状，而是代表另一种东西，就像符号那样，或者说得更清楚一点，就像寓言那样，其中所含的教训就是意蕴。文字也是如此，每个字都指引到一种意蕴，并不因它自身而有价值。同理，人的眼睛、面孔、皮肉乃至于整个形状都显现出灵魂和心胸，这里意蕴总是比直接显现的形象更为深远的一种东西。艺术作品应该具有意蕴，也是如此，它不只是用了某种线条、曲线、面、齿纹、石头浮雕、颜色、音调、文字乃至于其他媒介，就算尽了它的能事，而是要显出一种内在的生气、情感、灵魂、风骨和精神，这就是我们所说的艺术作品的意蕴。②

回旋激荡于作品深处的意蕴关涉着人类对超越生命价值的渴求和追寻，其内涵类似于波兰现象学家罗曼·英加登所谈到的"形而上学性质"。在《文学的艺术

---

① [德]W. 伊泽尔：《审美过程研究——阅读活动：审美响应理论》，霍桂桓、李宝彦译，北京：中国人民大学出版社 1988 年版，第 71 页、第 72 页。

② [德]黑格尔：《美学》第一卷，朱光潜译，北京：商务印书馆 2017 年版，第 24—25 页。

作品》中，罗曼·英加登结合海德格尔的存在论观点，谈到了“形而上学性质”对于生存的重要意义：当我们看到“形而上学性质”时：

> 生存的深层和本原正象(像)海德格尔所常说的那样，就呈现在我们的心眼之前，而这正是我们平时完全看不到的。但是它们并非仅仅把自身显示给我们；在观看和实现它们时，我们也就进入了本然的存在。我们不仅看见它们当中除非表现出来就是神秘的东西；它们就是以其一种形式呈现的事物本原。但是它们只有在成为现实之后才能充分显示给我们。因此形而上学性质在其中得以实现并显示给我们的情景是展开的存在中真正的顶点，它们同样也是我们本身的精神——心理本质。它们是使我们生活中其他部分黯然失色的顶点；换句话说，它们引起沉浸于其中的存在的彻底改变，不管它们带来的是解救还是处罚。①

追求超越是人的存在本质，但是暗淡无光缺乏意义的日常生活却给这种存在本质蒙上了厚厚的尘垢，使人看不到生命的意义。而在蝼蚁般的生存状态中，形而上学性质则“象(像)是上天的恩赐”②：

> 把我们和我们的周围都笼罩在这样一种不可言说的气氛之中。不管这种气氛的特性是什么，不管它使人感到可怕还是陶醉，它本身总是表现为一种灿烂夺目的光辉，不同于灰暗的日常生活，它还使所发生的事情成为生活中的顶点，不管它来自残酷和邪恶的谋害所引起的震惊还是来自由于神人感通而得到的精神上的无上快乐，这些时常显示自身的形而上学性质(我们喜欢这样称呼它们)正是让人感到生活是值得留恋的东西，而且不管我们愿意还是不愿意，我们心中一直隐藏着一种期待形而上学性质得到具体显示的渴望，这种渴望片刻不离地支配着我们去处理一切事情。形而上学性质的显示构成生存的顶点和深层基础。③

在英加登看来，这种“形而上学性质”虽然是生命中最有体验价值的成分，但是它在现实生活中只有很少的得以实现的机会。进一步说，即使它会偶尔像我们所期待的那样，真的作为实在的东西出现在我们面前，我们也即刻就会被它们的强

---

① [波兰]罗曼·英加登：《文学的艺术作品》，张金言译，载蒋孔阳主编：《二十世纪西方美学名著选》(下)，上海：复旦大学出版社 1988 年版，第 261 页。

② 同上，第 260 页。

③ 同上。

大力量压倒，根本没有时间和能力对其加以长久的静观和深入的思考。然而，在我们的心灵深处，不管是出于何种动机，一直都存有静观和思考"形而上学性质"的渴望，这种渴望驱动和决定着我们的许多行为：譬如哲学认识活动，譬如艺术创作和艺术接受。就这一意义而言，我们之所以热爱艺术，是因为"艺术特别可以使我们得到我们在现实生活中永远不能获得的东西，至少就微观世界和作为反映来说是如此：静观形而上学性质"①。所以，对于文学艺术作品而言，其最重要的功能就是表现出"形而上学性质"，因为只有在表现出"形而上学性质"的情况下，文学艺术作品才能"达到它的顶峰"，"才能最深刻地打动我们"。② 而且，与现实生活中"形而上学性质"呈现时所具有的压倒性力量不同，文学艺术作品中显示出来的"形而上学性质""可以让读者以某种平静的心情领悟它们"③，因为，文学作品不同于实际生活，"形而上学性质不能在这里得到实在化"④，文学艺术作品中的"形而上学性质"只会具体化到足以表现自己的程度，这种事实上的非实在性决定了读者能够与"形而上学性质"的具体化过程保持一定的距离，在深受吸引的同时，又不会被强烈的刺激感所击倒。因此，文学活动中"形而上学性质"的具体化就获得了"特殊的审美价值"⑤，在揭示出生命和存在的深层意义的同时，也使文学作品成了令人赞叹的艺术杰作。

结合罗曼·英加登对文学艺术作品中"形而上学性质"的分析，我们可以深刻体会到文学意蕴的超越性本质。与"形而上学性质"类似，文学意蕴的超越性本质也可以使体验者摆脱日常意识的束缚和个体生活的有限性，充分领会到生命存在的意义，进入到无限的自由精神境界。这实际上意味着文学作品可以借助人的情感心理，否定现实有限性、追求理想美，从而最大限度地开启文学营造诗化人生境界的进程。诗化的人生境界是内部心灵世界与外部现实世界相互依存、双向建构所达到的存在论意义上的统一，是自由对必然的超越、无限对有限的超越。古往今来的优秀作品之所以能够打动我们、吸引我们，其要点就在于其中渗透着一种超越日常生活的精神意蕴。它可以把日常生活中惶惑、沮丧、短暂而无意义的零散经历成功地转变为令人振奋的、有意义的、跨越时空的人生体

① ［波兰］罗曼·英加登：《文学的艺术作品》，张金言译，载蒋孔阳主编：《二十世纪西方美学名著选》（下），上海：复旦大学出版社 1988 年版，第 262 页。

② 同上，第 263 页。

③ 同上。

④ 同上。

⑤ 同上。

验，赋予读者灵魂上升的力量，帮助他们超越一般生命物的"平均状态"①，使其体味到人类梦想中的神圣和至善，看到凡俗人生背后的庄严和美好。正如朱光潜在《文艺心理学》中所指出的，"希腊悲剧家和莎士比亚使我们学会在悲惨世界中见出灿烂华严，阿里斯托芬和莫里哀使我们学会在人生乖讹中见出谑浪笑傲，荷兰画家们使我们学会在平凡丑陋中见出情趣深永的世界"②。精神意蕴的超越性本质足以照亮作品所描写的一切，使形象世界变得光彩夺目，并使其展现出一种令人心醉神迷的魅力：司马迁笔下顽强壮烈、永不妥协的悲剧英雄，汤显祖笔下为情而死、为情而生的至情女子，索福克勒斯笔下与命运抗争一生的俄底浦斯王，托尔斯泰笔下真诚勇敢、拒绝作伪的安娜·卡列尼娜……这些具有强大感染力的文学形象都离不开超越性精神意蕴的照耀。

三、文学接受：艺术审美价值的再创造

如上所述，文学作品的结构层次及组合关系是艺术审美价值的具体呈现方式。但是，在文学作品未经读者阅读和接受以前，其艺术审美价值还不足以使其成为现实审美对象。只有在文学接受活动中，其语言、形象、意蕴等诸多层面的审美特质才有可能被激活，艺术审美价值才有可能从潜在的可能转化为现实的存在。对此，法国米盖尔·杜夫海纳作如是说：

> 作品……等待阅读。为什么？它不是完完全全地存在在这本放在图书馆书架上的书中了吗？当作家在手稿上画上最后一个句号时，它不是已经获得了确定的存在了吗？不要急，让我们慢慢地分析。一个剧本等待着上演，它就是为此而写作的。它的存在只有当演出结束时才告完成。以同样方式，读者在朗诵诗歌时上演诗歌，用眼睛阅读小说时上演小说。因为书本身还只是一种无活力的、黑暗的存在：一张白纸上写的字和符号，它们的意义在意识还没有使之现实化以前，仍然停留在潜在状态。茵格尔顿(Ingarden)说，文学作品是他律性的；它等待着主观操作去使之现实化。茵格尔顿区分出四个"作品层次"，即物质指号、字面意义、代表的对象和想象的目标。与这四个层次相适应的是意识的行为，其系统构成阅读。阅读是"一种具体化"，它使作品成为它想

---

① 海德格尔在《存在与时间》中的观点："平均状态是一种常人的生存论性质。常人本质上就是为这种平均状态而存在。"([德]马丁·海德格尔：《存在与时间》，陈嘉映、王庆节合译，北京：生活·读书·新知三联书店2006年版，第147页)

② 朱光潜：《文艺心理学》，载《朱光潜全集：第一卷》，合肥：安徽教育出版社1987年版，第324页。

> 成为的东西：一个审美对象，一种活意识的关联。在这个意义上说，批评家——任何读者也是如此——有权怀有某种骄傲，因为是他把作品提升到了它的真正存在。他和作者合作，但同时也与作者竞争；因为，在使它成为作品时，他夺走了作者的作品。这个在痛苦中产生、有时还带有痛苦痕迹的作品，只有在读者接待时才得到安宁，才幸福地笑逐颜开。①

只有借助读者阅读过程中的主观操作，艺术审美价值才可能转化为现实审美对象。而对于处于阅读过程中的读者而言，文学文本的结构层次及组合关系已经构成了一种吁请，吁请他们发扬主体性，并展开对艺术审美价值的再创造活动，使之成为深具多样化和开放化的存在。

首先，读者对艺术审美价值的再创造离不开审美体验和审美想象的参与。譬如，刘鹗在《老残游记》中就用了一连串的比喻来淋漓尽致地铺排白妞王小玉说书的妙处：

> 声音初不甚大，只觉入耳有说不出来的妙境：五脏六腑里，像熨斗熨过，无一处不伏贴；三万六千个毛孔，像吃了人参果，无一个毛孔不畅快。唱了十数句之后，渐渐的越唱越高，忽然拔了一个尖儿，像一线钢丝抛入天际，不禁暗暗叫绝。那知他于那极高的地方，尚能回环转折。几啭之后，又高一层，接连有三四叠，节节高起。恍如由傲来峰西面攀登泰山的景象：初看傲来峰削壁千仞，以为上与天通；及至翻到傲来峰顶，才见扇子崖更在傲来峰上；及至翻到扇子崖，又见南天门更在扇子崖上：愈翻愈险，愈险愈奇。那王小玉唱到极高的三四叠后，陡然一落，又极力骋其千回百折的精神，如一条飞蛇在黄山三十六峰半中腰里盘旋穿插。顷刻之间，周匝数遍。从此以后，愈唱愈低，愈低愈细，那声音渐渐的就听不见了。满园子的人都屏气凝神，不敢少动。约有两三分钟之久，仿佛有一点声音从地底下发出。这一出之后，忽又扬起，像放那东洋烟火，一个弹子上天，随化作千百道五色火光，纵横散乱。这一声飞起，即有无限声音俱来并发。②

这段描写结合着各种感觉设喻：先是用脏腑熨帖毛孔这种畅快的舒适体感比喻唱腔的甜润美妙；后用一山更比一山高，用无限风光在险峰的惊喜观感比喻唱腔

---

① [法]米盖尔·杜夫海纳：《美学与哲学》，孙非译，北京：中国社会科学出版社 1985 年版，第 158 页。

② (清)刘鹗：《老残游记》，上海：上海古籍出版社 2007 年版，第 10—11 页。

的刚劲有力、高亢激荡；再用飞蛇盘旋于诸峰的迅疾动感比喻唱腔的千回百转、神速变幻；最后用绚烂烟火所带来的视觉冲击力比喻唱腔的奇妙多变、超群绝伦。但是，无论是被熨斗熨过的脏腑服帖感，吃人参果后的毛孔舒适感，还是险峰叠起、飞蛇盘旋、烟火缤纷给人带来的极致视觉享受，都不具备和无形的声音之间的必然联系。

在二者之间建立起必然联系的，不是语词本身，而是读者的审美体验和审美想象。正是在这些具有模糊语义的比喻所引发的审美体验和审美想象中，读者才进入了一种自由的审美状态，通过想象实现了各种感官体验的打通与综合，真真切切地体会到了听者如痴如醉的深刻感受和白妞唱腔的神妙魔力。

其次，作品中的断裂和空白可以有效激发读者的审美体验和审美想象，推动艺术审美价值再创造价值的发生和发展。在具体的文学表达中，作品中的断裂和空白又可以分为两种情况。第一种情况是有待恢复性填补的断裂和空白，也就是说，读者可以从语句的表层结构中轻易发现缺失部分的踪迹，这些踪迹引导着读者凭借语法规则和生活阅历对其加以恢复，而这种恢复又往往不止一种方式，如此，断裂和空白就为多样化的填补方式留下了空间，语句内涵也会因此得到扩展和丰富。譬如，鲁迅的小说《狂人日记》借狂人之口，揭露了封建社会人吃人的本质，其中写道：

> 太阳也不出，门也不开，日日是两顿饭。
>
> 我捏起筷子，便想起我大哥；晓得妹子死掉的缘故，也全在他。那时我妹子才五岁，可爱可怜的样子，还在眼前。母亲哭个不住，他却劝母亲不要哭；大约因为自己吃了，哭起来不免有点过意不去。如果还能过意不去，……①

显然，“如果还能过意不去”后面是有待恢复性填补的断裂和空白，读者从语句的表层结构中就可以发现缺失部分的踪迹，省略号里包含着丰富的潜台词：也许还有救，也许还有可能忏悔，也许还有可能改过，等等。第二种情况是有待创造性填补的断裂和空白。也就是说，读者很难从语句的表层结构中找到缺失部分的踪迹，也就无法对其加以恢复。但是，文本所营造的情感氛围是确定的，因省略而出现的语意空白可以有力地激发出读者参与文本再创造的热忱，推动其在文本营造的情感氛围内发挥想象，为断裂和空白注入多种意义。这种积极的创造性填补过程可以提升读者对文本情感氛围的体验。如此，有待创造性填补的断裂和空白

① 鲁迅：《狂人日记》，载《鲁迅全集》(第一卷)，北京：人民文学出版社 1981 年版，第 431 页。

不仅可以最大限度地丰富语句的内涵，而且可以将情感表达的精准和深刻发挥到极致。例如，美国著名诗人艾米莉·狄金森(Emily Elizabeth Dickinson)在诗中写道：

正当我们畏惧它时，它来了——
但来时却把畏惧减轻
因为对它的畏惧天长日久
几乎使它变成了美景——

有一种磨合——一种惊惶——
一种磨合——一种绝望——
知道它要来比知道
它到场更令人挂肚牵肠

试探极限
那是新的清晨
比一辈子慢慢熬过它
更加可恨①

该诗刻意省略了“它”的具体所指，也没有留下任何可供读者恢复其具体所指的确定性线索。但是，畏惧与超然所构成的两极化情感体验已经铸就了该诗的情感氛围，这种情感氛围召唤着读者发挥想象，展开对“它”之含义的再创造过程。这种再创造过程不仅可以极大地扩张“它”的内涵，使诗歌的含义更为丰富，而且可以使读者更为深刻地感受到这种两极化情感体验的强度，体会到诗中所昭显的现实处境与意志品质之间的情感张力。

读者的感受和体会是作品和读者双向主动的交互作用过程：读者融入作品，创造出新的文学意义；作品向读者渗透，建构出新的审美视野。在这个交互作用的过程中，文本的潜在结构渐渐走向了现实化，艺术审美价值的再创造过程也得到了有效的展开。正如接受美学创始人姚斯所断言的：“一部文学作品的历史生命如果没有接受者的积极参与是不可思议的。”②再久远的文学作品，也会因接受者的积极参与而呈现出其自身的现时性，接受者的积极参与决定了文学作品

① [美]艾米莉·狄金森：《狄金森诗选》，蒲隆译，上海：上海译文出版社2010年版，第65页。

② [德]姚斯：《走向接受美学》，载[德]姚斯、[美]霍拉勃：《接受美学与接受理论》，周宁、金元浦译，沈阳：辽宁人民出版社1987年版，第24页。

永远处于一代又一代读者的理解和解释之中，这个理解和解释的过程是持续不断且变化无穷的，而艺术审美价值就在这个持续不断且变化无穷的理解和解释过程中得到了一次又一次的再创造。

总之，作为以文学活动为研究对象的一门人文科学，文学理论理应在明确文学活动价值取向的前提下建构起具有价值合理性的研究体系。源自主客体互动关系的艺术审美价值是文学活动的核心价值，理应成为文学理论的建构基点。近年来，在文化研究大潮的冲击下，文学理论的泛化论和消亡论甚嚣尘上，为了拓展文学理论的研究空间，捍卫文学理论的学科合法性，越来越多的研究者从不同角度出发，围绕着文学研究和文化研究、文学理论和文化理论的关系问题展开了积极深入的思考。但是，任何一种有效的思考，都离不开对文学理论建构基点的准确把握和深刻体认。只有在将艺术审美价值问题明确视作文学理论建构基点的前提下，才能保障文学理论作为特殊的人文科学所应具备的价值合理性。

第三章　当代文学理论的发展趋向问题

20世纪80年代以来，文学理论先是由外部研究转向内部研究，再是由内部研究转向外部研究，在内转与外突的过程中呈现出文学美学和文化诗学这两种不同的发展趋向。

第一节　文学美学

文学美学倾向于将文学视作一种特殊的艺术审美形式，坚持以艺术审美价值作为建构文学理论的基本支点。尽管中国古代所注重的以文本审美为特质的诗学论述和中国现代潜滋暗长的文学审美意识已经为文学美学提供了理论资源和精神力量，但是，由于一些众所周知的社会政治原因，在相当长的历史时期里，文学美学并没有引起当代文艺理论界的关注。直到20世纪80年代以后，随着文学审美意识的全面勃兴，文学美学才成了中国当代文学理论的重要发展方向。

一、当代文学美学的理论资源

自古以来，中华民族就是注重审美体验的诗意民族，从"诗言志，歌永言，声依永，律和声，八音克谐，无相夺伦"①"诗缘情而绮靡"②"情以物兴，故义必明雅；物以情观，故词必巧丽"③"文之英蕤，有秀有隐。隐也者，文外之重旨者也；秀也者，篇中之独拔者也。隐以复意为工，秀以卓绝为巧"④"野

---

① 《尚书·尧典》，载郭绍虞主编：《中国历代文论选》第一册，上海：上海古籍出版社2001年版，第1页。

② （西晋）陆机：《文赋》，载郭绍虞主编：《中国历代文论选》第一册，上海：上海古籍出版社2001年版，第171页。

③ （南朝梁）刘勰：《文心雕龙·诠赋》，载刘勰著，黄霖导读，黄霖整理集评：《文心雕龙》，上海：上海古籍出版社2008年版，第16页。

④ （南朝梁）刘勰：《文心雕龙·隐秀》，载刘勰著，黄霖导读，黄霖整理集评：《文心雕龙》，上海：上海古籍出版社2008年版，第81页。

者,诗之美也"①"必能状难写之景如在目前,含不尽之意见于言外"②"凡文以意趣神色为主。四者到时,或有丽词俊音可用"③"古诗无定体,似可任笔为之,不知自有天然不可越之矩矱"④"惟沈思翰藻乃可名之为文也"⑤"古人文章妙处,全是沉、郁、顿、挫四字"⑥等诸多中国古代诗学论述中,处处可闻文学美学观念的回声。

但是,在进入近现代以后,在亡国危机和忧患意识的刺激下,文学功利主义大盛,"文学运动和社会改造的关系,从来也没有这一时期这样的密切。文学自觉地摒弃部分甚而全部对它来说乃是根本品质的审美愉悦的功用,而承担起挽救危亡和启发民智的责任。将近一个世纪的社会动荡,激使文学以自己的方式与社会作同步的争取"⑦。人们对文学功利主义的普遍认同使文学工具论迅速成长为评判文学价值的首要标准甚至唯一标准,而文学审美意识则备受打压,难以得到充分的发展。

需要指出的是,尽管不足以对抗日益膨胀的文学功利主义,但是,文学审美意识却没有因此消失。相反,在 20 世纪前半叶,它一直在压抑中潜滋暗长,为文学美学的当代崛起提供了重要的理论资源和精神力量。

1904 年,王国维在《〈红楼梦〉评论》中指出:"故美术之为物,欲者不观,观者不欲;而艺术之美所以优于自然之美者,全存于使人易忘物我之关系也。"⑧这种对文学艺术超功利品质的理解和强调源自王国维对康德、叔本华美学思想的认同和吸收:

> 德意志之大哲人汗德(今译康德),以美之快乐为不关利害之快乐(Disinterested Pleasure)。至叔本华而分析观美之状态为二原质:

---

① 刘熙载:《诗概》,载刘立人、陈文和点校:《刘熙载集》,上海:华东师范大学出版社 1993 年版,第 92 页。

② (宋)欧阳修:《六一诗话》,载(宋)欧阳修、释惠洪著,黄进德批注:《六一诗话 冷斋夜话》,南京:凤凰出版社 2009 年版,第 6 页。

③ (明)汤显祖:《答吕姜山》,载刘德清、刘宗彬编注:《汤显祖小品》,上海:上海三联书店 2008 年版,第 120 页。

④ (清)王夫之:《夕堂永日绪论内编》,载(清)王夫之著,戴鸿森笺注:《姜斋诗话笺注》,上海:上海古籍出版社 2012 年版,第 59 页。

⑤ (清)阮元:《书梁昭明太子文选序后》,载郭绍虞主编:《中国历代文论选》第一册,上海:上海古籍出版社 2001 年版,第 339 页。

⑥ (清)姚莹:《康輶纪行》,载(清)姚莹著,施培毅、徐寿凯点校:《康輶纪行 东槎纪略》,合肥:黄山书社 1990 年版,第 411 页。

⑦ 谢冕:《1898 百年忧患》,济南:山东教育出版社 1998 年版,第 252 页。

⑧ 王国维:《〈红楼梦〉评论》,载周锡山编校:《王国维集》第一册,北京:中国社会科学出版社 2008 年版,第 5 页。

(一)被观之对象,非特别之物,而此物之种类之形式;(二)观者之意识,非特别之我,而纯粹无欲之我也……无欲故无空乏,无希望,无恐怖;其视外物也,不以为与我有利害之关系,而但视为纯粹之外物。此境界唯观美时有之。①

次年,在《论哲学家与美术家之天职》一文中,他进一步将文学艺术的超功利品质明确为"无与于当世之用":

天下有最神圣、最尊贵而无与于当世之用者,哲学与美术是已。天下之人嚣然谓之曰无用,无损于哲学、美术之价值也。至为此学者自忘其神圣之位置,而求以合当世之用,于是二者之价值失。②

"无与于当世之用"意味着文学艺术绝不能成为一时一地"道德政治之手段"③,只有在超越"当世之用"④的前提下,文学艺术才能"使人忘一己之利害而入高尚纯洁之域"⑤,才能"慰空虚之苦痛而防卑劣之嗜好"⑥,体现出调和感情、陶冶品性、净化心灵、完善人格的美育功能,这就是文学艺术的"无用之用"⑦。

与"无用之用"一脉相承的,是鲁迅所强调的"不用之用"。1908 年,鲁迅在《摩罗诗力说》一文中谈道:"由纯文学上言之,则以一切美术之本质,皆在使观听之人,为之兴感怡悦。"⑧在"兴感怡悦"的过程中,"吾人之神思"可以得到有效的"涵养",文学的"不用之用"⑨即在于此。

可见,无论是王国维的"无用之用"还是鲁迅的"不用之用",其最终旨归都不是"无用"和"不用"本身,而是"无用"和"不用"背后的"用"。只不过,他们所关注的"用",明显有别于一时一地的功利效用,其所体现的,是由文学艺术的审美品格所必然导向的美育价值。

---

① 王国维:《孔子之美育主义》,载周锡山编校:《王国维集》第四册,北京:中国社会科学出版社2008 年版,第 3—4 页。

② 王国维:《论哲学家与美术家之天职》,载周锡山编校:《王国维集》第一册,北京:中国社会科学出版社 2008 年版,第 181 页。

③ 同上,第 183 页。

④ 同上,第 181 页。

⑤ 王国维:《论教育之宗旨》,载周锡山编校:《王国维集》第四册,北京:中国社会科学出版社2009 年版,第 8 页。

⑥ 王国维:《去毒篇》,载周锡山编校:《王国维集》第二册,中国社会科学出版社 2008 年版,第323 页。

⑦ 王国维:《〈国学丛刊〉序》,载周锡山编校:《王国维集》第二册,北京:中国社会科学出版社2008 年版,第 326 页。

⑧ 鲁迅:《摩罗诗力说》,载《鲁迅全集》第 1 卷,北京:人民文学出版社 2005 年版,第 73 页。

⑨ 同上。

继王国维和鲁迅之后，宗白华、周作人、郁达夫、闻一多、梁宗岱、朱光潜等人亦围绕着文学艺术的审美品格进行过多方面的探讨。1920年，宗白华发表《新诗略谈》，将诗歌定义为“用一种美的文字——音律的绘画的文字——表写人的情绪中的意境”①；1923年，周作人出版《自己的园地》，坚持“文艺只是自己的表现”②，将“独立的艺术美与无形的功利”明确为“人生的艺术的要点”③；同年，郁达夫发表《艺术与国家》，提出“美与感情”是“艺术的最大要素”，“美的追求是艺术的核心”④；1926年，闻一多发表《诗的格律》将“精神与形体调和的美”⑤视作新诗的魅力所在；20世纪30年代，梁宗岱大力推介法国象征主义诗人保尔·瓦莱里的“纯诗”⑥理论，强调形式对于艺术特别是诗歌的重要意义：“形式是一切文艺品永生的原理，只有形式能够保存精神底经营，因为只有形式能够抵抗时间底侵蚀。”“形式是一切艺术底生命，所以诗，最高的艺术，更不能离掉形式而有伟大的生存。”⑦纯诗“本身底音韵和色彩底密切混合便是它底固有的存在理由”⑧。1948年，朱光潜发表《自由主义与文艺》，再次表明他一直坚持的文艺审美主义态度，“反对拿文艺做宣传的工具或是逢迎谄媚的工具”，强调“文艺自有它的表现人生和怡情养性的功用”⑨。

凡此种种，都体现出了他们对文学审美特质的重视和对文学自主性的追求。在文学工具论大行其道的历史时期，这些言论本应发挥出重要的纠偏意义，但是，由于革命形势的严峻和极左思想的泛滥，这些言论非但没有得到应有的重视，反而遭受了长期的冷落和拒斥。直到20世纪80年代初，这种局面才得到了根本性的转变。

---

① 宗白华：《新诗略谈》，载《宗白华全集》第一卷，合肥：安徽教育出版社1994年版，第168页。

② 周作人：《〈自己的园地〉旧序》，载钟叔河编：《知堂序跋》，长沙：岳麓书社1987年版，第2页。

③ 周作人：《〈自己的园地〉〔首节〕》，载钟叔河编：《知堂序跋》，长沙：岳麓书社1987年版，第7页。

④ 郁达夫：《艺术与国家》，载《郁达夫文论集》，杭州：浙江文艺出版社1985年版，第57页。

⑤ 闻一多：《诗的格律》，载刘殿祥编选：《闻一多代表作》，北京：华夏出版社2008年版，第239页。

⑥ 保尔·瓦莱里(Paul Valery)是法国著名的象征主义诗人和文论家，他继爱伦·坡、波德莱尔和马拉美之后，对纯诗论进行了更为明确和系统的阐发。在他看来，纯诗是一种与现实世界绝缘的，灌注着梦幻玄想的纯粹艺术表现。只有纯诗才能称得上是真正的诗，要创作出纯诗，不仅需要扫除功利性和目的性，而且需要摆脱日常语言的羁绊。

⑦ 梁宗岱：《新诗底纷岐路口》，载马海甸主编：《梁宗岱文集Ⅱ：评论卷》，北京：中央编译出版社2003年版，第159页、第157页。

⑧ 梁宗岱：《谈诗》，载马海甸主编：《梁宗岱文集Ⅱ：评论卷》，北京：中央编译出版社2003年版，第87页。

⑨ 朱光潜：《自由主义与文艺》，载朱光潜：《文艺青年的自我修养》，贵阳：贵州人民出版社2016年版，第200页。

二、当代文学美学的兴起

1979年12月,《古代文学理论研究》(第一辑)刊发郭绍虞、王文生的文章《审美理论的历史发展》。该文开篇即言:

> 文艺不仅作用于人们的理智,而且影响人们的感情;不仅帮助人们认识世界,而且满足人们的审美需要。文艺这种特殊作用于文学的本质和特征有密不可分的联系。①

从这一认识出发,该文对中国古代文学审美理论进行了历时性的梳理。先秦孔子《论语·阳货》有言,"诗可以兴,可以观,可以群,可以怨",其中的"兴","据朱熹的解释,即所谓'感发志意',具有启发、鼓舞、感染的作用。'诗可以兴',也就是审美理论的滥觞"②。西晋陆机的《文赋》"肯定文质半取、雅艳相资会产生遗音余味,说明文艺的美感来自作品的内容与形式的统一,反映了文艺的某些特点。同时,它第一次把'味'这个词引进文论,并赋予它美学意义,这对后来的诗论、文论又有着源远流长的影响"③。"从此以后,人们相沿用'味'来说明文艺作品的美感,并按照自己的习惯把它称之为'兴味''韵味'或'滋味'等等。"④南朝刘勰在《文心雕龙》中"反对繁采寡情,而主张清新简约,反映了我国文学史上审美趣味的一个重大转变"⑤。钟嵘在《诗品》中"以艺术本身的特殊规律来阐述艺术的美感问题,对六朝以前的审美理论作了一个比较完整而科学的小结"⑥。唐代诗僧皎然"把风味和比兴联系起来考虑,说明文艺美感和文艺思维的特点有内在联系"⑦;司空图"对文艺作品的'韵味'问题给予充分重视",他"关于审美理论的著名论点,即'美在咸酸之外'和'韵外之致''味外之旨'"⑧,"他把读者通过想象而得到的境界称之为'象外之象''景外之景'(《与极浦书》),他把读者通过联想而得到的美感称之为'味外之味'。既不脱离艺术形象,又不执着于艺术形象;既注意到美感产生的基础,又开拓了审美的领域;这是司空图对审美理论的重要

---

① 郭绍虞、王文生:《审美理论的历史发展》,载中国古代文学理论学会编:《古代文学理论研究》第一辑,上海:上海古籍出版社1979年版,第1页。

② 同上。

③ 同上,第2页。

④ 同上,第3页。

⑤ 同上。

⑥ 同上,第4页。

⑦ 同上,第4—5页。

⑧ 同上,第5页。

贡献”[1]。宋代严羽在《沧浪诗话》中“以禅喻诗”,“主张‘不涉理路,不落言筌’,这又给他的审美理论带来神秘主义的色彩”[2]。明代李贽“把美和真联系起来,这对审美理论是一个重大发展”,在他看来,“能引起人美感的作品,必须包含深刻的郁积之情。只有情真积久,感受深刻,作者不吐不快,发而为文,才能强烈打动读者的感情”[3];汤显祖亦认为“文学作品的‘真’是动人美感的基础,所以又说‘不真者不行’”[4]。而清代以后,关于文艺审美问题的论述更盛,“归纳起来,不外乎下列几个方面”:(1)“文艺作品能激起人的美感与文艺创作本身的特殊规律有关”[5],如焦循对“诗可以兴”的阐释、王士禛以“神韵”解释艺术美感、王国维以“境界”解释美感;(2)“艺术的美来自反映生活的真”[6],王夫之、黄宗羲都曾有过相关论述;(3)“部分清代理论家还注意了读者的想象在审美过程中的作用”[7],如王夫之的“作者用一致之思,读者各以其情而自得”,周济的“夫词,非寄托不入,专寄托不出”[8];(4)“部分清代理论家也对传统的审美趣味作了进一步的考察”[9],如王国维对“不隔”的论述即属此列。在拨乱反正的历史大背景下,《审美理论的历史发展》释放出了一个重要的信号:学术界对文学理论的关注点正在由文学的政治内涵和社会价值转向文学的艺术特性和审美价值。而且,更重要的是,郭绍虞、王文生在该文中围绕着中国古代文学审美理论所进行的历时性梳理起到了继承审美理论资源、接续审美理论传统的作用,为新时期文学美学的发生和发展提供了有力的理论支撑。

1980 年 8 月,《郑州大学学报:社会科学版》刊载了张涵的理论文章《审美价值应作为文艺批评的根本标准》。该文从马克思主义美学观点出发,将审美价值定位为文艺批评的根本标准:

> 马克思说:“人类能够依据任何物种底尺度来生产并且能够到处适用内在的尺度到对象上去;所以人类也依照美底规律来造形。”(《经济学—哲学手稿》人民出版社 1957 年版第 59 页)文艺作品自然也是人类

---

① 郭绍虞、王文生:《审美理论的历史发展》,载中国古代文学理论学会编:《古代文学理论研究》,第一辑,上海:上海古籍出版社 1979 年版,第 6 页。

② 同上,第 8 页。

③ 同上,第 10 页。

④ 同上,第 11 页。

⑤ 同上,第 13 页。

⑥ 同上,第 14 页。

⑦ 同上,第 15—16 页。

⑧ 同上,第 16 页。

⑨ 同上,第 17 页。

“依照美底规律”所造之形，这就从根本上决定了文艺具有美的属性和审美价值。具体来说，在对象上，文艺反映的是现实生活，这个现实生活本身就是人类的审美创造；在方式上，文艺是人们对世界的审美掌握，它与科学、宗教、实践精神等对世界的掌握方式是不同的；在性质上，文艺作品本身就体现了“美底规律”。因此，文艺作品具有审美的价值，用审美价值作为文艺批评的根本标准，是理所当然。①

同年11月，《中国社会科学》刊载了著名理论家刘再复的长文《论文艺批评的美学标准》。该文指出，“艺术‘美的享乐’本身也是艺术的一种价值，艺术的一种目的”②，而具体形象性、情感性、创造性作为艺术美感的本质特征，可以全面激发人们的审美感受，使其在艺术欣赏中获得“美的享乐”。所以，除真实标准和社会功利标准之外，美感标准也是社会主义文艺批评标准不可或缺的重要尺度：

艺术必须按照美的规律来创造具备美的特征的作品，创造出作品后又必须给人以美感，然后经过美感作用达到对社会生活的反作用。失去美感特征，也就失去艺术的资格。

我们所讲的美感标准，只是一种大体上的艺术的美感特征。这种客观存在的，为多数艺术创造者承认的美感特质，是构成艺术美的基本要素，我们的艺术批评，是不能抛开这些要素的。

那么，艺术美感的本质特征是什么呢？激发起人们审美感受的巨大能力潜藏在哪里呢？我认为，在艺术美感多元的特征中，最根本的有两点：(1) 具体形象性；(2) 情感性。不管是现实主义作家，还是浪漫主义作家，还是其他美学倾向的作家，创造艺术美，都离不开这两个基本特征。③

同年12月，《学习与探索》刊载了学者何新的文章《试论审美的艺术观——兼论艺术的人道主义及其他》，该文指出：

在艺术的一切功能中，审美作用是艺术最重要，也是最根本的功能，一件作品，如果它虽具有认识或教育的价值，但却不具有审美价值，它就不配被称作艺术品。反之，若一件作品，虽然丝毫不具有认识或教育的价值，然而具有审美价值，那么它还是当之无愧的可以被称作艺术

① 张涵：《审美价值应作为文艺批评的根本标准》，《郑州大学学报：社会科学版》1980年第4期，第20页。

② 刘再复：《论文艺批评的美学标准》，《中国社会科学》1980年第6期，第192页。

③ 同上，第188页、第189页。

品。……

由此可见，一件作品是否成其为艺术品，及其艺术价值的高低，从根本上说，乃是以其是否具有审美价值，及其审美价值之高低来确定和衡量的。①

即使用今天的眼光来看，1980 年问世的这三篇文章也仍然具有非同一般的重要性，其重要性并不在于它们的理论水平，而在于它们的历史意义。继郭绍虞、王文生《审美理论的历史发展》一文之后，它们更为明确地建立起了以艺术特性和审美价值为核心的文学观念。自此，当代文学理论的文学美学发展趋向已开始生成。

特别值得一提的是，在文学美学的发展趋向生成和发展的过程中，20 世纪 80 年代前期的"美学热"起到了至关重要的推动作用。对于"美学热"开始时的盛况，当代文艺理论家王一川曾结合自己的亲身经历作过如是描述：

中华全国美学学会成立暨首届学术研讨会(1980)在昆明隆重召开的"喜讯"，深深地激动着我们。会议一结束，著名美学家李泽厚就被邀请来川大讲学。事实上，他的具体讲学内容并无多少新鲜之处，都是已正式发表在报刊上的，记得不过是有关美是什么和美学的对象如何之类。他的讲演口才也一般，似乎远不如其论著那么敏锐、犀利、奔放和动人。但是，那时大礼堂异常狂热迷醉的"美学氛围"，却使我终生难忘。……前去占座和听讲的同学，文理科都有。讲演时不仅座无虚席，简直就是"爆满"。过道和窗台都挤满如饥似渴的同学，连窗玻璃也被挤碎了，大门和墙外还站着不少无缘挤入的人。大家屏住呼吸，似乎要努力听清美学家的每一个字眼，听完后还充满知识渴望地去提问。尽管大家对李泽厚的讲演内容多少感到不满足，但整晚的心情是持续地亢奋的，对美学的热情丝毫不减，直到回到宿舍后许久。坦率地说，在那时的我眼里，做一个美学家，竟能如此受人尊敬和崇拜，该是多么令人向往的人生境界啊！这对个人自我实现的益处自不必说，而对整个社会和民族不更是一件神圣和美丽的事业吗？能够有一项事业得以把自我与社会紧紧地联系起来，"美学"别提有多么合适了。……十年"文革"浩劫之后：厌倦了政治斗争硝烟的人们，热切地渴望正常人性的生活，想象纯美的人生，寻求"人的感性的彻底解放"，而美学就似乎能够给

① 何新：《试论审美的艺术观——兼论艺术的人道主义及其他》，《学习与探索》1980 年第 6 期，第 100 页。

予这种允诺。①

在“美学热”激情燃烧的岁月里，审美意味着思想启蒙，意味着感性解放，意味着人性回归，意味着精神自由。无数理论家、批评家、艺术家、文学家将压抑已久的生命冲动和理想追求统统宣泄到对美的渴望、寻觅和建构之中，文学理论的研究格局也随之出现了根本性的改变：“文学艺术中的‘审美关系’（作为‘内部关系’）逐渐成为人们关注的重点。‘审美’作为文学自身的‘重要特性’甚至‘本质特征’突出出来，‘审美规律’作为文学活动最重要的内在规律受到空前重视，对文学的‘审美关系’‘审美特征’‘审美本质’‘审美规律’的研究成为文艺学‘内部研究’的一项重要内容。”②

1981 年 6 月，王朝闻主编的《美学概论》在人民出版社出版，该书将文学定位为一种语言艺术，将其与“工艺美术、建筑、雕塑、绘画、音乐、舞蹈”“戏剧、电影等等”并列称为旨在“满足人们多种多样的审美需要”③的艺术种类，并围绕着文学作为语言艺术的特殊审美价值展开了深入的分析：

> 语言艺术（文学）以语言或它的书面符号——文字为物质手段，构成一种表象和想象的形象，从而反映现实生活，表现艺术家的审美感受。
>
> 语言艺术的物质手段，与日常语言，特别是理论语言有所不同，它是经过艺术加工的，更凝练，也更富于形象性的语言。……还以其语音方面（语气、语调、声音节奏）的变化直接表现人的情感。这最后一点，与音乐中的音响有类似之处。
>
> 语言艺术与诉诸视觉和听觉的艺术不同，它以直接唤起表象和想象的方式作用于欣赏者的再创造。
>
> 就语言艺术不受视觉形象和听觉形象所特有的限制来说，它的表现方式更为自由，它反映的范围更为广阔深邃。从可能性上看，甚至可以说它是一种最自由、最带普遍性的艺术种类。④

将文学视作一种表达审美感受的语言艺术，这本身就意味着人们对文学问题的讨论已经转向了文学艺术特征和审美特征的讨论。

---

① 王一川：《通向本文之路》，成都：四川人民出版社 1997 年版，第 400—402 页。

② 杜书瀛：《内转与外突——新时期文艺学再反思》，载中国社会科学院文学所当代室选编：《中国年度文论选 · ’99 卷》，桂林：漓江出版社 1999 年版，第 127 页。

③ 王朝闻：《美学概论》，北京：人民出版社 1981 年版，第 238 页。

④ 同上，第 271 页、第 272 页。

1982年10月,《国外社会科学》刊载了英国理论家斯坦·豪根·奥尔森(Stein Haugom Olsen)的文章《文学美学和文学实践》(原载于1981年的英国《思想》杂志),该文不仅提出了"文学美学",而且将"什么是文学"这个问题明确为"文学美学的出发点"①。围绕着这个问题,还原论和非还原论作出了不同的回答。还原论的回答思路是"哪些作品特征(textual feature,即一切作品都具有的风格、内容和结构上的特征)是使作品归类于文学作品的必要和充分的条件"②,譬如:情感论"根据作品与人类情感的关系",将"表达、唤起和解释情感"设定为作品跻身文学作品的条件;模仿论根据作品"与现实世界的关系",将"反映世界,是自然的真实再现"设定为作品跻身文学作品的条件。非还原论的回答思路则是"解释文学审美特征,阐明它在何种意义上是文学作品的特性"。在奥尔森看来,较之还原论,非还原论可以"更为合理、缜密地阐明文学审美特征"。③ 奥尔森关于"文学美学"的论述在中国学术界引发了相当的反响,当代美学家朱狄在《当代西方艺术哲学》一书中将其与英国美学家彼得·拉马克(Peter Lamarque)的"文学美学"观并提,从中引申出如下观点:

> 从逻辑上说,正因为其他艺术形式中出现的美学问题在文学领域中有不同的维面,而文学美学中出现的问题是其他艺术形式中所没有的,因此文学美学才会有存在的必要。
>
> 一件文学作品不仅是件艺术品,而且首先是在一种语言表现中的艺术品。它同时具有审美和语言这两个维面。文学美学的中心论题之一就是这两个维面之间的关系。④

可以说,在新时期文学理论的发展进程中,众多理论家不仅围绕着文学的审美特质和语言表现展开了深入的分析,而且对文学审美和语言表现之间的关系进行了多角度的探索。这些分析和探索的确构成了文学美学发展趋向的重要推动力量。

三、语言论冲击下的当代文学美学

当我们谈到当代文学美学的发展趋向,就不得不提到兴起于20世纪80年代的语言热。1979年以后,随着思想文化的全面解放和新一轮西学东渐热情的

---

① [英]S.奥尔森:《文学美学和文学实践》,晓红译,《国外社会科学》,1982年第10期,第39页。

② 同上,第39—40页。

③ 同上,第40页。

④ 朱狄:《当代西方艺术哲学》,北京:人民出版社1994年版,第142页,第144页。

持续高涨，法国结构主义、索绪尔语言符号理论、英美新批评、俄国形式主义等西方现代思潮[①]纷至沓来，为中国文学研究者开拓了一片令人心醉神迷的语言审美天地。在语言论的冲击下，当代文学美学围绕着文学作为语言艺术的结构特征和审美特征展开了更为深入具体的论述。

1979年4月，九叶派老诗人袁可嘉在《世界文学》上发表《结构主义文学理论述评》。在该文中，老诗人一改十七年前《"新批评派"述评》中火力全开的批判基调[②]，以学者之眼给予了包括新批评派[③]在内的诸多现代诗学流派颇具学理性的介绍

① 其实，早在二十世纪五六十年代，英美新批评、索绪尔语言符号理论、结构主义等思潮就曾被介绍到中国，只不过，在特殊的历史条件下，这种介绍或是局限于狭小的专业领域，或是以思想批判为主，不可能产生大的影响。如1958年，许国璋发表论文《结构主义语言学述评》，将结构主义语言学定位为"近一二十年来欧美许多国家最流行的语言学流派之一"，并围绕着结构主义的理论演变，结构学派的音位学、形态学、句法学及结构主义语言体系和机器翻译及外语教学的关系等问题展开了探讨（许国璋：《结构主义语言学述评》，《西方语文》1958年第2期，第209—223页）；1962年5月，袁可嘉发表文章《"新批评派"述评》，该文在批判新批评派"反动实质"的同时，也对新批评派的理论观点和批评方法进行了初步的介绍（袁可嘉：《"新批评派"述评》，《文学评论》1962年第2期，第63—81页）；同年8月，桂璨昆发表文章《索绪尔的语言学理论简述》，该文围绕着索绪尔的具体观点、理论贡献和历史影响进行了较为详尽的论述（桂璨昆：《索绪尔的语言学理论简述》，《外语教学与研究》1962年第4期，第57—64页）；同年12月，王士燮翻译了捷克理论家B. 斯卡里契卡的文章《哥本哈根的结构主义和布拉格学派》，该文对丹麦学派叶尔姆斯列夫所秉持的语言模式游戏论提出了批评，肯定了布拉格学派对语义学问题的注重（[捷]B. 斯卡里契卡：《哥本哈根的结构主义和布拉格学派》，王士燮译，《当代语言学》1962年第C1期，第20—24页）；1964年，戴修人翻译了法国理论家亨利·列斐伏尔《关于结构主义和历史的几点思考》，尽管译文前的"编者按"对列斐伏尔的结构主义史学观进行了严厉的批判，但是，译文仍然如实反映出了列斐伏尔所归纳的结构概念的主要含义："一）结构就是可知的东西，它是现实所固有的，是现实的本质。……二）结构就是模式，这个模式是用从其本身过于复杂的一个现实所取来的要素制成的。……三）结构，无论是局部的或整个的，是由在许多易变体系之间的一种不稳定的平衡所组成的，这种不平衡通过在总的社会基本现象内重新努力不断再平衡，但是结构只不过是一种不尽相符的表现。"（[法]亨利·列斐伏尔：《关于结构主义和历史的几点思考》，戴修人译，《现代外国哲学社会科学文摘》1964年第9期，第14—21页）

② 1962年5月，袁可嘉在《文学评论》上发表文章《"新批评派"述评》，该文将新批评派定位为一种反动的资产阶级形式主义理论流派，认为"'新批评派'某些重要的代表人物不仅有一套形式主义的文学理论，而且有一套反科学、反民主、反社会主义的文化思想"，"作为帝国主义没落时期的反动流派，'新批评家'们的形式主义的文艺理论，他们的旨在维护古今反动创作的文学批评，他们之中某些代表人民的反人民、反社会主义的文化思潮构成一个从垄断资本的腐朽基础上产生并为之服务的反动的文化逆流；……它不仅与'现代主义'的颓废创作不可分割，而且与实用主义、直觉主义哲学，特别与当代反动的美学思想（如桑达延纳的'批判实在论'和所谓'意义论'美学）也有十分密切的联系。就欧美资产阶级理论批评系统本身来说，'新批评派'又是十九世纪柯勒律治和法国象征派以及二十世纪初的亨利·詹姆士等唯美主义理论混合以后的新发展。毫无疑问，'新批评派'，这个帝国主义没落时期资产阶级的反动理论流派，是应当受到全面的、严格的批判的"。（袁可嘉：《"新批评派"述评》，《文学评论》1962年第2期，第64页、第81页）

③ 譬如，提及新批评派时，该文谈道："英美新批评派（New Critics）发端于二十年代，极盛于四十、五十年代。其基本理论认为作品是独立的、客观的象征物，是自足的有机体（有机形式主义），批评的任务是进行文学分析。主要代表人物为托·史·艾略特和艾·阿·瑞恰慈等。"（袁可嘉：《结构主义文学理论述评》，《世界文学》1979年第2期，第291页下注）

和评述：

> 英美的新批评家从象征主义的美学观点出发，把作品看成独立的客观的象征物，是与外界事物绝缘的有机体，他们强调作品的客观存在，注重研究个别作品。与此相反，法国现象学派以存在主义为哲学基础，否认作品有什么客观存在，认为作品只有在读者的意识中才能存在，这是强调读者主观感受的理论。继之而起的结构主义学派介乎两派之间，他们既承认事物有可以辨认的客观结构，也重视人类心智赋予事物以意义的作用，认为揭示一个系统的结构也就是这样的精神活动。①

之后，袁可嘉又翻译了法国结构主义理论家罗朗·巴尔特（即罗兰·巴尔特）的文章《结构主义——一种活动》，该文刊载于1980年4月的《文艺理论研究》，其围绕着结构主义的理论和方法做出了非常清晰的阐释。同年9月，北京商务印书馆出版了比利时著名美学家J. M. 布洛克曼的《结构主义：莫斯科——布拉格——巴黎》，译者是后来成为国际著名符号学专家的李幼蒸。该书不仅阐明了结构主义的理论渊源、思想内涵和历史沿革，而且涉及俄国形式主义、日内瓦语言学派、胡塞尔现象学等相关理论，在中国学界激起了强烈的反响，极大地拓宽了国内学人的现代西学视野，激发了他们对语言学研究方法的强烈兴趣。同年11月，商务印书馆出版了瑞士语言学家费尔迪南·德·索绪尔的《普通语言学教程》，该书颠覆了传统的语言工具论思想，将语言定位为具有价值意义的独立的符号系统，并围绕着外部语言学和内部语言学、共时语言学和历时语言学、语言和言语、能指和所指等概念的区别分别展开了细致的分析。该书特别指出："语言符号联结的不是事物和名称，而是概念和音响形象。后者不是物质的声音，纯粹物理的东西，而是这声音的心理印迹，我们的感觉给我们证明的声音表象。"②音响形象是语言符号的能指，概念是语言符号的所指，"语言的实体是只有把能指和所指联结起来才能存在的，如果只保持这些要素中的一个，这一实体就将化为乌有"③。其对能指和所指关系的强调从根本上改变了那种将语言视作表意工具或思想媒介的观念，并将语言提升到了本体论的地位，使中国学人意识到，语言的意义不在语言之外，而在语言之中。这无疑大大提升了语言问题在文学理论研究中的重要性，对稍后兴起的语言论研究热潮起到了不可忽视的催化作用。

---

① 袁可嘉：《结构主义文学理论述评》，《世界文学》1979年第2期，第308页。

② [瑞士]费尔迪南·德·索绪尔：《普通语言学教程》，高名凯译，北京：商务印书馆1980年版，第101页。

③ 同上，第146页。

1981年1月,《国外文学》刊载了比较文学的研究专家杨周翰的文章《新批评派的启示》。该文指出,在以往的文学研究中,“我们对‘外围知识’强调过分,而对文学本身的规律特别是艺术性强调不够,而这一点正是新批评派给我们的启示”①。新批评派强调的是“The text”,即“作品本身,而不是作者生平、创作动机、历史文化背景。孤立地看作品当然是新批评派的弱点,但对文学之所以为文学,新批评派对这点表示了足够的重视”②。尽管杨周翰并不讳言新批评派的缺陷,但是他仍然充分肯定了新批评派的学术观点对我国当时的文学研究所具有的积极意义,以杨周翰的学术影响而论,他的肯定性评价无疑会有效推动新批评理论在国内学术界的接受和传播。在稍后的数年间,《诗歌的结构主义研究方法举隅》③《关于结构主义文艺批评》④《结构主义概述》⑤《作品本体的崇拜——论英美新批评》⑥《艺术旗帜上的颜色——俄国形式主义与捷克结构主义》⑦《语言的牢房——结构主义的语言学和人类学》⑧《诗的解剖——现代西方文论略览·结构主义诗论》⑨《故事下面的故事——论结构主义叙事学》⑩《一种研究文学形式的方法——谈结构主义文艺批评》⑪等文章纷纷问世,为语言论研究热潮的全面展开奠定了良好的基础。

1984年,美国新批评代表人物韦勒克和沃伦合著的《文学理论》被正式译介到中国大陆,译本甫一问世就引发了轰动效应,二十世纪八九十年代间问世的国内文学理论著作,几乎都会不同程度地提及该书中的观点。对于当代文学理论而言,该书最具影响力的观点就是“文学的内部研究”,即将“文学研究的合情合理的出发点”确立为“解释和分析作品本身”。⑫ 在阐述如何“解释和分析作品本

---

① 杨周翰:《新批评派的启示》,《国外文学》1981年第1期,第7页。

② 同上,第7—8页。

③ 赵毅衡:《诗歌的结构主义研究方法举隅》,《社会科学战线》1981年第1期,第281—285页。

④ 王泰来:《关于结构主义文艺批评》,《外国文学研究》1981年第2期,第124—130页。

⑤ 李宪如、石倬英:《结构主义概述》,《河北大学学报:哲学社会科学版》1981年第3期,第52—72页。

⑥ 张隆溪:《作品本体的崇拜——论英美新批评》,《读书》1983年第7期,第104—111页。

⑦ 张隆溪:《艺术旗帜上的颜色——俄国形式主义与捷克结构主义》,《读书》1983年第8期,第84—93页。

⑧ 张隆溪:《语言的牢房——结构主义的语言学和人类学》,《读书》1983年第9期,第113—122页。

⑨ 张隆溪:《诗的解剖——现代西方文论略览·结构主义诗论》,《读书》1983年第10期,第111—120页。

⑩ 张隆溪:《故事下面的故事——论结构主义叙事学》,《读书》1983年第11期,第107—118页。

⑪ 王泰来:《一种研究文学形式的方法——谈结构主义文艺批评》,《国外文学》1983年第3期,第58—67页。

⑫ [美]勒内·韦勒克、奥斯汀·沃伦:《文学理论》,刘象愚、邢培明、陈圣生、李哲明译,北京:文化艺术出版社2010年版,第147页,第149页。

身"时，该书特别提到了俄国形式主义对传统的"内容与形式（content versus form）"①二分法的激烈反对，主张"把所有一切与美学没有什么关系的因素称为'材料'（material），而把一切需要美学效果的因素称为'结构'（structure），……'材料'包括了原先认为是内容的部分，也包括了原先认为是形式的一些部分。'结构'这一概念也同样包括了原先的内容和形式中依审美目的组织起来的部分。这样，艺术品就被看成是一个为某种特别的审美目的服务的完整的符号体系或者符号结构"②。所谓进行内部研究，"解释和分析作品本身"，就是要解释和分析这个以特别审美目的为旨归的"完整的符号体系或者符号结构"。具体而言，这个体系或结构主要包含下列层面：

> （1）声音层面，包括谐音、节奏和格律；（2）意义单元层，它决定文学作品形式上的语言结构、风格与文体的规则，并对之作系统的研讨；（3）意象和隐喻，即所有文体风格中可表现诗的最核心的部分，需要特别探讨，因为它们还几乎难以觉察地转换成（4）存在于象征和象征系统中的诗的特殊"世界"，我们称这些象征和象征系统为诗的"神话"。由叙述性的小说投射出的世界所提出的（5）有关形式与技巧的特殊问题。……在概述了分析个别艺术品的方法之后，我们将提出（6）文学类型的性质问题，并讨论有关文学批评中的问题。即（7）文学作品的评价问题。最后，回到文学的进化观念上，讨论（8）文学史的性质以及可否有一个作为艺术史的内在的文学史的可能性。③

而在论及个别艺术品的具体构成层面时，该书还提到了波兰现象学家罗曼·英加登《论文学作品》中的观点。在罗曼·英加登看来，文学作品既不同于作者或读者的心理体验，也不同于纸张油墨等物理事实，而是一种纯粹的意向性客体。这种意向性客体主要包含四个必不可少的层次："1.字音和建立在字音基础上的更高级的语音造体的层次。2.不同等级的意义单元或整体的层次。3.不同类型的图式的观相、观相的连续或系列观相的层次。最后还有：4.文学作品中再现客体和它们的命运的层次。"④在四个层次之外，罗曼·英加登又补充提出了"形而上质"⑤的问题，尽管韦勒克和沃伦并不否认"形而上质"可以使艺术成

---

① ［美］勒内·韦勒克、奥斯汀·沃伦：《文学理论》，刘象愚、邢培明、陈圣生、李哲明译，北京：文化艺术出版社2010年版，第150页。

② 同上，第151页。

③ 同上，第167页。

④ ［波兰］罗曼·英加登：《论文学作品》，张振辉译，开封：河南大学出版社2008年版，第49页。

⑤ 同上，第283页。

为引人深思的存在，但是他们仍然坚持认为，“这一层面也不是必不可少的，在某些文学作品中可以没有”①。对于艺术品的构成而言，“声音的层面”“意义单元的组合层面”和“要表现的事物”②才是必不可少的。可见，作为新批评派的代表，韦勒克和沃伦更关注的是作品的客观构成因素，“形而上质”与人的主观体验密切相关，自然不会被他们视作具体艺术品不可或缺的层面。

1986年3月，林大中《文学的纯文学研究——评韦勒克、沃伦〈文学理论〉》③在《读书》杂志上发表。该文将“英美的前期新批评派”与“俄国形式主义和捷克结构主义”视作“世界性形式主义批评洪流的两个主要的源头”④。前者形成的是“一种深入作品‘本文’，以‘细读’为特征的实用批评方法”⑤，后者则“从一开始就具有强烈的理论色彩和构建体系的自觉意识”，即“到文学作品的形式、技巧、手法中寻找构成文学‘本体’的东西，从而使‘文学学’成为一门可靠的科学”⑥。在二者的合流处，诞生了雷纳·韦勒克和奥斯汀·沃伦的《文学理论》，这部著作“宣称‘文学研究应该是绝对“文学的”’(literary study should be specifically literary)，宣称只有这种内部研究才是‘文学的研究’；并试图把诗学、批评、研究和文学史统一为一个内部研究体系。构建这一体系的基本理论依据是俄国形式主义关于‘结构’的假说。构成这一体系的理论框架是扩充了的波兰哲学家英格丹现象学美学的‘层面说’。填充在各个层面中的内容则主要来自新批评派，部分来自俄国人及其他形式主义批评流派”⑦。对多种形式主义理论的收编和发展使这部著作“完成了任何一个新批评成员不曾完成的历史使命：把新批评的思想上升到‘诗学’高度予以总结”⑧。林大中的这篇文章不仅对《文学理论》的理论来源和历史成就作出了比较恰切的分析，而且围绕着“材料”和“结构”这对概念的理论意义作出了引申式阐述：

> 与俄国人不同，韦勒克和沃伦只是把“内容对形式”的传统二分法排除在审美批评之外，并不把“内容和形式”这对概念完全排除在外。他们同时又提出“材料”和“结构”这对概念，把一切与审美无关的因素综合称

① [美]勒内·韦勒克、奥斯汀·沃伦：《文学理论》，刘象愚、邢培明、陈圣生、李哲明译，北京：文化艺术出版社2010年版，第162页。

② 同上，第161页。

③ 林大中：《文学的纯文学研究——评韦勒克、沃伦〈文学理论〉》，《读书》1986年第5期，第66—75页。

④ 同上，第66页。

⑤ 同上。

⑥ 同上，第67页。

⑦ 同上，第68页。

⑧ 同上，第69页。

> 作“材料”,把一切与审美有关的因素综合称作“结构”。但他们没能很好地解决两对概念之间的关系。……
>
> 是否可以换一个方式来表述:从审美批评角度来看,应当把原先从非审美批评角度所说的“内容”称作“材料”;被“形式”即“结构”审美地组织在一起的“材料”即“内容”。“作品”仍旧是“内容”和“形式”的统一。只是这种“内容”是被审美地组织起来的,具有审美性质和审美目的的“内容”。①

如此,在林大中那里,来自韦勒克、沃伦《文学理论》的“材料”和“结构”概念就拥有了更为广阔的应用空间。

同年9月,《国内哲学动态》刊发了方珊的文章《俄国形式主义简述》②,该文着重介绍了“莫斯科语言小组”和“彼得堡‘诗歌语言研究会’”的成立始末和基本观点:强调文学的独立自主性。“文学的研究对象不是作品本身,而是作品的文学性或艺术性,就是说,它研究的是什么使一部作品得以成为文学作品,要求人们去把握文学的特质,由此区别出艺术品与非艺术品,并把文学艺术当作审美对象来看待”③。“文学性”的来源不是文学形象,而是文学语言,从语言角度追寻“文学性”才是唯一正确的诗学探索方向。以方珊的这篇简述发端,稍后两三年间,《俄国形式主义批评的方法论特征初探》④《俄国形式主义论陌生化是文学发展的内在动力》⑤《俄国形式主义批评与“现实主义成规”》⑥《俄国形式主义理论评析》⑦《评什克洛夫斯基的“陌生化”和形式主义文学观》⑧《关于“陌生化”理论》⑨《“文学性”和“陌生化”——俄国形式主义早期的两大理论支柱》⑩《在“结构-功能”探索的航道上——俄国形式主义在当代苏联文艺理论界的渗透》⑪《故事:情节的张本——

---

① 林大中:《文学的纯文学研究——评韦勒克、沃伦〈文学理论〉》,《读书》1986年第5期,第70—72页。

② 方珊:《俄国形式主义简述》,《国内哲学动态》1986年第9期,第43—44页。

③ 同上,第43页。

④ 仲文:《俄国形式主义批评的方法论特征初探》,《内蒙古社会科学》1987年第1期,第86—92页。

⑤ 樊锦鑫:《俄国形式主义论陌生化是文学发展的内在动力》,《湖南师范大学社会科学学报》1987年第1期,第74—76页。

⑥ 刘康:《俄国形式主义批评与“现实主义成规”》,《读书》1987年第9期,第136—141页。

⑦ 赖干坚:《俄国形式主义理论评析》,《学习月刊》1987年第8期,第48—52页。

⑧ 宋大图:《评什克洛夫斯基的“陌生化”和形式主义文学观》,《文艺理论与批评》1987年第4期,第59—67页。

⑨ 杨岱勤:《关于“陌生化”理论》,《当代外国文学》1988年第4期,第163—167页。

⑩ 钱佼汝:《“文学性”和“陌生化”——俄国形式主义早期的两大理论支柱》,《外国文学评论》1989年第1期,第26—32页。

⑪ 周启超:《在“结构-功能”探索的航道上——俄国形式主义在当代苏联文艺理论界的渗透》,《外国文学评论》1989年第1期,第33—39页。

俄国形式主义散文理论简述》[1]《罗曼·雅各布森的"音素结构"理论及其在中西诗歌中的验证》[2]等以俄国形式主义为研究对象的学术论文纷纷"出炉"，"文学性""陌生化"也成了文学研究者耳熟能详的理论术语。

1989年，北京生活·读书·新知三联书店出版了方珊等学者编选和翻译的《俄国形式主义文论选》，该书选译了维克托·什克洛夫斯基、鲍里斯·埃亨巴乌姆、尤里·梯尼亚诺夫、鲍里斯·托马舍夫斯基、维克托·日尔蒙斯基等俄国形式主义代表人物的理论文章。这些理论文章的引入既提升了俄国形式主义在中国学界的知名度，又增进了中国学界对俄国形式主义的认识和理解，在俄国形式主义文论的中国接受史上具有里程碑式的意义。

在法国结构主义、索绪尔语言学理论、英美新批评、俄国形式主义所创造的崭新世界里，中国文学研究者体会到了那种令人心醉神迷的语言魔力。对语言魔力的体验与新时期的文学审美转向产生了和谐的共鸣，大大提升了语言论在新时期文学理论中的地位，推动着文学美学从普泛意义上的审美形式论研究转向了更为具体也更能反映文学特殊存在形态的语言审美特性研究。从此以后，文学作为语言艺术的结构特征和审美特征就当仁不让地成了文学理论最基本的研究课题。

1985年1月，林兴宅在《福建论坛》上发表文章《文学作品的审美层次和文学欣赏的心理过程》，该文特别强调：文学之所以能够成为审美对象，是"因为它具有美的形式"。"一部作品如果不具备美的形式，不能给人以审美的愉悦，就不能称为真正的文学。而文学的美是通过语言文字、韵律、节奏、结构等因素的有机组合表现的。这些形式因素间接唤起感性的文学形象（想象的而非视觉的形象）"[3]。如此，作为审美对象的文学、文学美的形式、文学语言的组合方式之间就构成了互通关系，文学语言对于文学审美的重要意义也得到了有力的凸显：正是在文学语言的作用下，文学作品才形成了"审美结构的第一个层次"[4]。同时，"文学作品的形象体系总是指向、暗示一定的历史内容，这就构成了文学作品审美结构的第二个层次。最核心的层次是作品的象征意蕴，它隐藏得最深，必须在深入把握作品的历史内容的基础上，才能逐渐领悟。三者构成从小到大的同心

---

① 李自修：《故事：情节的张本——俄国形式主义散文理论简述》，《山东师大学报（社会科学版）》1989年第4期，第82—89页。

② 任雍：《罗曼·雅各布森的"音素结构"理论及其在中西诗歌中的验证》，《外国文学评论》1989年第4期，第115—121页。

③ 林兴宅：《文学作品的审美层次与文学欣赏的心理过程》，《福建论坛》1985年第1期，第28页。

④ 同上。

圆。这就是文学作品提供给读者的审美的层次结构"①。从林兴宅围绕着文学作品审美结构展开的论述中，我们不仅可以看到英加登、韦勒克等人的艺术品构成观的投影，而且可以体会到：在学习西方语言论、强调文学语言审美意义的同时，很多当代学者并没有遗忘文学与社会历史的密切关系。

1987年，《上海文学》第3期刊发表了青年批评家李劼的两篇文章：《试论文学形式的本体意味——文学语言学初探》和《我的理论转折——关于建立文学语言学的断想》。这两篇文章以十足的锐气和自信宣告了文学语言学对于文学创作和文学研究的重要意义。文章指出，新时期以来，随着意识流小说等先锋派创作走上文坛，文体和语言的更新促使研究者去重新思考文学的性质。语言形式不只是内容的载体，更意味着内容本身。譬如，王安忆在《大刘庄》和《小鲍庄》这两部小说中，叙述的几乎是同样的内容，但是，"因为叙述形式的不同竟会产生截然不同的审美效果。……同一个作家的这种不同质的文学创作并不是因其创作风格的变化所致，而是对文学形式的不同选择或文学语言的不同组合的结果"②。作为"一个自我生成的自足体"③，文学的"生成在其本质上是文学语言的生成。或者说，所谓文学，在其本体意义上，首先是文学语言的创造，然后才可能带来其他别的什么。由于文学语言之于文学的这种本质性，形式结构的构成也就具有了本体性的意义"④。也就是说，形式结构并不是文学的构架媒介，而是文学的实在本体。而"语感外化"和"程序编配"作为文学语言形式结构的具体生成方式，也就自然而然地具备了形式本体的意味。首先，文学创作过程就是文学家语感的外化过程。"所谓语感，主要是指文学家们对文学语言的敏感"，包括"文字性语感"和"文学性语感"。其中，"文学性语感是文学家特有的美感，……就文学的作品形式的构成而言，文学性语感是形式结构赖以生成的基因"⑤。"文学家的情感和想象力的独特性在于对语言的文学性感受上。这种语感的外化，就是有意味的文学语言。"⑥"而在文学语言学中，文学性语感则是最主要的最直接的研究对象。……按照语言的描绘功能、叙述功能和隐喻功能、象征功能，……文学性语感分为表层性语感和深层性语感。"⑦前者"指的是针对文学语言那种描绘和叙述功能的表现性的敏感。文学语言的那种有意味性使得它的所

① 林兴宅：《文学作品的审美层次与文学欣赏的心理过程》，《福建论坛》1985年第1期，第28页。
② 李劼：《试论文学形式的本体意味——文学语言学初探》，《上海文学》1987年第3期，第80页。
③ 同上，第79页。
④ 同上，第87页。
⑤ 同上，第81—82页。
⑥ 同上，第82页。
⑦ 同上。

指所追求的不是明确性而是审美的创造性”①。后者“以其隐喻性和象征性为特征。它通过语言的隐喻功能和象征功能在体现其表现力的同时突出了语言创造的想象力”②。其次，“程序编配”决定着“整部作品的语言系统的生成过程”，“正如语感是文学语言的生成基因一样，编配将语感基因诉诸一个特定的有序系统。语感的具体性决定了文学语言的个性化，编配的特定性决定了具体作品的独特性。……语感使文学语言有了意味，编配使整部作品成了一个有意味的形式结构”③。“按照作品结构的不同性质”，“文学的程序编配”可以“分为叙事性编配、意绪性编配和意象性编配这么三种类型”。④ 当“语感外化”和“程序编配”等“文学语言及其形式结构的创造过程”“完全物化为文学作品之后”，文学语言之于文学的本质性就会“转化为整个作品系统的功能性”，“生发出作品的历史内容、美学内容，以及文化心理内容等等的审美功能”。⑤ 可见，文学语言形式的构造过程就是文学审美功能的生发过程，强调文学形式的本体意味就是对文学人学立场的坚持。因为，“文学的人性不仅仅在于它的主体性，而且更具体地在于它的本体性——即文学主体在文学语言和形式结构上的创造能力。人是一个自我生成的自足体，文学也是一个自我生成的自足体，两者通过文学语言和作品系统的程序编配而联结到一起，体现出文学的人学性质”⑥。从这两篇文章中，我们至少可以接收到两个信号：其一，在李劼等新一代文学批评家那里，语言形式已经成了文学的本体；其二，他们对语言形式的关注始终没有脱离对文学人学意义的思考。如果说前者体现了他们对西方形式主义文本观的认可和汲取，那么后者则昭示着他们对文学人本主义精神的持续关注。

1988年初，《文学评论》发表了一组关于文学语言问题的笔谈。程文超指出：“作为文学理论，它要研究的不是一般语言，而是文学语言，它必须研究文学语言的特质和构造。文学语言与其他语言比如科学语言的重要区别之一，在于它必须打破语言常规。这一点，西方从新批评到结构主义、符号学等现代文论都从各自的角度作了较为深入、细致的研究，提出、改造了诸如文学性、陌生化，差异、联想，隐喻、转喻张力、反讽，连续、中断，对立、和解等一系列概念。它告诉我们，需要把文学真正作为语言的艺术。”但是，文学语言在指向自身的同时，也“显

---

① 李劼：《试论文学形式的本体意味——文学语言学初探》，《上海文学》1987年第3期，第82页。
② 同上，第83页。
③ 同上，第84页。
④ 同上，第85页。
⑤ 同上，第88页。
⑥ 同上，第89页。

示着自身之外的东西……显示着作家的思维模式和关于文学乃至世界本体观念的差异"①。王一川主张"以人的存在为根基重新追问语言，重新进入语言"，在进入语言的过程中，"更本真地返回人自身"②。伍晓明在对"语言是表现；语言是创造；语言是模式"这三种语言观进行批判性解读的基础上提出要求："文学理论家和批评家能做的和应做的是，在复杂的文化—语言符号网络之内把握语言与言语、能指与所指、符号与事物、历时与共时、创新与守旧、结构与解构以及文学本文与历史语境之间的辩证关系。"③季红真要求文学创作和文学研究"回到狭义的语言概念"，关注语言的形式存在，由是进入"语言的体和用的问题，一般的用和文学的用的问题"。④ 许明主张借助文学的语言分析"走向作品和文学活动的深处"，完成"文学研究的根本任务"，即"一种社会意识形态的文化还原"。⑤ 陈晓明认为作为语言构成物的文学作品有一定的独立自足性，但是，只有在读者解读的过程中，作品的内在情态才能得到呈现。"陌生化效果""疏远化的叙述语式""多层面的语义形态"是"文学语言所具有的审美构成性能"，这些"'反语言'存在形态正是在它的深度性存在对日常生活的卑琐性的否定"。⑥ 潘凯敏、贺绍俊在重视语言的神奇魔力，主张借助语言研究把握文学本体意义的同时，也意识到了中国本土语言理论的贫乏。在他们看来，全盘横移西方语言学理论必然会因中西语言的巨大差异而陷入言说尴尬。所以，"对自己语言的哲学把握将是一项非常重要的工作。而要做到这一点，首先就需要以现代的眼光重新挖掘、评价我国古代对语言文字的研究，包括文字学、修辞学、训诂学以至音韵学"⑦。与潘凯敏、贺绍俊的主张形成呼应关系的，是旅美学人苏炜的观点："在注意到'语言学批评'或者'语言哲学'已经成为二十世纪人文科学的主流性热点，需要使我们的研究'走出十九世纪'并与之同步的时候，似乎也需要注意中国与世界、东方与西方学界的现实'文化落差'(包括'误差')。""索绪尔、维特根斯坦、海德格尔研究的语言符号是拉丁字母，在中国谈论语言当然离不开汉语方块字……恐怕最重要的是先要把汉语汉字的'功能-结构'弄懂弄通……"⑧从这组

---

① 程文超：《深入理解语言》，《文学评论》1988 年第 1 期，第 57 页。

② 王一川：《"语言作为空地"》，《文学评论》1988 年第 1 期，第 59 页。

③ 伍晓明：《表现·创造·模式》，《文学评论》1988 年第 1 期，第 60 页。

④ 季红真：《回到狭义的语言概念》，《文学评论》1988 年第 1 期，第 62 页。

⑤ 许明：《文学研究要进行思维变革》，《文学评论》1988 年第 1 期，第 69 页。

⑥ 陈晓明：《反语言——文学客体对存在世界的否定形态》，《文学评论》1988 年第 1 期，第 69—71 页。

⑦ 潘凯敏、贺绍俊：《困难·分化·综合》，《文学评论》1988 年第 1 期，第 66 页。

⑧ 苏炜：《"远距离扫描"与新的"精神语码"》，《文学评论》1988 年第 1 期，第 74 页、第 82 页。

笔谈中，我们可以体会到对于处于历史转型期的中国学者而言，来自西方的语言符号理论固然可以为他们开拓阐释文学本体的新视角，但是，较之传播这些语言符号理论，凸显语言研究的中国特色和文学研究的人文本质才是他们更为关注的问题。所以，当代文学理论的文学美学发展趋向尽管深受语言论的冲击，但是从来没有走向绝对意义上的语言论。语言论为文学美学提供的，只是观照文学的视角和解释文学的方法，其落脚点仍然是文学和审美，并不是文学语言本身。

1989年，王春元在《文学原理——作品论》一书中专门辟出"语言"一章，将"语言学与文学之间的关系"视作"现代文学理论中最重要的问题之一"①：

> 许多学科对现代文学理论的发展都起到过积极作用，但语言学却是其中最重要的。自十九世纪末起，语言学研究领域发生了空前未有程度的变革，在此以前，人们把主要精力集中到研究语言如何随着时代的变化而变化，而现在人们则在语言如何为达到交际目的而发挥作用方面投放了最大的力量，语言学的发展极大地拓宽了语言对于文学研究的解释能力。②

在"语言"一章中，王春元不仅介绍了索绪尔、什克洛夫斯基、雅各布森、苏珊·朗格、恩斯特·卡西尔、弗雷德里克·詹姆森、马拉美等论者的语言理论，而且将这些理论化用到了对中国古典文学作品的解读和评析中。在"语言"一章前后，王春元又辟出专章研究"情感""情感表现性""情感概念""中国语言四声的情感表现及其演变""形式""生命形式""隐喻""神话"等等，可见，其所关注的并不是语言论本身，而是文学作为语言艺术的结构特征、情感特征、审美特征和人文特征。

1989年，童庆炳的《文学活动的美学阐释》出版。在论及文学作品的审美结构时，童庆炳坚决反对那种将文学作品划分为内容和形式的做法，认为这种直接僵硬的划分方法至少会引发两个弊端："其一，未能紧密结合文学作品的审美特征，不能真正进入作品构成的分析；其二，把文学作品的形式置于附庸地位和与内容相游离状态，人为地割裂了内容和形式的联系，并低估了形式在作品构成中的意义。"③在他看来，文学作品的审美结构可以分为浅层、中层和深层：浅层是语言——结构层，较之普通语言，文学语言更强调"内指性、心理蕴含性、妥帖性、阻拒性"④，"语言的意义单元经过结构的作用，就形成了文学作品的第一个层面——语

---

① 王春元：《文学原理——作品论》，北京：社会科学文献出版社1989年版，第159页。

② 同上。

③ 童庆炳：《文学活动的美学阐释》，西安：陕西人民出版社1989年版，第192页。

④ 同上，第201页。

言——结构层”[1]；中层是艺术形象层，“主观与客观的统一”[2]“假定与真实的统一”[3]“个别与一般的统一”“确定性与不确定性的统一”[4]是艺术形象的主要特征；深层是历史内容层和哲学意味层。这些层面“各自提供自己的不同声音，从而使文学作品成为了具有美学价值的复调多音的和谐”[5]。从童庆炳关于文学作品审美结构的论述中，我们既可以看到韦勒克和沃伦《文学理论》、英加登《论文学作品》、俄国形式主义理论观点的投影，又可以看到其对文学作品审美结构的独到理解。

1994年，王一川的《语言乌托邦——20世纪西方语言论美学探究》问世。该书从语言论的角度对20世纪美学进行了较为全面的审视：弗洛伊德、拉康所代表的心理分析美学探讨了无意识的语言性问题；卡西尔认为艺术是一种象征形式，其本质来自语言的隐喻本质；海德格尔所代表的存在主义美学认为语言（诗意）可以导向一种本真的存在形式；维特根斯坦所代表的分析美学将语言和艺术视作生活形式，拒绝一切自上而下的权威阐释；阿恩海姆和贡布里希所代表的视觉艺术美学专注于探索语言符号对视觉艺术所具有的意义；索绪尔、皮尔士、雅各布森、穆卡洛夫斯基、列维-斯特劳斯、罗兰·巴尔特、艾柯等符号学美学的代表人物将语言学作为符号研究的重心；伽达默尔代表的阐释学将艺术定位为一种语言游戏；德里达、克里斯蒂娃和后期罗兰·巴尔特所代表的后解构主义致力于发掘语言的否定性，旨在以这种否定性去颠覆语言自身的支配性权力；巴赫金、本雅明、德拉·沃尔佩、洛特曼、阿尔都塞、杰姆逊等西方马克思主义者的研究倾向意味着“西方的马克思主义美学发生了‘语言论转向’”，“语言，无论是在广义上还是在狭义上，成为本世纪（20世纪）马克思主义美学关注的焦点”[6]；格林布拉特所代表的新历史主义美学和威廉斯所代表的文化唯物主义强调的是语言文本的政治历史功能。很明显，王一川对文学语言论的关注始终没有脱离对人的存在方式的追问。

1998年，龚见明的《文学本体论——从文学审美语言论文学》出版，该书也明确地将文学语言符号视作一切文学理解的出发点：

---

① 童庆炳：《文学活动的美学阐释》，西安：陕西人民出版社1989年版，第213页。

② 同上，第232页。

③ 同上，第234页。

④ 同上，第246页。

⑤ 同上，第265页。

⑥ 王一川：《语言乌托邦——20世纪西方语言论美学探究》，昆明：云南人民出版社1994年版，第259页。

对文学语言的认识，首先要求我们把它作为一种元符号来认识；其次，我认为，文学语言是元符号的某种极端表现：它构成一个深广的意义世界，无关乎与外在事物的符合与否，而只是为自我表现。它不仅是传达的手段，而且是传达的目的。这种手段和目的的统一，像其他艺术品一样，是由于文学语言成为审美对象而造成的。①

2003 年，王一川的《文学理论》出版。在论及文学的含义时，王一川从"文学的原初含义——文章和博学""文学的狭义——有文采的缘情性作品""文学的广义——一切语言性符号""文学的现代含义——语言性艺术"②这几种文学含义入手，层层深入地推出了文学在当今时代的通行含义："今天，当人们谈论文学的时候，通常就是使用它的如下现代含义：文学是一种语言性艺术，是运用富有文采的语言去表情达意的艺术样式。"③在论及文学作为语言性艺术的文本层面时，王一川将其划分为"媒型层""兴辞层""兴象层""意兴层""余兴层""衍兴层"④："媒型层是文学文本的最初始层面，是由文学媒介设置起来的一种语言与意义构型"⑤；"兴辞层，也就是通常所谓语言层。……是指文学文本中感兴修辞的语言层面构造，包括语音、文法、辞格和语体等具体层面"⑥；"兴象层"就是"艺术形象层"⑦；"意兴层"所蕴含的是"兴象所传达或蕴藉之意，……属于与感兴紧密相连的一种'深意'"⑧；"余兴层"所蕴含的是"在鉴赏之余仍存在的一种似乎绵绵不绝的意义余留"⑨；"衍兴层"指的是"文学文本中的感兴在读者的阅读中衍生的状况"⑩。对这些文本层面的解说不仅涉及了诸多西方语言学理论和文本形式理论，还涉及了现象学、接受美学和中国传统文学理论资源，其论述旨归不是文学结构本身，而是文学带给人的审美体验。

总之，在语言论的冲击下，文学作为语言艺术的结构特征和审美特征成了中国当代文学美学的重要关注对象。但是，对于多数文学研究者而言，文学语言形式并不是孤立的存在，而与审美体验的依存和渗透关系才是语言形式具有艺术魅力和审美价值的根本原因。

---

① 龚见明：《文学本体论——从文学审美语言论文学》，桂林：广西师范大学出版社 1998 年版，第 5 页。
② 王一川：《文学理论》，成都：四川人民出版社 2003 年版，第 14 页、第 17 页、第 20 页、第 24 页。
③ 同上，第 26 页。
④ 同上，第 203 页。
⑤ 同上。
⑥ 同上，第 208 页。
⑦ 同上，第 240 页。
⑧ 同上，第 278 页。
⑨ 同上，第 279 页。
⑩ 同上，第 281 页。

四、审美体验论：推动当代文学美学发展的深层动力

1992年，王一川的《审美体验论》在吸收和扬弃中西方体验美学理论的基础上，展开了对审美体验特质的不断追问。在追问中，该书围绕着审美体验与艺术的审美本质、审美体验与艺术沟通、审美体验与艺术作品内在结构、审美体验与诗的原型、审美体验与形式的关系进行了深入的探讨。第十二章《审美体验与形式》先后梳理了波德莱尔、马拉美、瓦莱里等象征主义诗人的新语言创造，卡西尔和苏珊·朗格的符号美学，俄国形式主义对陌生化和文学性的探讨，英美新批评的作品本体崇拜，结构主义和后结构主义的基本原则，英加登、杜夫海纳等现象学美学家对体验的重视，解释学和接受美学对读者本体地位的强调。在此基础上，他提出了如下问题："以上我们简要考察了现代西方体验美学关于体验与形式的见解，显示了体验——形式——体验这一循环轨迹。我们看到，在作为艺术的根本的体验与形式这两端上，现代西方体验美学仍旧是举棋不定的，钟摆仍在摆着，前景难测。尤其引人回味的是，现代美学何以如此关注形式（语言、符号、本文、象征等）？何以又从形式浪潮返回体验浪潮？"[①]在他看来，现代美学对形式的关注和对体验的钟爱原本就是一体两面的关系，而形式就是探测体验和言说体验的方式：

> 现代美学对形式的偏爱可以归纳出两点基本缘由：第一，这是探测内心神秘体验（尼采、狄尔泰、柏格森等）最终导致绝境，转而向外在永恒之域寻求出路的结果。……第二，换个角度看，这是新体验渴求新形式的结果。各种形式主义者虽然竭力拒斥体验而独尊形式，但在根柢里实在是出于表达新体验的渴望。象征主义推出"象征"为的是表达美丑交融的新体验，俄国形式主义拈出"陌生化"正是要激活"新感觉"，新批评所"发现"的作品"肌质"其实正是现代人对艺术的独特体验。至于以重返体验为己任的现象学美学、解释学美学等，更是渴望以新的形式把现代人指引到更纯净、更本真的内在体验世界去。因而非同一般地突出形式实在是隐伏着一种意图——去创造与发现足以与日常语言、日常感觉从而也就是与此在相"疏离"的强有力的、新奇的形式，以满足现代人愈益滋长的体验绝对、无限和永恒的生存意义的强烈渴求。可见，现代

---

① 王一川：《审美体验论》，天津：百花文艺出版社1992年版，第299—300页。

> 形式浪潮虽然大反体验，但它的兴起本身其实就与寻求新体验有关。①

如此，王一川从审美体验这一角度出发，对形式的意义重新进行了审视："对艺术来说，形式就意味着体验。因为，艺术不是别的，乃是形式在说体验，是人与存在在形式中的瞬间相遇。"②而文学作品，也就是艺术审美体验和语言文字形式瞬间相遇的结果。这种将文学语言形式与艺术审美体验结合起来进行观照的做法代表了新时期以来多数文学美学研究者的选择。甚至可以说，在文学美学的产生和发展过程中，审美体验论所起到的作用甚至大于语言论。因为，对于多数中国文学研究者而言，语言形式仍然是体验敞开的途径，它源自体验，又作用于体验，他们对语言论的理解始终没有脱离对人的体验特别是审美体验的关注。所以，较之语言论，审美体验论才是推动文学美学生成和发展的深层动力。

早在 1988 年，王一川就在《意义的瞬间生成——西方体验美学的超越性结构》一书中将审美体验与艺术形式结合起来进行考察，并由此对中国古代诗学概念"兴"进行了全新的阐释：

> 艺术中这令人心神震撼的东西究竟是什么？看起来，艺术不过是一些由语言、符号、色彩、线条、石块等堆在一起的物品，仅就这一点而论它与一般物理客体绝无两样。但是，人们何以总是对它另眼相看，格外青睐，仿佛是在与特具魅力的神奇的"活体"打交道，而同时自身也被活力充满了？是形式本身有意义？还是形式与别的东西有关联？这确实是一个令人费解的谜。
>
> 中国美学常常把这种东西解释为"兴"。这是不同于作为一般经验层次的"感物"的更为深层、更难以言说的内心体验。《诗大序》说："诗者，志之所之也。在心为志，发言为诗。情动于中而形于言，言之不足故嗟叹之，嗟叹之不足故永歌之，永歌之不足，不知手之舞之，足之蹈之也。"这段话如果与孔子"兴于《诗》"、"《诗》可以兴"的说法联系起来便可以发现：兴，是一种逻辑上先于诗的形式而存在于内心的有意义的东西，它是如此地令人心醉神迷而渴求外化，以致一般表现性语言（言、嗟叹、永歌）还不足以表达，唯有借助"舞蹈"这一最原始、最自然而又最强烈的表现性语言才能酣畅淋漓地表现出来。因而对于诗来说，兴是本

---

① 王一川：《审美体验论》，天津：百花文艺出版社 1992 年版，第 300 页。

② 同上，第 302 页。

体，是源泉。按照这种观点，诗中那使人心神震撼的东西便是“兴”。[①]

在王一川看来，中国古代的“兴”所指向的就是那种震撼心神、令人痴迷的审美体验，而有了这种震撼心神、令人痴迷的审美体验做底，艺术形式才能活力弥满，才能呈现出流光溢彩的魅力。可以说，“对艺术中这震撼心神之物的追问，事实上是与对艺术本体的探索紧紧连在一起的”[②]。为了对审美体验展开更深入的追问，他仔细梳理了西方体验美学的产生和演化过程。在他看来，尽管柏拉图的“迷狂”说、维科的“回忆”说、席勒的“游戏”说、叔本华的“静观”说、尼采的“沉醉”说、狄尔泰的“体验”说、柏格森的“直觉”说、弗洛伊德的“升华”说、荣格的“原始意象”说、拉康的“镜像”说、马斯洛的“高峰体验”说、马尔库兹的“审美升华”说、杜威的“经验”说、海德格尔的“澄明”说等理论观点各具特色，但是其间仍然具有明显的一致性：“第一，上述论者都认识到艺术中那种心醉神迷之物不同于一般经验、意识、认识等，而是高强度的、活生生的和深层的；第二，上述论者都强调它与感性个体生命、与人生的重大事件的联系；第三，上述论者都突出它的直观、自明、活现等特质，赋予它以审美、自由、绝对存在等含义。”就这种一致性而言，可以借用狄尔泰的说法，“把艺术中那令人沉醉痴迷、心神震撼的东西统称为‘体验’，而把有关这种‘体验’的上述诸种美学和艺术理论统称为宽泛意义上的‘体验美学’”[③]。在对西方体验美学进行梳理和归纳的基础上，王一川围绕着“体验与此在”“体验与直觉”“体验与原型”“体验与生成”“体验与形式”“体验与彼在”等问题展开了深入论述，并由此建立起了西方体验美学超越性结构的理论框架。其一，在西方体验美学那里，艺术体验是超越有限的此在的有效方式：“此在意味着不在（无意义），超越之路在于艺术体验。也就是：柏拉图由‘影象’到‘迷狂’，席勒由‘断片’到‘游戏’，叔本华由‘痛苦’到‘静观’，尼采由‘颓废’到‘沉醉’，弗洛伊德由‘焦虑’到‘升华’，……都把此在视为艺术体验的起点，而把艺术体验视为人从此在境遇复归于真正人境界的超越中介。”[④]其二，直觉是艺术体验的方式，只有在直觉状态中，人才能够超越现实此在，进入自由的境界。因为，“直觉恰恰是要与此在的在的方式相对抗。”[⑤]其三，作为“体验的原始方式”[⑥]，

---

① 王一川：《意义的瞬间生成——西方体验美学的超越性结构》，济南：山东文艺出版社1988年版，第1—2页。

② 同上，第2页。

③ 同上，第4页。

④ 同上，第80—81页。

⑤ 同上，第132页。

⑥ 同上，第134页。

“原型是感性的形式化”[①],可以在一定程度上揭示艺术魅力的来源和奥秘。其四,体验“是一种正在生成,是瞬间的正在生成”[②],“生成”表现的是“某种东西正在发生的动态过程,而且这个过程是没有停止、没有结尾的,它正在持续不断”[③]。在某种程度上,“体验的瞬间确实可以使人超越实际生活(此在)的无意义之域,而升腾到意义充满的诗意世界。”[④]其五,体验需要借助形式实现外化,“艺术,正是体验的形式化的产物。”[⑤]西方现代美学对语言符号和形式结构的重视是“新的体验渴求新的形式的结果。”[⑥]其六,“彼在是截然不同于人生此在的背后的或那边的超验世界。它标明着终极:意义、价值、可能性的终极”,艺术的超越性魅力即在于它可以“凭借形式使人于心醉神迷的瞬间复归于彼在。”[⑦]

1989年,胡经之的《文艺美学》提倡“美学与诗学的融合”,将“审美体验”视作“艺术本质的核心”,认为:“艺术作品是作者审美体验的物态化,……也是我们借以分析考察作者审美体验的美学标本。”[⑧]结合大量的文学艺术分析,该书围绕着艺术审美活动、艺术审美体验、艺术审美价值、艺术掌握、艺术思维、艺术真实、艺术创造、艺术意境、艺术形态、艺术阐释接受、艺术审美教育等问题展开了多角度的深入论述。

同年,童庆炳的《文学活动的美学阐释》问世,该书将“文学”视作“满足人的审美需要的活动”,认为文学的本质是“审美”。[⑨] 首先,从心理学的角度来看,“只有在审美体验中,人摆脱开尘世而进入了一个令人心醉神迷的审美世界,人的以感情为中心的一切心理机制才被全面地、充分地调动起来,并达到高度的和谐”[⑩]。“正是在这个意义上,我们说审美是自由在瞬间的实现,审美是苦难人生的节日。”[⑪]其次,从文学活动的角度来看,作家和生活之间、欣赏者和作品之间所缔结的都是审美关系。尽管这两组关系中“也交汇了非审美关系,如认识关系、道德关系、政治关系等等,但就整体性质看,是审美关系。正是通过审美关系

---

① 王一川:《意义的瞬间生成——西方体验美学的超越性结构》,济南:山东文艺出版社1988年版,第203页。

② 同上,第205页。

③ 同上,第207页。

④ 同上,第270页。

⑤ 同上,第272页。

⑥ 同上,第327页。

⑦ 同上,第333页、第335页。

⑧ 胡经之:《文艺美学》,北京:北京大学出版社1989年版,第1页、第51页、第64页。

⑨ 童庆炳:《文学活动的美学阐释》,西安:陕西人民出版社1989年版,第82页。

⑩ 同上,第83页。

⑪ 同上,第84页。

折射了制约了其他一切关系。因此，文学活动实际上是由双重审美关系结构而成的，它的本质不能不是审美”①。作家的审美体验和读者的审美体验在文学作品中的交融和会合是文学活动得以顺利展开的关键因素：文学创作所反映和表现的对象是富有审美价值的生活，离不开作家的审美体验，只有经由作家的审美体验，富有审美价值的生活才能成为作品中的审美现实；同理，只有在读者的审美体验中，作品中的审美现实才能成为活生生的审美对象，“读者面对着文学作品中的审美现实，其心理过程的顺序是：诉诸想象——产生感知——唤起情感——进入审美判断和审美玩味”②。就其本质而言，文学活动就是作家的审美体验和读者的审美体验交流互动的过程，鲜活深刻的审美体验才是文学语言形式的魅力根源。1995 年，在《陌生化与审美体验》一文中，童庆炳以“陌生化”为例，围绕着审美体验和语言形式之间的关系作出了更明确的论述：

> 在陌生化言语背后是准确的审美体验。……言语的“陌生化”是否成功，完全在于你的审美体验是否真切动人。文学言语与作家的审美体验密切相关。审美体验是“里”，言语是“表”，表里契合，方为上乘，所以，陌生化言语是作家的审美体验的表征，没有审美体验的支持，所谓的“陌生化”是不可能成功的。
>
> 言语的“陌生化”并不单纯在词语上下功夫，从根本上说是作家的审美体验独特性生动性问题。离开审美体验的独特性和生动性来谈言语的陌生化，就如同缘木求鱼。③

显然，尽管语言论的冲击为文学美学的生成和发展提供了重要的契机，但是文学美学的倡导者们并没有停留在纯粹的文学语言研究层面，他们所关注的，是文学语言所蕴含的审美体验。在他们看来，这种审美体验是一种回旋激荡的生命之流，为文学语言注入了丰富跃动、令人常品常新的艺术活力。就这一意义而言，在文学美学生成和发展的过程中，审美体验论甚至扮演着比语言论更加重要的角色。当代文学理论之所以能够形成富有特色的文学美学发展趋向，离不开审美体验论和语言论的合力推动。

20 世纪 90 年代后期以后，随着文化研究热潮的全面展开，越来越多的文学研究者开始致力于研究文学的文化内涵。但是，对审美体验和文学语言的关注并未因此而消失，文学美学仍然是当代文学理论不容忽视的发展趋向。

---

① 童庆炳：《文学活动的美学阐释》，西安：陕西人民出版社 1989 年版，第 91—92 页。

② 同上，第 298 页。

③ 童庆炳：《陌生化与审美体验》，《文学自由谈》1995 年第 3 期，第 57 页、第 58 页。

第二节　文化诗学

如果说文学美学旨在使文学理论转向对文学内部审美特性的探究，那么文化诗学则更关注文学内部审美特性和外部文化系统之间的所产生的共生互动关系，并试图在内部研究和外部研究的双向建构中凸显文学理论所应具备的存在意义与现代品格。

首先需要明确的是，这里所谈到的"文化诗学"指的是中国当代"作为文学理论新构想"的"文化诗学"[①]，与作为西方新历史主义研究路径和学术方法的"文化诗学"[②]并不是一回事。新历史主义者格林布拉特所代表的"文化诗学"充分注意到了历史观念的相对性，完全抹掉了文学文本与历史文本之间的界限，所弘扬的是一种后现代主义文化研究精神。而中国当代"作为文学理论新构想"的"文化诗学"所坚持的仍然是一种现代性的价值立场，即以文学理论的现代建构为己任，通过建立文艺学研究的文化视角，完成审美批评与文化研究的双重整合。正如童庆炳所说："'文化诗学'仍然是'诗学'（广义的），保持和发展审美的批评是必要的；但又是文化的，从跨学科的文化视野，把所谓的'内部研究'与'外部研究'贯通起来，通过对文学文本的分析，广泛而深入地接触和联系现实仍然是发展文学理论批评的重要机遇，'文化诗学'将有广阔的学术前景。"[③]简单来说，"文化诗学"作为文学研究的一种方法，主要包含两个相克相生的维度：其一，出乎其外，即将文学研究的对象置于宏大的文化语境之中进行整体性的观照和阐释；其二，入乎其内，即始终坚持文学研究的自身特性，使文化诗学成为一种文

---

① 童庆炳：《"文化诗学"作为文学理论的新构想》，《陕西师范大学学报（哲学社会科学版）》2006年第1期，第5页。

② 1980年，新历史主义学者格林布拉特在《文艺复兴时期的自我塑造》中首次提出了"文化诗学"的概念，指出文学批评家的阐释任务是"对文学文本世界中的社会存在以及社会存在之于文学的影响实行双向调查"，而"文化诗学"的"中心考虑"即是"防止自己永远在封闭的话语之间来往，或者防止自己断然阻绝艺术作品、作家与读者生活之间的联系"。（Greenblatt, Stephen. *Renaissance Self-fashioning: From More to Shakespeare*. Chicago & London: University of Chicago Press, 1980. p5）1988年，在《关于莎士比亚的讨论》中，格林布拉特又将"文化诗学"明确界定为"关于集体生产的不同文化实践的研究和对各种文化实践之间关系的研究"。（Greenblatt, Stephen. *Shakespearean Negotiations*. Oakland: University of California Press, 1989. p5）在他看来，社会本身即是由不同实践领域所构成的复杂集合，诸如官方文件、私人文件、报章剪辑之类的社会物质材料均可由一种话语领域转到另一种话语领域而成为审美财产，这一转向的过程即是"文化诗学"研究（即新历史主义研究）的关注重点。

③ 童庆炳：《新理性精神与文化诗学》，《东南学术》2002年第2期，第46页。

学理论发展趋向，而不是泛文化理论发展趋向。

一、文化诗学的兴盛背景

在这里，论及文化诗学时，我们谨慎地使用了“兴盛”一词，而不是“出现”，因为自古以来的文学实践中已经存在着这样一种研究传统。“五四”以后，鲁迅先生关于《魏晋风度及文章与药及酒之关系》的演讲和闻一多先生围绕着《诗经》所展开的研究都是文化诗学实践的典型个案。只是后来随着文学的社会政治学批评方法被定于一尊，文化诗学的研究方法才渐渐地被排拒、淡化和遗忘。20 世纪末以来，文化诗学复出并走向兴盛，最终成为文学研究的重要方法和文学理论的重要发展趋向，并非是历史的简单循环，而是在新的历史背景下进行文学研究实践的必然选择。

首先，文化诗学的兴盛与文学研究者根深蒂固的历史使命感及不断高涨的社会参与热情密切相关。1999 年，童庆炳在《文化诗学是可能的》一文中指出：

> 文化诗学并不是什么新鲜的东西。中国古代文、史、哲不分，那时的研究就是一种综合性的研究，而研究的成果就是文化诗学了。我认为像孔子的“兴观群怨”说、孟子的“以意逆志”说和荀子的“美善相乐”说等，都是最早的文化诗学。今天我们在对“内部研究”“神往”了一阵之后，突然又对这种看似无边无际的文化诗学重新发生兴趣，我想是时代使然。我们生活于一个充满了矛盾的时代，一方面我们国家的经济快速发展了，可另一方面则是人文精神的失落。无私奉献与贪赃枉法并存。崇高牺牲与腐败堕落并存。极度贫穷与无比富有并存。劳动热情与下岗失业并存。希望与失望并存。……我们关注这些令人焦虑的现实。这样人们在接触文学之时，多数人并不十分关心那精细的技巧，而更多地关注文学是不是喊出了我们时代千万人的心声。……所以文化诗学在这个时候被部分学者所关注，是顺应时代所呼唤的文学潮流的。①

新时期以来，特别是 20 世纪 90 年代以来，知识分子渴望阐释中国的文化焦虑感为文化诗学的兴盛提供了思想文化背景。这种文化焦虑感和中国知识分子兼济天下的历史使命感及社会参与意识密切相关。在多灾多难的中国，做学问常和“为人生”的主题紧密相关，文学家总是从思想文化的意义上去创作、去批

---

① 童庆炳：《文化诗学是可能的》，《江海学刊》1999 年第 5 期，第 171 页。

评。20世纪80年代初，关于“中国封建社会为什么会长期延续”的大讨论①在史学界和理论界展开，与之相呼应，文学界再次将国民性改造定位为新启蒙的话题，为了反思民族传统、重铸民族灵魂，批评家们不断加强文化批判意识，其中起主导作用的是带有文化英雄色彩的精英思想。80年代后期，在西方现代语言论和符号美学的影响下，我国的文学研究曾经一度热衷于形式批评、语言批评，而社会批判意识明显淡化。90年代以后，市场经济迅速崛起，许多意想不到的弊病随之暴露，面对社会不公、贪污腐败、环境污染等成堆的社会问题，知识分子再度燃起了强烈的政治关切和参与热情。文学研究不再满足于形式分析，而是要求突破狭窄的视域，进而关注社会现实。文化诗学的现实性品格则恰好可以为文学研究打开全新的窗口，作为对现实生活的一种积极的回应，其“基本诉求是通过对文学文本和文学现象的文化解析，提倡深度的精神文化，提倡人文关怀，提倡诗意的追求，批判社会文化中一切浅薄、庸俗、丑恶、不顾廉耻和反文化的东西”②。正是在这种共同的思想诉求之下，当代文学研究者才拉开了文化诗学大讨论的序幕。他们怀着历史忧患意识和社会参与意识，通过揭示文学作品和文学现象的文化内涵来引导社会精神文化的走向，实现人文关怀，并推动人的全面健康发展。正如有论者所归纳的那样，“‘文化诗学’表面上似乎是一个纯粹的理论问题，但在其背后，实际上却隐含着人文知识分子对中国目前现实境况的一种回应，也反映出他们走出书斋，关注现实，参与社会的理性思考，其中的现实意义是不言而喻的”③。

---

① 相关论文如：柯昌基：《论中国封建社会的一种家族组织形式》，《社会科学研究》1980年第6期，第9—19页；刘昶：《试论中国封建社会长期延续的原因》，《上海师范大学学报（哲学社会科学版）》1980年第4期，第72—84页；李春辉、王俊义：《从世界史的角度看中国封建社会的长期性》，《求索》1981年第2期，第96—106页；程洪：《关于中国封建社会长期延续的原因》，《复旦学报（社会科学版）》1981年第4期，第78—81页；王存才：《中国封建社会长期延续的根本原因》，《学术月刊》1981年第10期，第40—43页；刘修明：《中国封建社会的典型性与长期延续原因》，《历史研究》1981年第6期，第59—68页；田居俭：《中国封建社会长期延续原因讨论撮述》，《历史研究》1982年第1期，第103—110页；宋杰：《关于中国封建社会长期延续问题的几点认识——与刘昶同志商榷》，《北京师范学院学报（社会科学版）》1982年第1期，第37—45页；张平：《造成中国封建社会长期延续的根本症结在哪里——兼与王存才同志商榷》，《学术月刊》1982年第3期，第62—68页；李孔怀：《关于中国封建社会长期延续原因的讨论述评》，《复旦学报（社会科学版）》1982年第3期，第94—99页；郁越祖：《地理环境与中国封建社会的长期延续》，《复旦学报（社会科学版）》1982年第6期，第58—62页；韦少波：《关于我国封建社会长期延续原因讨论的综述》，《上海师范大学学报（哲学社会科学版）》1982年第2期，第84—91页；庞卓恒：《中国封建社会延续时间较长的根本原因》，《天津师大学报》1983年第3期，第41—49页；等等。

② 童庆炳：《“文化诗学”作为文学理论的新构想》，《陕西师范大学学报（哲学社会科学版）》2006年第1期，第6页。

③ 赵勇：《“文化诗学”的两个轮子——论童庆炳的“文化诗学”构想》，《江西社会科学》2004年第6期，第34页。

其次，文化诗学的兴盛离不开国际学术大环境的影响。在中国当代现实文化需要和知识分子社会参与热情的推动下，我国文学理论界主动接受了国际学术大环境。20世纪众多的文学理论流派，如精神分析理论、读者反应批评、接受美学理论和新历史主义理论等，都从不同的角度对文学艺术与它自身之外文化因素的相关性加以强调，使文学与文化在自律与他律、向心与离心、还原与超越之间呈现出了一种既相互制约又相互促进的张力关系。这些思潮和流派，都在不同程度上影响着我国文化诗学研究范式的形成。影响尤其巨大的是，近年来，部分学者出于对各学科的狭隘疆界感到不满、试图找到综合研究方法的目的，西方文论界出现了一股声势浩大的文化研究浪潮（因为，除了“文化”概念，尚未出现任何一个其他的范畴能够使人们更有效地从总体上观照人与社会、历史、现实之间的复杂关联，也没有出现任何一个其他的范畴能够更为成功地容摄来自各个学科的视角、观点，整合不同的方法）。正如美国理论家希利斯·米勒所说，在文化研究浪潮的推动下，“再也不会出现这样一个时代——为了文学自身的目的，撇开理论的或者政治方面的思考而单纯去研究文学”①：

> 文学研究的兴趣中心已发生大规模的转移：从对文学作修辞学式地“内部”研究，转为研究文学的“外部”联系确定它在心理学、历史或社会学背景中的位置。换言之，文学研究的兴趣已由解读（即集中注意研究语言本身及其性质和能力）转移到各种形式的阐释学上（即注意语言同上帝、自然、社会、历史等被看作是语言之外的事物的关系）。②

这种研究方法在契合文学理论研究者参与社会这一现实需要的同时，又以跨学科的方式启发了文学理论研究者，从而进一步促成了当代文化诗学的兴盛。

再者，文化诗学的学理优势是促使其走向兴盛的深层动因。外部诱因所起的毕竟只是一个助推的作用，即使是中国当代的思想文化背景也只是给文化诗学的兴起提供了现实契机和历史可能性，而文化诗学之所以能够存在并且走向兴盛，还有其学理上的深层原因。德国著名美学家恩斯特·卡西尔曾以人类文化为依据给“人”下了一个定义，在他看来：

> 人的突出特征，人与众不同的标志，既不是他的形而上学本性也不是他的物理本性，而是人的劳作（work）。正是这种劳作，正是这种人

---

① [美]希利斯·米勒：《全球化时代文学研究还会继续存在吗？》，国荣译，《文学评论》2001年第1期，第138页。

② [美]希利斯·米勒：《文学理论在今天的功能》，见[美]拉尔夫·科恩：《文学理论的未来》，程锡麟等译，北京：中国社会科学出版社1993年版，第121—122页。

> 类活动的体系，规定和划定了“人性”的圆周。语言、神话、宗教、艺术、科学、历史，都是这个圆的组成部分和各个扇面。因此，一种“人的哲学”一定是这样一种哲学：它能使我们洞见这些人类活动各自的基本结构，同时又能使我们把这些活动理解为一个有机整体。①

结合恩斯特·卡西尔的阐释，我们可以体会到，文化即是人类活动所展开的语言、神话、宗教、艺术、科学、历史等各个“扇面”，是人类自我意识和价值取向的充分体现，是人类不断要求自身生命活动对象化的形式。人类在自觉意识的支配下，运用其全部感官和思维能力，把外部世界的存在物内化为各种文化特质。而文化一旦形成，便会以直接而深刻的方式实现对人类意识的塑造和制约，人类在创造文化的同时，也在创造着人自身。文化不仅是一种物质化的外观，更是人类的一种主体功能。在文化世界中，潜藏着人类活动的基本结构。文化的创造过程，就是人类在不断对象化的过程中建构自我本质的过程。可以说，人与文化是深深叠印在一起而不可分离的。所谓“文化”的实质（或曰价值所在）正是在于它是关于“人”的学问。任何关于文化的研究和讨论，最终都将落实到“人”的建设这一根本点上。而文学作品是人写的，是写人的，是为人而写的，文学活动是人类进行的自觉能动的创造，文学在本质上是一种人学。它直接面对着人类的精神、情感与灵魂，在与世界保持一种更加自由的诗意情感关系、充分感发人类生命理想的同时，又深刻地反映出人与人、人与自然、人与世界的复杂微妙的关系，体现出人类既定的价值观念和价值取向，从而潜移默化地实现对人类意识的塑造和制约，实现人性的自我建构。就这个意义而言，文学堪称人类文化创造内在本质最生动、最活跃、最直观、最充分的表现之一，其本身就是一种文化存在。作为整个大文化系统的有机组成部分，它与其他的文化因素构成了一种复杂联系，不可避免地会相互制约、相互影响。如果文学研究不想停留在对文学表层现象的认识，那就必然面临着文化深层阐释的课题。文化阐释一方面可以使文学研究实现对于人所处的文化环境及其所具备的文化特性的历史的、整体的把握，进而实现对作为文化存在的人自身的把握；另一方面则可以使文学研究经由对特定文化深层内核的独特呈现，来潜移默化地影响一个时代的文化精神，成为推动文化发展、实现社会完善的巨大动力。就这一意义而言，文化诗学的大规模兴起可以说是逻辑与情理之中的事情。

最后，对文化研究弊端的警觉和批判构成了文化诗学走向兴盛的直接契机。尽管文化研究的跨学科方法可以为文学理论发展提供有益的启示，但是，文化研究

---

① [德]恩斯特·卡西尔：《人论》，甘阳译，上海：上海译文出版社 2004 年版，第 107 页。

的过度泛滥也给文学理论的学科建构带来了不容忽视的负面影响。文学理论的研究对象应该是文学，文学应该具有不同于人类其他活动的学科范围。但是，早在20世纪50年代末，在著名文学论文《比较文学的危机》中，雷纳·韦勒克就曾经忧心忡忡地指出，文学正在成为一个无所不包的文化大杂烩，其学科特色正在逐渐消泯：

> 许多在文学研究，特别是在比较文学研究中的著名人物，实际上对文学并不感兴趣，反而对舆论史、旅行报告和有关民族特性的见解抱着浓厚的兴趣；一句话，对一般的文化史抱着兴趣。文学研究的概念被他们扩大到如此地步，以至同整个人类的文化史等同起来。但这样文学研究在方法上将不会取得任何进展，除非它将文学作为一种有别于其他任何人类活动和产物的研究对象区分开来。因此，我们必须正视"文学性"(literariness)的问题，它是美学的中心问题，是文学和艺术的本质。①

雷纳·韦勒克的担忧并非绝无仅有，四十年后，相似的呼声又在中国大地上响起：

> 文学批评家们正在大面积地从文学领地撤离，且大有唯恐逃之不及之势。此种现象最终暴露出其省略"二次追问"("文学批评何以可能?""没有文学何以有文学批评?")的恶果，使得他们可以毫无心理负担地无视自己的前提，直奔他者而去。这个"他者"便是文化。
>
> 如今，我们的文学批评正变异为一种文化批评，心甘情愿地磨蚀着自己的个性。它对作品"文化性"的关注，远远胜过对"文学性"的关注。……倘若我们袖手旁观，任由这种向度蔓延下去，极有可能的是，我们将会亲眼目睹到文学批评的消亡，这绝不是耸人听闻。只要我们不否认这种后果对于文学来说，无异于一种损失抑或灾难的话，我们就没有理由不发出呼吁：救救文学批评！②

当然，文化批评和文化研究的大潮之所以会在文学研究和文学批评领域形成席卷之势，也有文学领域自身的原因。20世纪最后十余年间，商业化全方位地降临中国，"自80年代中，特别是90年代以来，由于市场经济的迅速发展，文化市场和文化工业突然'崛起'，大众文化有如一片燎原大火蔓延全国，使中国的文化景观在短短几年内一下子改观……"③具体到文学领域，在市场运作法则的

---

① [美]R.韦勒克：《比较文学的危机》，载[美]R.韦勒克：《批评的诸种概念》，丁泓、余徵译，成都：四川文艺出版社1988年版，第275—276页。

② 路文彬：《救救文学批评——让文学批评回到文学》，《文艺争鸣》1998年第1期，第67—68页。

③ 戴锦华：《犹在镜中：戴锦华访谈录》，北京：知识出版社1999年版，第214页。

推动下，以往作家那种有感而发、自觉自然的写作方式，正渐渐让位给一种根据市场需求、预选投资对象的经济化写作方式。许多作家就像是投资者一样，根据自己事先对消费者文化需求的判断，从现有的文化资料中选取几个热点集中投资、加速发展，使之迅速生成产品、产生效益。尽管作为文学作品，这些成品仍然可能和作家的生命感悟有关，但是作为文化产品，它却更可能是某种文化趣味的附和、某种文化资源（特别是已经引起公众注意的文化资源）的开发。当文学作品已经不同程度地向文化文本转化的时候，昔日演练圆熟的语言审美研究便突然显出了错位和无力。文学研究者只有将文本置于一个更大的文化空间中，动用文化研究的武器对之进行解剖与分析，才能与他的研究对象相称。尽管文学研究领域仍有不少韦勒克的拥护者在坚决捍卫着文学批评的自身特征，但是已经无力挡住呼啸而来的文化研究冲击波，身份、性别、种族、阶级、意识形态等文化研究的主题仿佛一夜之间就代替文本、意象、修辞、典型等成了文学研究的宠儿。不少学者认为，文学审美研究已经成了保守的"新古典"，走进了历史的死胡同，唯有文化研究才是引导当代文学研究走出危机和困境的救星；而另外一批理论家则忧心忡忡：面对独领风骚的文化研究大潮，文学研究将走向何方？庸俗社会学曾经使文学研究成为一系列政治概念的诠释，假如文化研究再度将文学视为工具与附庸，"文以载道"的思维定式势必又会"借尸还魂"，文学自身的审美价值很容易再次遭受阉割。为了使文学研究规避文化研究过度泛滥所带来的弊端，在汲取文化研究启示意义的同时，充分注意到文学自身的审美特性和诗意品格，众多学者围绕着文学理论的发展趋向进行了深入的探究，文化诗学的兴盛即源自他们对文化研究弊端的警觉和批判。对此，文化诗学的倡导者童庆炳和蒋述卓曾作如是说：

> 90年代后期，西方的"文化研究"被引进，瞬间又成为文论界追逐的目标。我认为从英国威廉斯等人那里引进的"文化研究"基本上不属于文学理论，它是文化社会学，甚至就是政治社会学。虽然，它有时也举某些文学作品为例来说明某个问题，但它并不看重文学文本的诗情画意，不看重文学文本的审美品质，甚至提出"反诗意"。如果我们搞文学理论的人，都钻进这个"文化研究"中去，那么就必然会脱离文学和文学理论本身，这不利于文艺学这个学科的建设。……而我所提出的"文化诗学"，就是要坚守文学理论的阵地，与搞文化研究的人保持距离。①

文化诗学的立足点是文化，但并不能将其等同于文化研究。它是

---

① 童庆炳：《文化诗学导论》，合肥：黄山书社2020年版，第14—15页。

> 将文化学的理论与方法运用于文学批评的一种新阐释系统与方法。之所以称“文化诗学”，就是要求文学的文化批评必须保持审美性。这种文化批评的审美性，亦着重在发扬中国传统批评理论与方法的优势，使传统文学批评理论与方法在现代化的转化过程中得到审美维度的再确立和审美意义的再开掘。同时，也使西方文学批评的各种新理论与方法在经过中国文化的选择、过滤与转化之后，归结并提升为审美性，从而成为文化诗学的有机组成部分。①

二、文化诗学的理论优势

文化诗学既综合了文学研究与文化研究的观照视野，又凌驾于二者之上，突破了文学的文本因素，使文学研究领域扩大到文化系统的各个方面，使文学研究层次上升到文化哲学的高度，将文学作为一种独特的文化现象来考察，并由此探寻作为个体文化创造的文学是如何以自己独特的方式去理解人类文化、反映人类文化的，从而使文学研究具有一种更为深邃的历史意识、理性精神和哲学思辨性。

随着时代的演变和文学的发展，文化诗学也会有不同的内涵，但是最基本的一点是始终不变的，那就是文化诗学始终建立在对人类生存状态的全面理解之上，始终将体现在文学艺术中的人的本质内容及实现程度作为自己的关注点。这也正是文化活动与文学活动的内在一致性与基本结合点——以人为中心。

可以说，作为一种文学理论发展趋向，文化诗学的首要目的和基本特征，就建立在“以人为中心”上。它通过对于文学这一人类独特文化成果的透析，实现对于人的文化环境、文化生态以及文化特性的历史的、整体的把握，进而实现对于作为文化存在的人自身的把握。在这个意义上，文化诗学实现了两种超越（其理论优势从这两种超越中可见一斑）：

首先，文化诗学是对传统的文学社会学研究方法的超越。传统的文学社会学研究方法的逻辑前提是哲学认识论，即将文学系统纳入哲学反映论的框架中进行思考。这样，创作主客体之间的关系就被规定为一种因果决定论的逻辑关系，即反映与被反映、精神与物质、意识与存在的关系。照这种因果决定论的关系推导下去，就是生活决定艺术、生活从属于社会政治经济的关系。文学作为创作主体（作家）对创作客体（生活）反映的产物，便成了社会政治经济生活的一种反映形式。基于这种认识，在文学社会学研究的维度下，文学的目的就是对客观

---

① 蒋述卓：《走文化诗学之路——关于第三种批评的构想》，原载《当代人》1995年第4期，后载《粤海风》2018年第3期，第17页。

生活本质的反映和认识，而人本身的能动性就表现在反映和认识所能达到的真理性程度。此时，客观生活是出发点、是目的、是思维中心，而作为创作主体的人不过是工具，人的主体性也只是一种手段，这就不可避免地导致了文学研究的功利主义倾向和机械论模式，而这明显有悖于文学的本质。文学是直接面对人类灵魂的意识形态，是一种人的自身再创造的生命现象。人本身（自我实现）就是文学的目的，反映不过是一种手段，文学的思维中心应该是人的主体价值。故而，文学研究在不违背认识论的前提下，更应该将价值论作为自己的基本视角，在肯定文学是客观生活的反映的同时，更要注意到文学是人的自由本质的实现。文化诗学研究方法的优势就在于此。正如童庆炳所概括的：文学应该“为人的知、情、意的心理功能建构提供养料”，成为推动人性复归和“控制社会精神失范”的重要力量，而“文化诗学的精神诉求”就“是自足于马克思的‘人的复归’和人性的复归的基础上的”①。它从价值论的视角出发，将文学作为一种特殊文化来看待，强调文学与人自由自觉的活动特性之间的内在联系。所以，文化诗学比文学社会学研究方法更能深入揭示人的精神力量和灵魂世界，也更能触及文学的本质。

其次，文化诗学又超越了纯粹的文学审美研究。纯粹的文学审美研究是对社会政治学批评模式的反拨，基本上持自律论立场，反对任何形式的文学他律论或是工具论，试图以此确立和维护文学的独立地位。其主要旨趣在于对文学作品的语言形式和结构层次进行审美分析，从而推动着文学研究从文学与现实的关系这个一般层面深化到文学活动内部诸要素关系这个特殊层面，使文学研究的重心转移到文学的特殊性质和价值上面来。相对于以工具论和他律论为主导的文学社会学研究模式，这当然是一个巨大的进步。但是，就思维方式而言，纯粹的文学审美研究建立在“二元对立”的思维模式之上，具体表现为对文学/非文学、审美/非审美、内部研究/外部研究等一系列对立概念的设定，这种设定往往在某一个层次上单维地分辨某一物与他物的异同，采取非此即彼的态度，容易把事物的某一特征推向极端、以偏概全，无法提供整体性的认识成果。纯粹的文学审美研究在追求审美自律的冲动的驱使下，一味从非政治、非社会、非意识形态方面去观照文学，将文学视作封闭的审美系统，切断了文学与社会、历史、文化的联系，使文学研究走上了一条自我封闭并疏离社会、历史和文化环境的道路，对作品意义的理解也日益狭隘和空疏。文化诗学以文化本身的整体性和功能上的整合性，弥补了文学审美研究的上述缺陷，它将文学置于人类存在与生命这一根

① 童庆炳：《文化诗学的理论与实践》，北京：北京师范大学出版社 2016 年版，第 123 页。

基上进行考察，将文学研究与人类解放这一文化人类学总体目标联系起来，使文学研究更能植根于文学的本体真实，获得更加广阔的批评视界和更加坚实的内在根据。就连对文学形式的研究（特别是纯粹的文学审美研究所热衷的文学语言论），也因此被推到了一个更高的境界。

语言文字是文学特有的符号，语言研究是文学研究的重要方面。就这个意义而言，纯粹的文学审美研究专注于语言研究和文本细读，其本身并没有什么错误。遗憾的是，它在将视点聚焦于语言和文本的审美属性的同时，却忽视了语言文本形式所固有的人类文化属性。语言符号是人类在自己和自然之间设置的一种中介物，是自然物、人造物乃至人自身的指代者。文化始于人对外在世界和自身力量的认识，而这种认识关系则是通过语言符号建立的。人对外在世界的认识过程其实就是对外在世界的符号化过程，随着这种符号化过程的深入，人本身也渐渐进入到了自己编织的意义之网上，成了自己制造的意义符号系统的一部分。符号思维与符号活动已经成了人类生活中最富有代表性的特征，符号能力是人类进行意识活动的主体功能。只有人类，能够发明和运用各种符号，从而创造出一个符号的世界——即人类文化的宇宙。文学正是以语言这种符号形式介入到文化活动之中的，而文学语言这种符号，也绝不仅仅是服务于内容主题的工具，其本身所具备的心理蕴含性、表达隐喻性、意义可增性，无不是人类文化的产物。因此，对于文学语言的研究分析就不应只局限在审美评价和艺术批评上，而应该触及人类文化的深层结构。从这个意义上来说，文化诗学从文化角度入手，将文学视为一种文化存在来进行评析，将文学语言视为一种文化的意义载体来进行研究，就不能不说是对于纯粹的文学审美研究的一个巨大超越，更不用说它将语言研究推进到了一个关注人类既定价值观念和文化内在本质的新层面。

从文化诗学所具备的理论优势来看，它的兴盛理所应当且势所必至。文学史与思想史、文化史，艺术的建构与人的建设，作家的艺术活动与时代的风云激荡，都能于此找到联系点和研究的突破口。唯此，文学的全部意蕴（美学的、社会的、政治的、历史的、心理的、语言的）才有可能得到更加充分的阐释，文学的价值和功能才会在更大程度上得到挖掘与实现。文化诗学的本体论依据和基本特征正在于此。

三、文化诗学的实践原则

童庆炳曾经说过："重要的不是'文化诗学'这个提法本身，重要的是要在文学理论和文学批评中进行实践。”①本体论依据和基本特征的把握，只是给文化诗学提供了一个理论存在基点，却并不能保证在具体的实践应用中，文化诗学必然一帆风顺、马到成功。种种迹象表明，在实际应用过程中，文化诗学已经向人们提出了更多的难题和更为严格的要求。唯有对症下药，在方法论上坚持和遵循一些必要的原则，才有可能让文化诗学的理论优势落到实处。具体来说，文化诗学方法在实际的运作过程中，至少应着意遵循以下两个基本原则：

其一，文学化的原则。

尽管文化因素和文化参与在文化诗学中占有十分重要的地位和十分重要的启发意义，但是，这绝不意味着我们可以无限度地扩大文化的领地，甚至将文化诗学等同于一般意义的文化研究。无论是作为一种操作方法来看，还是作为一种理论观念来看，文化诗学都是从文化角度针对文学而进行的研究，仍然属于文学研究的范畴。

文学固然是一种文化性的存在，二者在对待世界的基本态度上互相融合（以人为中心），但是个性化的情感表达和审美方式又规定了文学作为文化子系统的特殊性和相对独立性。对这种特殊性和相对独立性的认识程度，决定着理解文学与文化关系及其界限的正确程度，也决定着在文化诗学研究中，文学与文化的交融限度。文学作为一种创造性的精神文化活动，其主要特征是鲜明突出的个性表现、强烈充分的情感宣泄以及对世界直观细微的审美再现。文学对社会生活本质的揭示，对历史运动规律的洞察，都必须通过个性化、情感化的艺术审美方式来实现。而文化主要是一种人类意识，是被一定社会形态、民族地域范围内的人们所习惯所分享的某种集体现象和结构方式，意识理性和集体共性是其首要的特征。文化研究主要是对这种人类意识所进行的研究。意识里面包含着情感，但是更富有理性色彩；意识里面有审美因素，但是审美不占主要地位；意识里面不排斥个性，但是更重视相对稳定的共性。情感和理性的差异、个性与共性的差异、审美与意识形态的差异，或许就是文学与文化关系的融合限度。

所以，文化研究不必也不能从文化的一般性上对待文学特有的问题，而必须牢牢抓住文学这种文化存在形式的特殊性——个性化、情感化、审美化。在文学特殊性的作用下，参与到文学研究中的文化已经渗透到了文学内部，文化的知性思索已经凝聚和沉淀在文学的情感世界中，被“文学”艺术化为了有意味的形象化世界的一部分，转化成了文学化的存在，而不再以赤裸裸纯理性的文化本来面目示人了。当然，文化对文学而言也绝不是一种处于消极被动状态中等待文学

---

① 童庆炳：《文化诗学导论》，合肥：黄山书社 2020 年版，第 15 页。

化的东西，而是能动地参与了这种转化：它在渗透和贯穿文学的有意味结构的同时，也在对之施以深刻的作用和塑造。可以这么说，文化诗学的出发点是文学，落脚点也应该是文学。只是在经历了文化学的批评阐释之后，这种循环就不再是简单的回归本位，而是一种螺旋式的本体超越，其得出的结论会大大超过原来的出发点，进入一个更高的层次，通过对文学现象深入的文化透视，显示出人类在各种挑战、压力和冲突之下焕发出来的聪明智慧，从而使文学获得一种独特的哲学涵摄力和更加深厚的历史意识。这恰恰是文化诗学的方法魅力和理论价值所在。

其二，具体化的原则。

文化的概念广袤无边，这固然可以带给文化诗学较为扩大的观察视界，但是同时，一个潜在的危险也因此而产生：因外延过分扩大而导致结论空泛，大而无当。事实上，这也正是目前许多人在运用文化诗学方法进行文学研究时所犯的通病：期待值过高，希望面面俱到，但又力不从心，结果只能笼统概括，将极为丰富复杂的文化历史现象简单归纳为几个精神概念，好大喜功却落得华而不实。究其原因，中国的文化学研究在很多方面尚处于空白状态，所以我们在从事文化诗学研究时，也就缺乏一个宏观整体的文化研究参照系作为坚实的基础。在这种情况下，对文学勉强进行宏观整体的文化分析，就很容易使之成为建立在沙滩上的海市蜃楼，其结论也经不起时间的推敲和检验。所以，在具体研究时，不如将文化诗学的题目选得小一些，开掘深一些，内涵集中才有利于研究的扎实，这应该是文化诗学值得注意的方法导向。再者，文学是个性化的情感形式，主要致力于从具体形象、具体事实来表现美丑善恶，从文化诗学角度对文学所进行的批评也应该从文学自身的特点出发，摒弃那些大而无当的泛泛之论，遵循具体化的原则，视野相对集中，从细部和小处切入且深入下去研究，从独特中发现普泛，以收到窥一斑而知全豹的研究效果。

例如，《诗经》是中国古代最为著名的文化典籍，其文化意蕴一直是中国现代文学研究者关注的焦点之一。许多文学研究者在挖掘其文化意蕴的时候，常常从普泛性和概括性的理论视野出发，甚至不顾具体文化语境的差异，将西方现代的文化符码抽象地作为对其加以阐释的依据，这就很难揭示出《诗经》独特的文化个性。现代学者闻一多独辟蹊径，从《诗经》的具体文本入手，借助文化人类学视角和丰富细腻的文学感受，经由对《诗经》中风俗的解释和对隐语的诠释，全面展现出《诗经》中所蕴含的世俗情感内涵和原始生命活力。尤其值得称道的是，在《匡斋尺牍》一文中，闻一多从对《芣苡》的微观解读出发，在深入体会到“采采芣苡”重章叠唱中所体现出的希冀、欢乐、期待等审美情感的同时，又结合训诂学、考古学、音韵学、民俗学、社会学的整体文化视野指出，诗中对“采采芣苡”的六次叠唱别有意味：

> 古代有种传说，见于《礼含文嘉》《论衡》《吴越春秋》等书，说是禹母吞薏苡而生禹，所以夏人姓姒。这薏苡即是芣苡。古籍中凡提到芣苡，都说它有“宜子”的功能，那便是因禹母吞芣苡而孕禹的故事产生的一种观念。一点点古声韵学的知识便可以解决这个谜了。“芣”从“不”声，胚字从“丕”声，“不”“丕”本是一字，所以古音“芣”读如“胚”。“苡”从“㠯”声，“胎”从“台”声，“台”又从“㠯”声(《王孙钟》《归父盘》等器，“以”字皆从“口”作“台”)，所以古音“胎”读如“苡”。“芣苡”与“胚胎”古音既不分，证以“声同义亦同”的原则，便知道“芣苡”的本意就是“胚胎”，其字本只作“不以”，后来用为植物名变作“芣苡”，用在人身上变作“胚胎”，乃是文字孳乳分化的结果。附带的给你提醒一件有趣的事。“芣苡”既与“胚胎”同音，在《诗》中这两个字便是双关的隐语(英语所谓pun)，这又可以证明后世歌谣中以莲为怜，以藕为偶，以丝为思一类的字法，乃是中国民歌中极古旧的一个传统。
>
> 本来芣苡有宜子的功能，《逸周书·王会解》早已讲过……只近人说《诗》才有放弃此说的。现在我把这观念的源头侦察到了，目的不定是要替古人当辩护，而是要救一首诗。因为，“芣苡”若不是一个allegory，包含着一种意义，一个故事的allegory(意义的暗号，故事的引线，就是那字音)，这首诗便等于一篇呓语了。芣苡的故事，已经讲过了，很简单。它的意义，惟其意义总是没有固定轮廓的，便不能那样容易捉摸了。现在从两方面来解剖它。
>
> 先从生物学的观点看去，芣苡既是生命的仁子，那么采芣苡的习俗，便是性本能的演出，而《芣苡》这首诗便是那种本能的呐喊了。但这是何等的神秘！这无名的迫切，杳茫的敕令，居然能教那女人们热烈的追逐着自身的毁灭，教她们为着“秋实”，甘心毁弃了“春华”！……
>
> 在桃花，结子是快乐的满足，光荣的实现，你晓得吗？对于五更风，她是感激之不暇的。结子的欲望，在原始女性，是强烈得非常，强到恐怕不是我们能想象的程度。不信，看《三百篇》便知道。例如《螽斯》《桃夭》《椒聊》不都是这样欲望的暴露吗？这篇《芣苡》不尤其是母性本能的最赤裸最响亮的呼声吗？正如它的表现方法是在原始状态中，《芣苡》诗中所表现的意识也是极原始的，不，或许是生理上的盲目的冲动。

再借社会学的观点看。你知道，宗法社会里是没有“个人”的，一个人的存在是为他的种族而存在的，一个女人是为种族传递并蕃衍生机的功能上而存在着的。如果她不能证实这功能，就得被她的侪类贱视，被她的男人诅咒以致驱逐，而尤其令人胆颤的是据说还得遭神——祖宗的谴责。环境的要求便是法律，不，环境的权威超过了法律。而“个人”偏偏是一种最柔顺的东西，在积威之下，他居然接受集团的意志为他个人的意志。所以，在生理上，一个妇人的母性本能纵然十分薄弱，可是环境的包围、欺诈与恐吓，自能给他逼出一种常态的母性意识来，这意识的坚牢性高到某种程度时，你便称它为“准本能的”，亦无不可。总之，你若想象得到一个妇人在做妻以后，做母以前的憧憬与恐怖，你便明白这采芣苡的风俗所含的意义是何等严重与神圣。

这样看来，前有本能的引诱，后有环境的鞭策，在某种社会状态之下，凡是女性，生子的欲望没有不强烈的。①

在闻一多的分析中，采摘芣苡的习俗很可能具有求子的意蕴，而《芣苡》一篇便很可能是女性生子欲望的表达，“‘采采芣苡，薄言采之’，是何等惊心动魄的原始女性的呼声，如果你真读懂了原始女性”②。这种综合文学与文化为一体对《芣苡》进行具体剖析的做法，确实可以开掘出其中上古生殖崇拜的深层积淀，从而为解开《诗经》的深层含义提供了一种独特的文化密码。尽管亦有学者对闻一多将《芣苡》与生殖崇拜挂钩的做法提出质疑，但是，仅就文化诗学的实践方法而言，我们却不得不承认，闻一多从具体中求得深入、从特殊中发现普遍的阐释思路的确给我们提供了很大的启示。

以上是我们对文化诗学的兴盛原因、理论优势和实践原则等方面所进行的一些探讨。作为当代文学理论的一种发展趋向，文化诗学还有很多方面有待完善，还远远不到为它盖棺定论的时候。我们只能寄希望于文化诗学的未来，希望越来越多的理论研究者和批评实践者加入进来，带给我们新的研究视界和批评景观。

通过对文学美学和文化诗学的审视和分析，我们既可以看到新时期以来当代文学理论的基本发展趋向，又可以体会到当代文学理论在发展过程中所面临

---

① 闻一多：《匡斋尺牍》，载孔党伯、袁謇正主编：《闻一多全集：神话编·诗经编上》，武汉：湖北人民出版社1994年版，第204—206页。

② 闻一多：《匡斋尺牍》，载孔党伯、袁謇正主编：《闻一多全集：神话编·诗经编上》，武汉：湖北人民出版社1994年版，第210页。

的问题和挑战。种种问题和挑战既是文学理论前行的动力，又是文学理论转型的契机。在未来的岁月里，文学理论还会经历一次又一次的转型，呈现出种种不同的发展趋向，只有这样，文学理论才能呈现出现实合理性，才能成为介入和引领文学活动的有效方式。

第四章　当代文学理论的指导思想问题

当代文学理论以马克思主义为指导思想。在坚持马克思主义立场、观点和方法的前提下，结合文艺活动的实践经验，围绕着“文学的社会意识形态属性”“美学和历史的观点”等马克思主义文学理论命题展开深入的探讨，不仅可以开掘马克思主义文学理论的丰富内涵，强化马克思主义文学理论的思想指导地位，而且可以为马克思主义文学理论的创造性发展奠定坚实的基础，不断激发马克思主义文学理论的生机与活力，使之在文艺和文化建设进程中发挥出与时俱进的思想指导意义。

第一节　文学的社会意识形态属性

1964年，以群在高校文科教材《文学的基本原理》中指出，“文学是一种社会意识形态”①；1989年，王元骧在《文学原理》中认为，“文学是一种审美意识形态”②；1992年，童庆炳在其主编的《文学理论教程》谈道，“文学是显现在话语含蕴中的审美意识形态”③；2009年，马克思主义理论研究和建设工程重点教材《文学理论》提道，“文学作为一种社会意识形态还有其特殊的审美属性，是社会意识形态和审美艺术的统一”④。这一说法在2020年出版的马克思主义理论研究和建设工程重点教材《文学理论》第二版中得到了沿用，是马克思主义文学理论的核心思想。

对文学社会意识形态属性的推敲其实就是对文学本质的探讨，对本质进行追寻是我们研究文学理论（也包括其他理论，譬如说哲学）的一贯出发点。那么，我们为什么要探讨文学的本质？应该如何看待文学的本质？

---

① 以群：《文学的基本原理》，上海：作家出版社1964年版，第13页。

② 王元骧：《文学原理》，杭州：浙江教育出版社1989年版，第25页。

③ 童庆炳：《文学理论教程》，北京：高等教育出版社1992年版，第71页。

④ 《文学理论》编写组：《文学理论》，北京：高等教育出版社2009年版，第86页。

首先，我们为什么要探讨文学的本质？

本质是隐藏在现象背后的绝对存在。从根源来说，对本质的探寻行为潜隐着人对存在意义的执着和对生命价值的期望，表现了人类掌握自身与征服世界的渴望。人作为有限的存在，在无限的宇宙面前，难免会感觉到孤独、恐怖，但是，人不会甘心于自己的无知与盲目，在有限中追求无限、在现实中追求理想的潜在欲望需求推动着他们进行抗争，而抗争的方式之一就是用理性方法探寻现象背后的本质，即统观全体，化具体为抽象，演绎一般规律，将纷繁芜杂的物象有序化并纳入清明的概念体系，使一切个别受一般管辖。

具体到文学这一领域，确定本质就意味着将纷纭散乱的文学现象统摄在具有普遍意义的文学概念下面，得到一个精确的文学定义。这样，以文学本质统摄文学表象，使文学现象遵循文学规律，我们所要讨论的东西就可以一目了然。如此，便划定了文学的学科范围，规定了文学的学科规范，赋予了文学作为一门学科所应具备的合法意义。反之，消解文学的本质，就意味着动摇了文学作为一门学科赖以存在的确定性根基。而且，在相对稳定的时空里，文学本质一旦作为一种观念模式确立起来，其自身便会具有一种相对独立的含义，会对特定历史语境中的文学活动形成一种独特的制约力量，规定着文学活动的范围和规范。故而，立足于当下历史语境，科学地探讨文学的本质规定性仍是我们义不容辞的责任。

那么，我们应该如何看待文学的本质？

黑格尔在《小逻辑·本质论》中说："本质是设定起来的概念。"①设定必然得有所针对，只有在所针对的现象确定的范畴内谈论该现象背后的本质才是有意义的。那么，我们讨论的文学现象包括什么？是传统中的诗赋、颂赞、铭箴、诔碑、论说、诏策、章表、奏启、议对、书记？是现代意义上的给人提供精神愉悦、审美享受和思想启迪的语言文字组合形式，还是后现代大众文化浪潮中的广告、时尚乃至流行歌曲？这必然牵扯到一个价值判断的问题，而价值判断不能脱离具体的历史语境，故而可以断言，世界上并不存在跨越历史时空的永恒的文学本质，只存在具体历史语境下人们从特定的思维方式或价值观念出发，看待文学本质的各种观念和手段。观照文学本质，不能脱离具体的历史语境。

在《论辩篇》中，亚里士多德对"本质"这一哲学概念进行了系统的分析和论证。在他看来，"所谓本质属性，是一事物之所以区分于其他一切事物的一种属性"②。

---

① ［德］黑格尔：《小逻辑》，贺麟译，北京：商务印书馆 2009 年版，第 241 页。

② 林熹等编：《亚里士多德形式逻辑言论选编》，长沙：湖南人民出版社 1984 年版，第 20 页。

而"'定义'是指明某事物的本质的短语"①,只有通过定义,事物的本质才能在语言中显现出来,拥有具体的表现形态。亚里士多德揭示了定义的逻辑结构:"定义的元素,一个是属,另一个是种差,并且只有属和种差述说本质。"②亚里士多德将类视为属,而将类所包含的子类或个体视为种,不同子类或个体之间的差异也即是种差。定义的方法首先是"将对象置于其属内,然后再加其种差"③。假如我们认可亚里士多德定义本质的方法,那么,三个不得不解决的问题就随之摆在我们面前:文学能不能被视作一种社会意识形态?文学与其他社会意识形态之间的种差是不是审美属性?社会意识形态和审美属性能不能连缀在一起来述说文学的本质?

一、文学作为社会意识形态

要弄清楚文学能不能被视为一种社会意识形态,必须首先搞清"意识形态"一词的源起与内涵。

1796年,法国理性主义哲学家特拉西首先使用了"意识形态"这个词,其目的是区分思想科学和古代形而上学的不同,主要用于知识论和语言学理论的研究中。但是,19世纪以后,在一般的论述里,意识形态这个词主要受了拿破仑用法的影响,带有"抽象、空想及激进理论的意涵"④。

在《德意志意识形态》中,马克思恩格斯首先创立了作为哲学概念的"意识形态"。所谓"德意志意识形态",指的是当时德国统治阶级借以维护自己统治的思想体系,具体而言,即是指"费尔巴哈、布·鲍威尔和施蒂纳所代表的现代德国哲学以及各式各样先知所代表的德国社会主义"⑤。马克思恩格斯之所以对其加以批判,是因为这些思想脱离了真实的历史进程,成了偏见和假象。在马克思主义看来,"意识在任何时候都只能是被意识到了的存在,而人们的存在就是他们的现实生活过程。如果在全部意识形态中,人们和他们的关系就像在照相机中一样是倒立成像的,那么这种现象也是从人们生活的历史过程中产生的,正如物

---

① 林熹等编:《亚里士多德形式逻辑言论选编》,长沙:湖南人民出版社1984年版,第17页。

② 同上,第19页。

③ 同上。

④ [英]雷蒙·威廉斯:《关键词:文化与社会的词汇》,刘建基译,北京:生活·读书·新知三联书店2005年版,第218页。

⑤ 马克思和恩格斯:《德意志意识形态》,载《马克思恩格斯选集》第一卷,北京:人民出版社2012年版,第141页。

体在视网膜上的倒影是直接从人们生活的生理过程中产生的一样"[1]。"……如果这些个人的现实关系的有意识的表现是虚幻的，如果他们在自己的观念中把自己的现实颠倒过来，那么这又是由他们狭隘的物质活动方式以及由此而来的他们狭隘的社会关系造成的。"[2]"统治阶级的思想在每一时代都是占统治地位的思想。这就是说，一个阶级是社会上占统治地位的物质力量，同时也是社会上占统治地位的精神力量。支配着物质生产资料的阶级，同时也支配着精神生产资料，因此，那些没有精神生产资料的人的思想，一般地是隶属于这个阶级的。占统治地位的思想不过是占统治地位的物质关系在观念上的表现，不过是以思想的形式表现出来的占统治地位的物质关系……"[3]在这里，马克思恩格斯从意识形态源于物质生活实践这一唯物史观出发，认为德国哲学只不过是德国小资产阶级关系作用下的虚假意识，其所采用的语言、所表达的思想并不足以构成特殊的王国。而马克思恩格斯想要做的就是去探寻德国哲学这种虚假意识形态赖以生成的物质基础并对其施以革命性的改造，从而在根本上完成对德意志意识形态的超越。

在著名的《政治经济学批判》序言中，马克思进一步阐述了意识形态与物质存在之间的关系：

> 人们在自己生活的社会生产中发生一定的、必然的、不以他们的意志为转移的关系，即同他们的物质生产力的一定发展阶段相适合的生产关系。这些生产关系的总和构成社会的经济结构，即有法律的和政治的上层建筑竖立其上并有一定的社会意识形式与之相适应的现实基础。物质生活的生产方式制约着整个社会生活、政治生活和精神生活的过程。不是人们的意识决定人们的存在，相反，是人们的社会存在决定人们的意识。社会的物质生产力发展到一定阶段，便同他们一直在其中运动的现存生产关系或财产关系(这只是生产关系的法律用语)发生矛盾。于是这些关系便由生产力的发展形式变成生产力的桎梏。那时社会革命的时代就到来了。随着经济基础的变更，全部庞大的上层建筑也或慢或快地发生变革。在考察这些变革时，必须时刻把下面两者区别开来：一种是生产的经济条件方面所发生的物质的、可以用自然

---

① 马克思和恩格斯：《德意志意识形态》，载《马克思恩格斯选集》第一卷，北京：人民出版社 2012 年版，第 152 页。

② 同上。

③ 同上，第 178 页。

> 科学的精确性指明的变革，一种是人们借以意识到这个冲突并力求把它克服的那些法律的、政治的、宗教的、艺术的或哲学的，简言之，意识形态的形式。我们判断一个人不能以他对自己的看法为根据，同样，我们判断这样一个变革时代也不能以它的意识为根据；相反，这个意识必须从物质生活的矛盾中，从社会生产力和生产关系之间的现存冲突中去解释。①

在这里，我们不难发现，马克思并不是去孤立地探讨一个名叫意识形态的东西，他的意识形态理论是隐藏在他对社会的总体阐述中的：思想也好，语言也好，都只能是现实生活的表现方式，不可能独立存在，“甚至人们头脑中的模糊幻象也是他们的可以通过经验来确认的、与物质前提相联系的物质生活过程的必然升华物。”②所谓意识形态，可以体现为一定的理论形态和思想形态，但它并不是少数思想家凭空创建的体系。物质生活条件才是其形成的真正根源。作为一定社会存在条件下人们基于一定的利益取向而形成的认识世界体验生活的方式，意识形态与社会心理和社会习惯力量有关，具有广泛的群众性，身处阶级社会中人们的知识观念、思维模式甚至行为选择和体验方式可能是对某种意识形态的顺应，也可能是对某种意识形态的反拨，但若是想要彻底避开意识形态的影响，则不啻于生活在地球上的人想要避开空气一般困难。可以说，作为人们的思想方式和行为方式的起点，意识形态为阶级社会的各种文化提供了大背景，正如伊格尔顿所说：“全无偏私的陈述是不可能的。……我们所有描述性的陈述，都在一个往往隐形的价值范畴的网络中活动。的确，如果没有这些范畴，我们彼此就会完全无话可说。”意识形态作为“隐而不现的价值结构”，“为我们的事实陈述提供信息和基础”，③而文学作为社会文化体系的一部分，作为陈述的一种方式，历来都是意识形态影响下的产物。对一定历史语境中意识形态的顺应、发展、怀疑、抗拒就构成了一定社会中文学的思想内容。

如果说文学无法脱离意识形态是一种必然，那么在社会主义的中国，我们将文学明确定位为一种社会意识形态则更是具体历史语境中的自觉选择。“在社会主义的前提下，人的需要的丰富性，从而某种新的生产方式和某种新的生产对

① 卡·马克思：《〈政治经济学批判〉序言》，载《马克思恩格斯选集》第二卷，北京：人民出版社2012年版，第2—3页。

② 马克思和恩格斯：《德意志意识形态》，载《马克思恩格斯选集》第一卷，北京：人民出版社2012年版，第152页。

③ ［英］特里·伊格尔顿：《文学理论导论》，北京：外语教学与研究出版社2004年版，第12页、第13页、第13页。

象具有何等的意义：人的本质力量的新的证明和人的本质的新的充实。”①在今日中国，社会主义将有助于人的本性、情感、精神的充分实现，使人真正占有自己的本质，而社会主义意识形态就是社会主义核心价值观的最高体现。由于历史语境的不同，较之西方马克思主义者对意识形态的论述（阿尔都塞、伊格尔顿等学者明显更加注重资产阶级意识形态的“幻象”特征及其背后的权力欺骗策略，强调从理论上对其加以分析批判），中国马克思主义者更关注的是社会主义意识形态的反作用，强调以社会主义意识形态进行精神文明建构的实践功能：动员全社会，团结全社会，使社会主义意识形态汇聚成强大的精神力量，形成无所不在的社会氛围，以知识、观念、信仰的形式保证人民利益和社会主义优越性最大限度的实现。

今天，我们强调文学的社会意识形态属性，就是为了保证文艺积极的社会干预意识和庄严的社会责任感，保证文艺活动进行社会主义精神文明建设的功能的顺利实现，保证文艺对人性发展和社会进步的积极作用。其根本要旨是立足于中国的当代现实与文化需要，深入反映人民群众现代化建设的真实进程，热情赞扬那些正在萌芽的美好事物，揭露抨击那些表面炫人眼目、实则腐朽丑恶的消极事物，正视现实、反思现实、完善现实，培养提升人的文明素养及思想境界，在社会精神建构中发挥主导作用。反之，以任何方式遮蔽或是消解文学的意识形态性，都有可能导致文学活动失去正确处理现实、表达人文关怀的能力，而沉溺于零散的感觉、欣悦和欲望表述，从而对我国社会主义文学事业与精神文明建设的发展造成负面影响。

在体现社会主义意识形态的文学中，我们领会到的不是一种认识形式或是思维方法，而是足以震撼每个人心灵的那种自主的生命意识、高尚的价值观念和求实的理性态度。对于处在现代化建设进程中的中国人民来说，这是最宝贵的精神力量。有了这种精神力量，我们就不会因为看不到历史变革的真正趋势而忽视现实生活中真正有生命有价值的东西，就不会因为一时的挫折失败就陷入无边泛滥的颓废情绪，更不会因为感官眩惑就沉溺于娱乐至上的粗鄙狂欢。

二、文学作为社会意识形态的特殊审美属性

接下来我们需要澄清的是第二个问题：文学与其他社会意识形态之间的种差是不是审美属性？如上所述，文学是一种社会意识形态，但是单提出社会意识形态，还远远不能规定文学的本质特征。社会意识形态的范围很广，除了文学艺

① 卡·马克思：《1844年经济学哲学手稿》，载《马克思恩格斯全集》第42卷，北京：人民出版社1979年版，第132页。

术，还包括宗教、伦理、道德、哲学等等。而宗教、伦理、道德、哲学等等和文学艺术一起就构成了社会意识形态这个属类当中的“子类”，它们之间的差异就是“种差”。文学之所以不同于宗教、伦理、哲学、道德等其他社会意识形态，是因为它表现了人的审美意识，激发了人的想象力和愉悦感，这种感性特征使文学充溢着情感韵味，从而有别于逻辑上的明确认知。文学艺术和社会意识形态其他子类之间的关键差异就在于审美性，可以说，审美性是赋予宗教的、伦理的、哲学的、政治的、道德的等种种价值以文学生命，使之成为文学价值的关键。文学的特征可以随着时代的发展而变迁，但是，“审美”作为文学的根本属性却始终如一，在当今学界，这是一个毋庸置疑的观点。

那么，第三个问题就凸显出来了：社会意识形态和审美属性能不能连缀在一起来述说文学的本质？

学术界曾经有过相反的意见，认为强调文学的审美属性就意味着文学的去意识形态化，有削弱甚至抹杀文学的社会意识形态属性的可能。这种看法的根源在于没有充分理解马克思主义文学理论关于“审美”的内涵设定，照搬了康德的审美无利害观念或是受制于中国传统的审美思路。

马克思主义文学理论所强调的“审美”不同于传统文化中文人士大夫式的“审美”，后者大多表现为一种游戏消遣的人生态度，通过任情山水、优游田园、倚栏望月、抚琴赏音营建一种与社会现实相隔绝的虚幻的精神避难所，强调的是天然自放、率性而为，寄予着道家哲学的乌托邦精神和超然物外的人生情怀。不容否认，在这种潇洒飘逸、餐风饮露的超然仙姿背后，隐藏的是以自我精神解脱为核心的适意人生哲学，虽然营造了空灵玄妙的境界，却遮蔽了真实现世的人生，一味鼓励人们以超然世外的平静去自觉压抑、化解对不平世事的愤激之情，以逃避复杂现实的重压，维持心灵的悠然自得、轻松惬意。长此以往，必将造成精神自由与现实人生之间的隔绝状态，影响社会进步和文明更新。

马克思主义文学理论所强调的“审美”也不同于康德哲人式的美学沉思，后者强调审美的实质是无内容无利害的纯粹静观。“鉴赏是凭借完全无利害观念的快感和不快感对某一对象或其表现方法的一种判断力。”“美是那不凭借概念而普遍令人愉快的。”“美是无一切利害关系的愉快的对象。因为人自觉到对那愉快的对象在他是无任何利害关系时，他就不能不判定这对象必具有使每个人愉快的根据。”①按照康德的观点，审美是一种纯粹的静观，静观的对象只限于和

① [德]康德：《判断力批判》(上卷)，宗白华译，北京：商务印书馆1964年版，第47页，第57页，第48页。

人们的欲求意志毫无关涉的纯形式："花，自由的素描，无任何意图地相互缠绕着的、被人称做簇叶饰的纹线，它们并不意味着什么，并不依据任何一定的概念，但却令人愉快满意。"[①]美应该和真、善、快适区别开来，在强调美感纯洁性的同时，也抽空了有血有肉的社会人的丰富需求和意识。

马克思主义文学理论所强调的"审美"是建立在马克思主义实践观和历史唯物主义基础之上的。具有强烈的历史性、现实性和实践品格，体现了强烈的社会责任感和社会参与意识，强调以审美的方式完善内心、塑造人性，进而改变生活、改造社会。与前面两种审美观对人的简化抽象不同，马克思主义将人作为整体，作为社会关系的总和来考察，其理论出发点"不是处在某种虚幻的离群索居和固定不变状态中的人，而是处在现实的、可以通过经验观察到的、在一定条件下进行的发展过程中的人"，而物质生产则是"个人把自己和动物区别开来的第一个历史行动"。[②] 劳动的过程是人的本质力量对象化的过程，在劳动中，"一切对象对他来说也就成为他自身的对象化，成为确证和实现他的个性的对象，成为他的对象，这就是说，对象成了他自身"[③]。劳动对象一旦成为主体对象，就意味着它已被主体化，而主体也从对象获得自身的本质力量的表现和确证。"只是由于人的本质的客观地展开的丰富性，主体的、人的感性的丰富性，如有音乐感的耳朵、能感受形式美的眼睛，总之，那些能成为人的享受的感觉，即确证自己是人的本质力量的感觉，才一部分发展起来，一部分产生出来。……五官感觉的形成是以往全部世界历史的产物。"[④]审美是从劳动实践中产生并获得发展的，源于人创造性地改造周围世界、全面发展自身，使自身成为"普遍的因而也是自由的类的存在物"[⑤]的现实需要。故而，审美不应被看作无内容无利害的纯粹静观或是游戏消遣的人生情怀，而应被视为与生活实践密切相关的、人的本质力量的自我确证的方式。就这一意义而言，"马克思通过美学来讨论人的自由，总是给人以一种希望和振奋。'审美带有令人解放的性质'，落实到社会生活中，便是人的现实解放的自由"[⑥]。马克思主义美学注重的是审美的实践性，是将现实社会生活中

---

① [德]康德：《判断力批判》(上卷)，宗白华译，北京：商务印书馆 1964 年版，第 44 页。

② 马克思和恩格斯：《德意志意识形态》，载《马克思恩格斯选集》第一卷，北京：人民出版社 2012 年版，第 153 页、第 146 页页下注②。

③ 卡・马克思：《1844 年经济学哲学手稿》，载《马克思恩格斯全集》第 42 卷，北京：人民出版社 1979 年版，第 125 页。

④ 同上，第 126 页。

⑤ 同上，第 95 页。

⑥ 李咏吟：《走向比较美学》，合肥：安徽教育出版社 2000 年版，第 99 页。

人“自由地发展自己的个性，成为完整的人，审美的人，自由的人”①作为最终追求的目标。

作为社会关系的总和，人的审美心理总是与特定历史时期的文化背景、思想形态紧密相连。具体到我国，“审美”是在拨乱反正、思想解放的历史大背景下被提出并被加以强调的，整个社会现实变革构成了其得以发展的直接动力。在经历了长期政治高压束缚之后，人的主体意识渐渐走向自觉，思想界发出了崭新的声音：人并非是政治专制统治下的螺丝钉，而是社会生活中的独立个体，有着作为个体的权利、自由、尊严和价值。在这里，审美活动的纯粹无利害特征并不是关注的焦点，关键是审美活动的实践意义：通过追求审美享受和精神愉悦，复苏自然人性、弘扬个体意识、提高生命自觉，使曾经饱受压抑的感性获得充分发展，重建健康完整的人性，培养独立完善的人格，使人民生活得更加自由美好。

可见，中国当代的“审美”既不是古代文人士大夫情怀的借尸还魂，也不是对西方近代美学思想的简单移植，而是在马克思主义美学观的指导下，对整个社会走向现代化所作的热烈响应。它伴随着思想启蒙人性解放的社会大潮意气风发，焕发出前所未有的生机与活力。可以说，此时，“审美”和“社会意识形态”并不矛盾，其关注点都是建设并完善新的人生，只不过，后者更强调的是改革社会，前者更强调的是建设内心，二者殊途同归。因为，在社会主义的今天，社会生活的本质并不会凌驾于感性个体之上，而是千万个体创造自身、完善自身的客观必然过程的抽象。建设内心和改革社会并不矛盾，“审美”和“社会意识形态”也没有本质的对立与冲突，相反，二者同时并重，倒可以让文艺拥有扎实的根基，获得鲜活的生命力，既使人的精神与情感获得解放，又能对社会生活发挥积极的影响。

在这里，我们不能把马尔库塞或伊格尔顿的观点照搬过来，大谈审美乌托邦对现实意识形态的疏远、否定、抗拒和超越。在现代化进程中的社会主义中国，强调个体精神和树立社会责任感不仅不矛盾，而且相辅相成。立足于具体的历史语境，我们必须承认，“审美”和“社会意识形态”针对的是同样的历史任务，二者完全可以结合起来，以之界定文学本质，可以“辩证地吸取和扬弃了意识形态论与审美本性说两派文艺本质观的成就与局限，在一种新的学术视野上对文艺的本性作了富于创造性的理论综合。这种综合不是一种简单的折中和调和，而是对文艺本质的一种新的把握、新的阐释。它克服了传统的意识形态论文艺观重视艺术的意识形态普遍性而轻视文艺自身的特殊性和审美本性说以审美本性排斥艺术的意识形态性，尤其是艺术认识的客观性的偏颇，将文艺的普遍本质与

① 李咏吟：《走向比较美学》，合肥：安徽教育出版社 2000 年版，第 99 页。

特殊本质有机地融为一体，从而对文艺的本质作出了新的规定”①。

我们在对文学本质进行界定时，必须考虑到，文学不是孤立审美属性和孤立社会意识形态性的简单相加。审美是一种对文学具有本体意义的属性，是它赋予社会意识形态成分以文学生命。社会意识形态在文学这一审美世界中会产生审美的规定性，而绝非思想体系的注解和演绎。同时，纯粹的文学审美现象也是不存在的。作为社会历史进程中的产物，文学必然会在某种“隐形的价值范畴的网络中活动”②，必然会具备某种社会意识形态性。可以说，作为艺术的文学“正是认识功能、实践功能和审美功能的有机统一，主体的知、情、意都流注于艺术活动，凝聚于艺术形象之中。这其中，审美正是连接艺术的认识功能与实践功能的一个必要中介，也是赋予认识与实践以艺术性的必要因素。艺术对现实的认识是审美的认识，而艺术凭借其思想情感上的评判力作用于现实的实践功能也只能是一种审美的实践。因此，当我们谈论艺术的认识功能和实践功能的时候，不应该忽略或忘记了艺术的审美性质和审美功能；反之，当我们谈论艺术的审美性质和功能时，也绝不能将它抽象化、绝对化，与文艺的认识的和实践的性质与功能脱离开来”③。

综上所述，无论从逻辑层面上还是从历史层面上，文学“是社会意识形态和审美艺术的统一”④都是一个站得住脚的命题，可以成为当代文学理论研究的逻辑起点。坚持这一命题，我们不仅可以克服“审美自律论”的狭隘，而且可以避免“现实反映论”的空疏，既注意到文学不能脱离现实物质生活，又确立和维护了文学的独立地位，在让文学回归本体的同时，又将文学置于人类存在和生命的根基上进行考察，使文学活动和人类解放这一总目标联系起来，从而使我们的文学研究获得更加坚实的根基和更加广阔的视界。

第二节　美学和历史的观点

文学理论离不开具体批评实践的支撑，在文学理论的建构过程中，文学批评扮演着至关重要的角色。美学和历史的观点既是马克思主义文学批评所采用的最高标准，又是马克思主义文学理论的重要组成部分，对于当代文学批评实践和文学理论建构均具有重要的指导意义。

---

① 谭好哲：《文艺与意识形态》，济南：山东大学出版社 1997 年版，第 119 页。

② [英]特里・伊格尔顿：《文学理论导论》，北京：外语教学与研究出版社 2004 年版，第 12 页。

③ 谭好哲：《文艺与意识形态》，济南：山东大学出版社 1997 年版，第 122 页。

④ 《文学理论》编写组：《文学理论》，北京：高等教育出版社 2009 年版，第 86 页。

一、批评标准的重要性

文学批评应以文学鉴赏作为前提和基础，但是，二者并不能完全等同起来。著名学者郑振铎说得好："鉴赏者可以随心所欲的说这首诗好，说那部小说是劣下的，……也许第二个鉴赏者要整个的驳翻了他也难说。研究者却不能随随便便的说话；他要先经过严密的考察与研究，才能下一个定论，才能有一个意见。"①较之一般的文学鉴赏，文学批评更强调价值判断的力量，正如雷蒙·威廉斯在《关键词：文化与社会的词汇》一书中所指出的，"Criticism……有一个潜在'判断'的意涵，……"②所谓的批评实际上就是一种判断活动，而判断离不开一定的标准，文学批评就是根据一定的标准对文学现象和文学作品所作出的价值评判。行之有效的批评标准既是保证文学批评走向成功的关键所在，又是文学理论不可或缺的组成部分。所以，在实践文学批评和建构文学理论的过程中，我们理应赋予批评标准一个重要的位置。

对于中国文学理论和文学批评的发展进程而言，批评标准一词并不陌生。对于批评标准的不懈追求既源自文学批评对价值判断有效性的固有向往，又与文学批评所背负的历史使命密切相关。1942 年毛泽东发表《在延安文艺座谈会上的讲话》，明确指出："文艺批评有两个标准，一个是政治标准，一个是艺术标准。""任何阶级社会中的任何阶级，总是以政治标准放在第一位，以艺术标准放在第二位的。"③在抗日战争和解放战争的特殊时期里，这种批评标准的提出自有其历史合理性。但是，新中国成立以后，随着极左倾向和庸俗社会学的泛滥，这种批评标准逐渐走向窄化和僵化，最终竟将"政治标准第一"演变成"政治标准唯一"，抹杀了文学对于艺术审美属性的强调和追求。如此，在文学理论界的既有批评标准和人民大众的现实审美需要之间就产生了一种紧张甚至断裂的状态，这种紧张和断裂状态使得既有批评标准的现实合法性成为问题。新时期以来，越来越多的人开始重新审视和思考以政治意识形态充当批评标准的历史局限性，甚至，不少批评家出于逆反心理，还一度热衷于不带任何价值判断色彩的后现代主义批评，坚持认为任何理论规范和价值判断都意味着对其他观点的排斥和盲视，他们不遗余力地标榜去中心、多元、悖论和差异，不谈真理、历史、社

---

① 郑振铎：《鉴赏与研究》，载龙协涛编：《鉴赏文存》，北京：人民文学出版社 1984 年版，第 110 页。

② [英]雷蒙·威廉斯：《关键词：文化与社会的词汇》，刘建基译，北京：生活·读书·新知三联书店 2005 年版，第 97 页。

③ 毛泽东：《毛泽东论文艺》，北京：人民文学出版社 1983 年版，第 65 页、第 66 页。

会、思想，只谈符号、关系、生成和转换，将文学批评定位为一种永不停息的语言能指游戏和自我解构运动。后现代主义批评的兴起固然有助于当代文学批评挣脱政治意识形态的束缚，向着个性化和多样化的方向发展。但是，其对价值虚无主义倾向的盲目推崇和对文学批评标准的彻底颠覆也给中国当代文学理论和文学批评的发展带来了不可低估的负面影响——没有了基本价值取向和批评标准的规约，文学批评和文学理论就完全可以各行其是甚至随波逐流，也就难免会陷入盲目追踪热点的误区。其具体表现有二：

其一，盲目堆砌新异理论。

价值虚无主义不可避免地加剧了批评及理论对社会批判意识的淡化和对现实人文关怀的疏离，当这种淡化和疏离倾向发展到无法遏制的程度时，某些理论家和批评家的理论自恋倾向就空前地膨胀起来——似乎除了高密度的理论堆砌和神秘莫测的理论演绎，这些理论家和批评家已经找不到别的方式来标榜自己的专业水平和存在价值。逞才使性、炫人眼目的理论表演取代了对文学作品现实指导意义的深入思考，推动着部分文学的批评实践和文学的理论研究逐渐走向学院化和封闭化，成了既无力影响作家创作又无法指导读者阅读的学术孤岛。

其二，盲目趋同大众趣味。

随着理论规范和价值判断的悄然隐退，追求商业价值与成名效应的急功近利心理逐渐取代了深厚的历史意识和高度的社会责任感，推动着部分文学批评和文学理论逐渐走向市场化，成了一种大众趣味怎样变化我就怎样变化的媚俗文化。在媚俗文化的驱动下，一些文学批评家开始毫无心理负担地和文化消费时尚攀亲结缘，并制造出了大量的滥炒式批评文字和酷评式文字。如果说滥炒式批评的目的是以毫无节制的溢美之词为作品打开商业销路，那么酷评式批评的用意则在于以目空一切的傲慢态度和偏激夸张的挖苦调侃来吸引公众的眼球，制造轰动效应。二者在给文坛带来热闹的同时，也抽空了文学批评和文学理论所应具有的精神价值。

由是可见，价值虚无主义倾向的滋生和批评标准的失落已经构成了妨碍文学批评和文学理论健康发展的两大症结，批评标准的重建工作势在必行。我们在这里强调的亟须重建的批评标准，所体现的是文学的基本价值取向，对于文学批评活动而言，若是缺乏基本价值取向的引导，就会陷入没有方向感的混乱局面。但不容回避的是，在强调个体主体性的今天，大众的生活方式、思想观念和精神文化诉求都已经不可避免地趋向多样化。对于文学批评而言，任何具有主导性的基本价值取向都不应阻碍文学艺术的多样化发展。若是代表基本价值取向的批评标准过于僵化和狭隘，势必会缩减甚至剥夺文艺多样化发展的空间，如此，对于如何正确处理坚持基本价值取向和鼓励文艺多样化发展之间的关系这一问题而言，文学批评标准的选择和理解就显得至关重要。而弘扬马克思主义"美学和历史的观点"，并以之作为文学批评的基本标准将会有助于这一问题获得圆满解决。

二、"美学和历史的观点"的科学性和开放性

马克思主义对"美学和历史的观点"的强调，主要针对的是当时德国所出现的从片面的党派观念和抽象的政治主张出发进行文艺评判的现象：19 世纪 30 年代，"青年德意志"文学运动的积极参加者白尔尼出于宣扬激进主义和自由主义政治观点的需要，竭力颂扬席勒并大肆贬低歌德；40 年代，小资产阶级政论家卡尔·格律恩为了论证德国小市民制度是"真正的社会主义"这一党派观念，不惜把歌德塑造成德国小市民的典型代表，极力夸大和褒扬歌德平庸和鄙俗的一面，"把歌德的一切庸人习气颂扬为人的东西"，将"作为法兰克福人和官吏的歌德变成了'真正的人'"。[①] 无论是白尔尼的贬低还是格律恩的褒扬，都是要将歌德扭曲和捏造成宣传他们政治主张和道德说教的工具，所暴露出的都是以实用主义和功利主义去规约文学现象的局限性。为了摒弃这种局限性，以对包括歌德文学在内的各种文学现象做出公正的评述，1847 年，恩格斯在《卡尔·格律恩"从人的观点论歌德"》这篇书评中，正式提出了"美学和历史的观点"这一批评标准："我们决不是从道德的、党派的观点来责备歌德，而是从美学和历史的观点来责备他；我们并不是用道德的、政治的或'人的'尺度来衡量他。"[②]时隔十二年，在致拉萨尔的一封私人信件中，恩格斯更为明确地指出，美学观点和史学观点是评价作品的"非常高的亦即最高的标准"[③]。从马克思和恩格斯的诸多文学批评言论中，我们都可以看到美学观点和历史观点的闪光。然而，长期以来，理论界并没有对其报以足够的重视，就连普列汉诺夫、卢卡奇、列宁、毛泽东等著名的马克思主义理论家也没有直接引证过这一重要的理论资源。直到 20 世纪 80 年代以后，为了抵御政治决定论等庸俗社会学思想对文学研究的干扰，我国文论界才开始关注"美学和历史的观点"作为马克思主义文学批评标准的理论价

---

① 《恩格斯致马克思(3 月 9 日)》，载《马克思恩格斯全集》第 27 卷，北京：人民出版社 1972 年版，第 89 页。

② 弗·恩格斯：《卡尔·格律恩"从人的观点论歌德"》，载《马克思恩格斯全集》第 4 卷，北京：人民出版社 1965 年版，第 257 页。

③ 《恩格斯致斐迪南·拉萨尔(5 月 18 日)》，载《马克思恩格斯选集》第四卷，北京：人民出版社 2012 年版，第 443 页。

值，并对其展开了一定程度的讨论。但是，由于西方现代理论和后现代思潮疾风暴雨般的冲击，这些讨论并没有能够很好地继续下去，很多批评家也没有真正树立起将“美学和历史的观点”运用于文艺批评实践的自觉意识。时至今日，我们之所以要再次强调“美学和历史的观点”作为文学批评标准的重要意义，主要是基于两点考虑：其一，“美学和历史的观点”的科学性决定了它理应成为一切文学批评参照的基本原则；其二，“美学和历史的观点”的开放性决定了它有能力包容文学研究的诸多理论视角，而且不会为文学批评的多样化发展设置障碍。

具体而言，“美学和历史的观点”的科学性主要体现在它对文学基本价值的准确把握上。文学是一个复杂的综合性价值系统，不同的价值取向会导致不同的批评观念。但无论批评家选择哪种价值取向，恐怕都不会否认：就其本质而言，文学活动首先是一种艺术审美活动，是一种以审美方式观照世界的人类实践方式，文学作品是依据审美规律创造出来的特殊精神产品，审美价值是使形形色色的价值因素成为文学价值的关键，是文学不可或缺的基本价值。同时，审美活动作为人的本质力量的外化，是一种升华和醇化了的人的生活活动，而人的生活活动又都是在一定的社会历史背景中展开和呈现出来的。马克思主义唯物主义人学观强调从社会历史发展的角度去考察人的本质，比其他的人本主义思潮更具深刻之处：“这里所说的个人不是他们自己或别人想象中的那种个人，而是现实中的个人”“我们不是从人们所说的、所设想的、所想象的东西出发，也不是从口头说的、思考出来的、设想出来的、想象出来的人出发，去理解有血有肉的人。我们的出发点是从事实际活动的人”，人“不是处在某种虚幻的离群索居和固定不变状态中的人，而是处在现实的、可以通过经验观察到的、在一定条件下进行的发展过程中的人”。[①] 按照马克思主义人学观，“人”不是形而上学的抽象存在，而是处于一定历史发展过程中从事一定实践活动的具体存在，而人的审美能力也是在历史实践中产生并获得发展的，“只是由于人的本质的客观地展开的丰富性，主体的、人的感性的丰富性，如有音乐感的耳朵、能感受形式美的眼睛，总之，那些能成为人的享受的感觉，即确证自己是人的本质力量的感觉，才一部分发展起来，一部分产生出来。……五官感觉的形成是以往全部世界历史的产物”[②]。如此看来，审美活动天生就具有某种历史性，它只能在一定的历史进程中展开，不能成为超越历史时空的抽象存在。而文学作为人的审美活动，其本身

---

① 马克思和恩格斯：《德意志意识形态》，载《马克思恩格斯选集》第一卷，北京：人民出版社 2012 年版，第 151 页、第 152 页、第 153 页。

② 卡·马克思：《1844 年经济学哲学手稿》，载《马克思恩格斯全集》第 42 卷，北京：人民出版社 1979 年版，第 126 页。

就是社会历史的一部分，必然会具有某种历史价值。由是可见，审美性和历史性同为文学活动的本质属性，二者互为补充。缺一不可，文学既是具有历史价值的审美现象，又是具有审美价值的历史现象。当研究者关注文学的审美价值时，必须留意到自己的研究对象本身绝不能成为脱离社会历史现实的孤立存在；当研究者关注文学的历史价值时，也不能忘记自己的研究对象是以审美为核心的艺术现象。任何排斥历史性的纯审美价值或是任何排斥审美性的纯历史价值都是很难立住脚的，而"美学和历史的观点"正是对文学基本价值的宏观而准确的把握，理应成为一切文学批评参照的基本原则。

"美学和历史的观点"的开放性主要体现在它对各种新的概念范畴和理论视角的巨大涵容力上。"美学和历史的观点"所提供的不是现成的僵化的理论体系，而是具有进取性和自我发展空间的基本价值取向。19 世纪 70 年代，针对当时德国哲学界热衷于通过建立完整体系来制造最终真理的流行病，恩格斯辛辣地讽刺道："'创造体系的'杜林先生在当代德国并不是个别的现象。近来，天体演化学、一般自然哲学、政治学、经济学等体系如雨后春笋出现在德国。最不起眼的哲学博士，甚至大学生，动辄就要创造一个完整的'体系'。"①马克思主义一贯反对将理论观点视为封闭的体系，坚持认为"关于自然和历史的无所不包的、最终完成的认识体系，是同辩证思维的基本规律相矛盾的"②。"美学和历史的观点"被马克思主义奉为最高的文学标准，但是从马恩著作中，我们却找不到明确界定美学观点和历史观点的内涵及外延的专章专节，这未尝不是从一个方面说明，在马克思主义的理论世界中，"美学和历史的观点"原本就不是一劳永逸的已经完成的体系，而是开放的有待丰富和发展的学说。当代文学层出不穷的新事实、新观点、新理论、新方法，已经使文学的美学现象更加繁复多样，也使得文学与社会历史的关系更加复杂难辨，越是在这种情况下，"美学和历史的观点"就越是能够焕发出新的生机与活力。开放的外延使其既可以容纳"文本""符号""语义""结构"等概念范畴，又可以涵摄社会学、文化学、心理学、人类学等理论视角。同时，"美学和历史的观点"又提供了一个可以调整熔铸这些概念范畴和理论视角的坐标，使其明确自己适用的界限和范围，在合适的坐标点上发挥出自己特殊的功能和效应，防止其在文学批评和理论研究中将文学的局部特性夸大为把握文学意义和价值的绝对视野，以偏概全，见树不见林，将文学的真实状况湮没在细枝末节的辨析之中。

---

① 弗·恩格斯：《反杜林论》，载《马克思恩格斯选集》第三卷，北京：人民出版社 2012 年版，第 380 页。

② 同上，第 399 页。

三、“美学和历史的观点”的当代价值

需要指出的是，文学研究的美学观点和历史观点并非马克思主义首创，德国美学家黑格尔在论及艺术创作的题材处理方式时就曾经提道：“我们在这里应该从历史和美学的观点对法国人提出一点批评，他们把希腊和罗马的英雄们以及中国人和秘鲁人都描绘成法国的王子和公主，把路易十四世和路易十五世时代的思想和情感转嫁给这些古代人和外国人。假如这些思想和情感本身比较深刻优美些，这种转古为今的办法对艺术倒还不致产生那样恶劣的影响。”[①]1842 年，别林斯基在《关于批评的讲话》一文中更加明确地指出：“用不着把批评分门别类，最好是只承认一种批评，把表现在艺术中的那个现实所赖以形成的一切因素和一切方面都交给它去处理。不涉及美学的历史的批评，以及反之，不涉及历史的美学的批评都将是片面的，因而也是错误的。批评应该只有一个，它的多方面的看法应该渊源于同一个源泉，同一个体系，同一个对艺术的观照。”“确定一部作品的美学优点的程度，应该是批评的第一要务。当一部作品经受不住美学的评论时，它已经不值得加以历史的批评了。”[②]黑格尔是在“美是理念的感性显现”的客观唯心主义大前提下谈论“历史和美学的观点”的，其主要目的在于论证理念内容和表现形式相互统一的重要性，而并没有将其明确界定为一种现实的文学批评标准。别林斯基虽然已经倾向于将历史和美学的观点设定为批评家展开文学批评的基本视角，但是，正如朱光潜所评价的那样，别林斯基“始终没有完全摆脱黑格尔的影响”，他“从理念出发的基本观点到晚期还没有得到彻底的改变”[③]。理念论仍然是别林斯基建构文学艺术观的基本起点：“一切艺术作品都是由一个一般性的理念产生出来的，也正是归功于这理念，它才获得它的形式的艺术性。”“故事情节从理念生发出来，就像植物从种子发生出来一样。”[④]在他看来，德国式的“哲学的批评”才是“一种绝对的批评，它的任务是在局部的、有限的表现中发现普遍的、绝对的事物”[⑤]。“诗歌就是同样的哲学，同样的思索，因为它具有同样的内容——绝对真实，不过不是表现在概念从自身出发的辩证法的

---

① ［德］黑格尔：《美学》第二卷，朱光潜译，北京：商务印书馆 2017 年版，第 381 页。

② ［俄］别林斯基：《关于批评的讲话》，载《别林斯基选集》第三卷，上海：上海译文出版社 1980 年版，第 595 页。

③ 朱光潜：《西方美学史》(第 2 版)，北京：人民文学出版社 1979 年版，第 523 页。

④ 同上，第 525 页。

⑤ ［俄］别林斯基：《〈冯维辛全集〉和扎果斯金的〈犹里·米洛斯拉夫斯基〉》，载《别林斯基选集》第二卷，上海：上海译文出版社 1979 年版，第 17 页。

发展形式中，而是在概念直接体现为形象的形式中。”[①]别林斯基始终认为，文学艺术就是绝对真实的形象显现，其对文学的历史观念和美学观念的看法也不免会因此染上黑格尔学派思辨哲学的色彩。马克思主义的美学观点和历史观点当然不是对黑格尔或别林斯基观点的简单重复，而是在坚实的实践唯物主义哲学的基础之上展开的具有独特精神内涵的崭新观点。我们所强调的“美学和历史的观点”的当代价值，是不能脱离马克思主义美学观点和历史观点的独特精神内涵。因此，在理解和把握这一批评标准时，我们必须紧密结合马克思实践唯物主义哲学思想。

要精准把握马克思实践唯物主义哲学思想的内涵，我们首先需要深入领悟实践在马克思主义哲学中的基本要义。作为马克思主义哲学思想的核心范畴，实践的基本要义是人类社会性的、改造自然的物质生产活动：“在实践上，人的普遍性正表现在把整个自然界——首先作为人的直接的生活资料，其次作为人的生命活动的材料、对象和工具——变成人的无机的身体。自然界，就它本身不是人的身体而言，是人的无机的身体。”[②]马克思对于物质生产活动这种实践基本形式的理解体现出了丰富的现实内容和深刻的思想内涵：自然实现人化，成为“人的无机的身体”，并不是观念外化的产物，而是人类改造自然界的物质实践活动的结果，与此相应，“正是在改造对象世界中，人才真正地证明自己是类存在物。这种生产是人的能动的类生活。通过这种生产，自然界才表现为他的作品和他的现实。因此，劳动的对象是人的类生活的对象化：人不仅像在意识中那样理智地复现自己，而且能动地、现实地复现自己，从而在他所创造的世界中直观自身”[③]。由此可见，物质生产活动是使人与自然界实现主客体的双向运动和交流，从隔膜、疏远走向互通与融合的重要基础，人类不仅可以经由物质生产改造自然获取生存资料，而且还可以通过物质生产看到自己“改造对象世界”的成果，意识到自己的本质力量：“工业的历史和工业的已经产生的对象性存在，是一本打开了的关于人的本质力量的书。”[④]当然，将实践完全等同于物质生产活动的做法亦有窄化马克思主义实践观念之嫌，因为除了物质生产这一基本意义，马克思所讲的实践还有社会活动和政治革命等含义。但毋庸置疑的是，在马克思主

---

① [俄]别林斯基：《〈智慧的痛苦〉》，载《别林斯基选集》第二卷，上海：上海译文出版社1979年版，第96页。

② 卡·马克思：《1844年经济学哲学手稿》，载《马克思恩格斯全集》第42卷，北京：人民出版社1979年版，第95页。

③ 同上，第97页。

④ 同上，第127页。

义哲学中，物质生产实践活动始终是人类其他实践活动得以进行和发展的基点："物质生活的生产方式制约着整个社会生活、政治生活和精神生活的过程。不是人们的意识决定人们的存在，相反，是人们的社会存在决定人们的意识。"①如果结合马克思在《关于费尔巴哈的提纲》中的言论——"从前的一切唯物主义（包括费尔巴哈的唯物主义）的主要缺点是：对事物、现实、感性，只是从客体的或者直观的形式去理解，而不是把它们当做感性的人的活动，当做实践去理解，不是从主体方面去理解。因此，和唯物主义相反，唯心主义却把能动的方面抽象地发展了，当然，唯心主义是不知道现实的、感性的活动本身的。费尔巴哈想要研究跟思想客体确实不同的感性客体，但是他没有把人的活动本身理解为对象性的活动。""费尔巴哈不满意抽象的思维而喜欢直观；但是他把感性不是看做实践的、人的感性的活动。"②我们就可以更深入地领会到，在马克思主义哲学体系中，现实的感性世界是人类实践活动的结果，而实践作为人类掌握世界的一种现实行为方式，亦是以现实性和感性为基本特征的。这种现实性和感性决定了实践的历史唯物主义品格，即实践活动只能在一定的历史进程中展开，是一种历史性的活动，不能成为超越历史时空或剥离历史有限性品格的抽象存在。所以，尊重实践的现实性和历史唯物主义品格，坚持从历史唯物主义的视角出发理解实践，就成了马克思主义实践观的基本特征，也是其区别于其他理论形态的重要界限。

马克思实践唯物主义哲学的基本目的在于打碎思辨哲学的独立性，将思维的真理性问题从理论层面落实到实践层面："人的思维是否具有客观的真理性，这不是一个理论的问题，而是一个实践的问题。人应该在实践中证明自己思维的真理性，即自己思维的现实性和力量，自己思维的此岸性。关于离开实践的思维的现实性或非现实性的争论，是一个纯粹经院哲学的问题。"③对此，马克思和恩格斯在《德意志意识形态》中做过更为详尽的论述：

> 在思辨终止的地方，在现实生活面前，正是描述人们实践活动和实际发展过程的真正的实证科学开始的地方。关于意识的空话将终止，它们一定会被真正的知识所代替。对现实的描述会使独立的哲学失去

---

① 卡·马克思：《〈政治经济学批判〉序言》，载《马克思恩格斯选集》第二卷，北京：人民出版社2012年版，第2页。

② 卡·马克思：《关于费尔巴哈的提纲》，载《马克思恩格斯选集》第一卷，北京：人民出版社2012年版，第133页、第135页。

③ 《马克思论费尔巴哈》，载《马克思恩格斯选集》第一卷，北京：人民出版社2012年版，第137—138页。

> 生存环境，能够取而代之的充其量不过是从对人类历史发展的考察中抽象出来的最一般的结果的概括。这些抽象本身离开了现实的历史就没有任何价值。它们只能对整理历史资料提供某些方便，指出历史资料的各个层次的顺序。但是这些抽象与哲学不同，它们绝不提供可以适用于各个历史时代的药方或公式。①

可见，实践对客观世界的能动的改造作用是建立在历史唯物主义基础之上的，历史唯物主义打破了本体论思维所代表的绝对主义观念，强调事物的发展性，排斥任何形式的形而上学，反对把事情归结为恒定的核心或是绝对的前提。“全部社会生活在本质上是实践的。凡是把理论引向神秘主义的神秘东西，都能在人的实践中以及对这种实践的理解中得到合理的解决。”②在《1844 年经济学哲学手稿》中，马克思就从实践的角度对人区别于动物的类本质加以界定，并由此展开了对人类审美活动的阐释：

> 通过实践创造对象世界，即改造无机界，证明了人是有意识的类存在物，也就是这样一种存在物，它把类看作自己的本质，或者说把自身看作类存在物。诚然，动物也生产。……但是动物只生产它自己或它的幼仔所直接需要的东西；动物的生产是片面的，而人的生产是全面的；动物只是在直接的肉体需要的支配下生产，而人甚至不受肉体需要的支配也进行生产，并且只有在不受这种需要的支配时才进行真正的生产；动物只生产自身，而人再生产整个自然界；动物的产品直接同它的肉体相联系，而人则自觉地对待自己的产品。动物只是按照它所属的那个种的尺度和需要来建造，而人却懂得按照任何一个种的尺度来进行生产，并且懂得怎样处处把内在的尺度运用到对象上去；因此，人也按照美的规律来建造。③

与忽视主体能动性的旧唯物主义不同，马克思唯物主义哲学以探求人的全面发展之路为理论旨归，其关注核心是处于社会实践活动之中的人，即“把感性”“看

---

① 马克思和恩格斯：《德意志意识形态》，载《马克思恩格斯选集》第一卷，北京：人民出版社 2012 年版，第 153 页。

② 卡・马克思：《关于费尔巴哈的提纲》，载《马克思恩格斯选集》第一卷，北京：人民出版社 2012 年版，第 133 页、第 135—136 页。

③ 卡・马克思：《1844 年经济学哲学手稿》，载《马克思恩格斯全集》第 42 卷，北京：人民出版社 1979 年版，第 96—97 页。

作实践的、人的感性的活动”,“把感性理解为实践活动的唯物主义”。① 以人类实践活动为核心的唯物主义哲学思想决定了马克思主义的历史观和美学观必然会体现出不同于黑格尔学派的精神内涵:

其一,就历史观而言,思辨哲学体系将其历史视野禁锢在了人类精神意识的自我发展之内,将世界视作意识的发展,并将历史视作意识的历史:

> 老年黑格尔派认为,只要把一切都归入黑格尔的逻辑范畴,他们就理解了一切。青年黑格尔派则硬说一切都包含宗教观念或者宣布一切都是神学上的东西,由此来批判一切。青年黑格尔派同意老年黑格尔派的这样一个信念,即认为宗教、概念、普遍的东西统治着现存世界。不过一派认为这种统治是篡夺而加以反对,另一派则认为这种统治是合法的而加以赞扬。②

与黑格尔学派的这种唯心主义倾向不同,马克思主义将有生命的人的实践活动明确设定为历史的原初性根基和发展动力:

> 全部人类历史的第一个前提无疑是有生命的个人的存在。因此,第一个需要确认的事实就是这些个人的肉体组织以及由此产生的个人对其他自然的关系。……任何历史记载都应当从这些自然基础以及它们在历史进程中由于人们的活动而发生的变更出发。③

在马克思主义哲学体系中,“‘历史’并不是把人当作达到自己目的的工具来利用的某种特殊的人格。历史不过是追求着自己目的的人的活动而已”④。这里的“人”,既不是黑格尔“自我意识的人”,也不是费尔巴哈“自然的人”,而是处于一定社会实践活动中的人,历史的本质即是人类社会实践活动的发展过程。

其二,就美学观而言,黑格尔虽然已经将审美视为人的自我实现过程,但是由于他是把人的自我实现定位成某种更高的、非物质的绝对理念的伸展和外化,所以,他考察美的出发点是一般而不是特殊,是抽象的精神而不是具体的现实生活,其美学观点仍然不脱唯心主义的窠臼。而与之形成鲜明对比的是,马克思主

---

① 卡·马克思:《关于费尔巴哈的提纲》,载《马克思恩格斯选集》第一卷,北京:人民出版社 2012 年版,第 135 页、第 136 页。

② 马克思和恩格斯:《德意志意识形态》,载《马克思恩格斯选集》第一卷,北京:人民出版社 2012 年版,第 144—145 页。

③ 同上,第 146—147 页。

④ 卡·马克思和弗·恩格斯:《神圣家族》,载《马克思恩格斯全集》第 2 卷,北京:人民出版社 1965 年版,第 118—119 页。

义没有抽象地谈论人的自我实现，而是将人的本质视作全部社会关系的总和。人是社会存在物，社会生活构成了人类存在和发展的前提和基础，审美作为人类自由自觉的生命活动和人类本质力量的体现方式，亦与社会生活密切相关。只有将文学艺术置于一定的社会进程中加以考察，才能更好地衡量和判断其审美价值。

从对马克思主义美学观点和历史观点的独特精神内涵的分析中，我们可以体会到二者辩证统一的基点：对处于现实发展过程中的人的高度关注。而这种关注恰恰是文学本质功能的集中体现。文学在本质上是一种人学，文学活动的过程就是人的自我实现和自我创造的过程：文学不仅在人的自我实现和自我创造的过程中确立了自身的存在，而且可以反过来推动人的自我实现和自我创造。巴金晚年曾经借助高尔基的名言表明自己的文学观："一般人都承认文学的目的是要使人变得更好。"①朴素的语言蕴含着深刻的真理，文学艺术可以而且应该赋予人灵魂上升的力量，培养和提升人的文明素养及思想境界，促进人的自由解放和全面发展。具体而言，文学的人学品格主要体现在两个方面：其一，通过自由自觉的艺术审美活动陶冶人的情操，升华人的精神，使其超越一般生命物的"平均状态"，在自由的审美体验中品味到凡俗人生背后的庄严与美好："希腊悲剧家和莎士比亚使我们学会在悲惨世界中见出灿烂华严，阿里斯托芬和莫里哀使我们学会在人生乖讹中见出谑浪笑傲，荷兰画家们使我们学会在平凡丑陋中见出情趣深永的世界。"②其二，在文学中深入揭示特定历史时期的社会矛盾和思想冲突，从中探究历史发展的主导趋势，而这一趋势同时亦是人自身获得全面发展的必经之路。因为，历史本身就是人类实践活动正在展开的现实运动过程，人的本质就是在历史过程中生成的，所以，推动历史发展的主导趋势的力量就是促使人自身获得全面发展的力量。就这两个方面而言，只有运用马克思主义"美学的历史的"批评标准，我们才可能对文学作品中所体现的人学品格做出较为全面的评价。目前我国正处于市场经济的转型时期，市场化的利益交换原则对固有的价值信念产生了极大的冲击，使人们深深陷入价值迷惘和信念困惑之中，文学创作中的拜金主义和唯我主义倾向开始泛滥，这与人的全面发展方向是背道而驰的。在这种情况下，我们尤其需要在文学批评中弘扬和强化文学所应具备的人学品格，督促文学向着积极和健康的方向发展，超越生存的茫然，突破唯我主义和利己主义的束缚，正视现实、反思现实、完善现实，帮助人实现精神上的自

① 巴金：《巴金选集》第十卷，成都：四川人民出版社 1982 年版，第 410—411 页。

② 朱光潜：《文艺心理学》，载《朱光潜全集：第一卷》，合肥：安徽教育出版社 1987 年版，第 324 页。

由和解放。马克思主义“美学和历史的观点”的当代价值即在于此。

总之，用马克思主义“美学和历史的观点”引领文学批评实践，指导文学理论建构，是关系到中国当代文学健康发展和繁荣进步的根本性问题。只有将马克思主义“美学和历史的观点”作为衡量文学作品的基本价值取向，我们才能在脱离绝对主义泥沼的同时，又不至于掉进相对主义的旋涡，才能对作品的成败得失做出实事求是的科学评价，真正避免文学价值的虚无主义倾向和文学批评的自身淆乱状况，为文学批评和文学理论的健康繁荣提供必要的保障。

第三节　文学理论对于新时代文学及文化事业的思想指导作用

进入新时代以后，党和国家将文化繁荣问题提升到了实现中华民族伟大复兴的战略高度，文化建设由此走上了新的征程，取得了重大的历史性成就。文学艺术作为新时代文化事业的有机组成部分，也随之呈现出了硕果累累的兴盛局面。在文学艺术和文化事业的发展进程中，新时代文学理论起到了积极且重要的指导作用，具体而言，这种指导作用至少体现在三个方面：丰富和发展了马克思主义意识形态文艺观的具体内涵，强化了马克思主义在文艺和文化事业中的指导思想地位；坚定了“以人民为中心”的工作导向，确立了文艺批评的“人民性”标准；科学阐释了继承与创新之间的辩证关系，为中华优秀传统文化的创造性转化和创新性发展提供了坚实的理论基础。

一、强化马克思主义的思想指导地位

社会意识形态属性是马克思主义对文艺本质的核心界定。新时代文学理论在明确文艺的社会意识形态属性的同时，又围绕着意识形态文艺观的具体内涵进行了与时俱进的创造性发展，切实强化了马克思主义在文艺发展和文化建设进程中的思想指导地位。

根据马克思主义观点，社会意识形态属性决定了文艺及文化产品必然会呈现出一定的社会认识性和思想倾向性，这种认识性和倾向性在直接作用于接受者精神世界的同时，也会对社会实践产生渐进式的深远影响。为了确保文艺及文化创作对个体精神和社会进步的积极作用，意识形态工作一向是社会主义文化建设事业的重中之重。但是，在极“左”思潮泛滥的历史时期，文艺的意识形态研究曾经一度被窄化为庸俗社会学和机械政治论。改革开放以后，出于对庸俗

社会学和机械政治论的逆反心理，某些文艺工作者开始有意识地弱化文艺的意识形态属性，将创作定位为一种极端个人化的情绪宣泄和语言游戏，而这无形中催生了去历史化、去思想化、去价值化等虚无主义创作倾向。在意义缺席的混乱状况中，享乐主义和拜金主义趁势而上，吸金成名的功利追求逐渐取代了深厚的历史意识和高度的社会责任感，意识形态领域里也随之出现了种种问题。调侃崇高、渲染阴暗、吟唱卑微、标榜欲望、疏离人民、丑化英雄等文艺乱象潜滋暗长，诸多乱象裹挟着社会文化脱离健康有序的发展轨道，使其朝着娱乐化、商业化、快餐化、低俗化的方向滑落。可见，文艺意识形态属性的弱化已经给文艺和文化事业带来了极为不良的影响，为了彻底改变这种状况，确立和强化马克思主义意识形态文艺观的思想指导地位，新时代文学理论不仅重新明确了文艺的意识形态属性，而且结合着新的历史语境，以社会主义核心价值观丰富和发展了马克思主义意识形态文艺观的具体内涵，从新的高度科学地阐明了先进文艺所应具备的意识形态功能。

马克思主义告诉我们，对观念的解释必须从实践出发，不是意识决定生活，而是生活决定意识。作为社会主义主流意识形态的内容概括与本质提炼，社会主义核心价值观不是头脑里设想的或是口头上鼓吹的抽象精神，而是人民现实生活和理想诉求的反射和回声，是人民根本利益与核心需要的必然升华物，正如习近平同志所概括的："社会主义核心价值观是当代中国精神的集中体现，凝结着全体人民共同的价值追求。"①在实现中华民族伟大复兴的关键时期，社会主义核心价值观能够有效地聚拢人心、形成合力，成为联结和整合多元社会思潮的精神纽带。所以，"培育和弘扬社会主义核心价值观作为凝魂聚气、强基固本的基础工程"②，自然也就成了新时代意识形态工作的核心："要切实把社会主义核心价值观贯穿于社会生活方方面面。要通过教育引导、舆论宣传、文化熏陶、实践养成、制度保障等，使社会主义核心价值观内化为人们的精神追求，外化为人们的自觉行动。"③新时代文学理论充分注意到了社会主义核心价值观的意识形态功能，并以之作为文艺创作的精神追求，要求文艺工作者切实承担起培育和弘扬社会主义核心价值观的历史使命。对此，习近平同志有过明确的强调："广大文艺工作者要高扬社会主义核心价值观的旗帜，充分认识肩上的责任，把社会主

---

① 习近平：《决胜全面建成小康社会　夺取新时代中国特色社会主义伟大胜利——在中国共产党第十九次全国代表大会上的报告》，北京：人民出版社 2017 年版，第 42 页。

② 习近平同志在十八届中央政治局第十三次集体学习时讲话的要点，见中共中央文献研究室编：《习近平总书记重要讲话文章选编》，北京：中央文献出版社，党建读物出版社 2016 年版，第 119 页。

③ 同上，第 120 页。

义核心价值观生动活泼、活灵活现地体现在文艺创作之中,用栩栩如生的作品形象告诉人们什么是应该肯定和赞扬的,什么是必须反对和否定的,做到春风化雨、润物无声。”①在培育和弘扬社会主义核心价值观的过程中,新时代文艺界涌现出了《我和我的祖国》《红海行动》《觉醒年代》《山海情》《长津湖》《功勋》《水门桥》《人世间》等一大批书写民族伟大精神、彰显时代进步理想的精品力作,越来越多的文艺创作者体现出了高度的时代责任感和强烈的社会参与意识,他们以笔为旗,唱响主旋律,弘扬正能量,不仅巩固和深化了社会主义核心价值观对文艺发展及文化建设的引领作用,促进了社会主义文艺及文化事业的健康发展,而且大大增强了社会主义主流意识形态的吸引力和凝聚力,有效提升了文化自信力和社会向心力,为中国文化的崛起和中华民族的伟大复兴作出了积极的贡献。

如此,新时代文学理论从新的历史语境出发,与坚持和发展马克思主义统一起来,在精准把握和重新明确文艺意识形态属性的同时,又将文艺的意识形态功能研究提升到了新的历史高度,这不仅大大丰富了马克思主义意识形态文艺观的具体内涵,而且有效激发了马克思主义意识形态文艺观的当代活力,切实强化了马克思主义对于新时代文艺及文化事业的指导意义,为新时代文艺发展及文化建设提供了坚实的思想保障和强大的精神力量。

二、坚定“以人民为中心”的工作导向

为什么人的问题是关系文艺发展方向的根本问题。新时代文学理论以马克思主义为指导,围绕着文艺与人民的关系问题作出了深入阐发,并进一步坚定了“以人民为中心”的文艺发展及文化建设导向,强化了文艺批评的“人民性”标准,将马克思主义人民美学研究推进到了新的阶段,为新时代文艺和文化事业的发展方向提供了有效的理论指导。

首先,新时代文学理论将人民生活确立为文艺创作的重要源泉,要求文艺工作者坚守人民立场,把人民作为文艺表现的主体。

社会主义文艺的本质是人民的文艺,人民生活是文艺创作的源头活水,正如习近平同志所强调的:“文艺创作方法有一百条、一千条,但最根本的方法是扎根人民。只有永远同人民在一起,艺术之树才能常青。”②“文学艺术的成长离不开

① 习近平:《在文艺工作座谈会上的讲话(2014 年 10 月 15 日)》,北京:人民出版社 2015 年版,第 23 页。

② 习近平:《在中国文联十大、中国作协九大开幕式上的讲话》,《人民日报》2016 年 12 月 1 日,第 2 版。

人民的滋养，人民中有着一切文学艺术取之不尽、用之不竭的丰沛源泉。”[①]那些人民生活中所蕴含的社会思考、历史意义、人性关怀，完全可以经由文学家、艺术家的感知、体验和创造，转化为文艺作品的内在价值构成，成为文艺产生巨大社会影响力的重要根源。要做到这一点，文艺工作者就必须坚守人民立场，热爱人民、扎根人民。一味孤芳自赏、离群索居、与世隔绝，以自己的感受代替人民的感受，沉迷于个人主义的幻想，向壁虚构、凭空编造，是不可能创作出表现人民的文艺作品的。因为，“人民是真实的、现实的、朴实的”[②]，他们不是抽象化、符号化的存在，而是一个一个处于社会实践和发展过程中的具体个人，有血有肉，有苦有乐，有爱有恨，有梦想，有信念，有追求，也有彷徨、纠结、矛盾和挣扎。只有将人民的冷暖和幸福放在心中，真正从情感上贴近人民、热爱人民、扎根人民，切实了解他们的日常生活，深入体察他们的喜怒悲欢，全面把握他们的丰富需求，才能从根本上杜绝虚构人民、简化人民、扭曲人民等不良创作倾向，才能使人民生活成为文学价值的深厚根基，全面落实“以人民为中心”的创作导向。从情感上贴近人民、热爱人民、扎根人民，意味着摒弃小我，融入大我，彻底走向与人民同一的精神境界。这并不是要牺牲创作主体作为个人的自我感受和抒写自由，而是要将人民的心灵世界、价值取向和理想追求真正内化为创作主体自身的生命体验。也就是习近平同志所倡导的：“广大文艺工作者不仅要让人民成为作品的主角，而且要把自己的思想倾向和情感同人民融为一体，把心、情、思沉到人民之中，同人民一道感受时代的脉搏、生命的光彩，为时代和人民放歌。”[③]在与人民同呼吸、共命运的过程中，创作主体完全忘记了自己的独立存在，其与人民之间的界限完全消失，无须刻意约束自己或激励自己，便可以自然而然地做到以人民为中心，最大限度地发挥出以文艺表现人民生活、反映人民心声的正能量，而且，在表现人民生活、反映人民心声的同时，文艺工作者自身也突破了唯我主义的束缚，摆脱了利己主义的奴役，实现了更高层次的精神自由和灵魂解放。这是文艺创作的正确道路，也是文艺工作者所能享有的最大幸福。

其次，新时代文学理论强化了文艺批评的“人民性”标准，将为人民服务、满足人民的精神文化需求视为文艺存在的根本价值所在。

人民性是马克思主义文艺观的基本价值取向。早在1842年，马克思就曾经

---

① 习近平：《在中国文联十一大、中国作协十大开幕式上的讲话》，《人民日报》2021年12月15日，第2版。

② 同上。

③ 同上。

指出:“人民历来就是作家‘够资格’和‘不够资格’的唯一判断者。”[①]2016 年,习近平同志在中国文联十大、中国作协九大开幕式上发表讲话时,特别引述了马克思的这一论断并对其进行了深入阐释:“人民需要艺术,艺术更需要人民。……以为人民不懂得文艺,以为大众是‘下里巴人’,以为面向群众创作不上档次,这些观念都是不正确的。”[②]对于这一点,2014 年发表的《在文艺工作座谈会上的讲话》中也有过明确的表述:人民不仅是文艺表现的主体,而且是“文艺审美的鉴赏家和评判者”[③]。为此,他提出一部好的作品不仅要经得起专家评价和市场评价,而且首先要经得起人民评价。他还把人民观点与历史观点、艺术观点和美学观点并列,作为文艺批评观点的基本构成要素。2021 年,在中国文联十一大、中国作协十大开幕式上,习近平同志再次强调:“广大文艺工作者要坚持以人民为中心的创作导向,把人民放在心中最高位置,把人民满意不满意作为检验艺术的最高标准,创作更多满足人民文化需求和增强人民精神力量的优秀作品,让文艺的百花园永远为人民绽放。”[④]可见,在新时代文学理论体系中,文艺批评的“人民性”标准得到了空前的强化,人民的需要程度和满意程度成了评判文艺价值的重要标准。具体而言,被人民需要、令人民满意的文艺作品至少需要满足三个条件:其一,紧跟时代,植根现实,表现人民生活,反映人民心声;其二,具有人民喜闻乐见的思想内容和艺术形式;其三,可以给予人民积极的精神力量,在“滋养人民的审美观价值观,使人民在精神生活上更加充盈起来”[⑤]的同时,“坚定人们对美好生活的憧憬和信心”[⑥],“让人们看到美好、看到希望、看到梦想就在前方”[⑦]。

在“人民性”批评观点和标准的引导和激励下,越来越多的文艺批评家正在自觉成长为马克思主义人民美学的倡导者。他们立足于人民的根本利益与核心需要,运用人民的、历史的、美学的观点实事求是地对作品展开评判,激浊扬清,

---

① 卡·马克思:《第六届莱茵省议会的辩论(第一篇论文)》,载《马克思恩格斯全集》第 1 卷,北京:人民出版社 1956 年版,第 90 页。

② 习近平:《在中国文联十大、中国作协九大开幕式上的讲话(2014 年 10 月 15 日)》,《人民日报》2016 年 12 月 1 日,第 2 版。

③ 习近平:《在文艺工作座谈会上的讲话(2014 年 10 月 15 日)》,北京:人民出版社 2015 年版,第 14 页。

④ 习近平:《在中国文联十一大、中国作协十大开幕式上的讲话》,《人民日报》2021 年 12 月 15 日,第 2 版。

⑤ 同上。

⑥ 习近平:《在文艺工作座谈会上的讲话(2014 年 10 月 15 日)》,北京:人民出版社 2015 年版,第 17 页。

⑦ 习近平:《在中国文联十大、中国作协九大开幕式上的讲话》,《人民日报》2016 年 12 月 1 日,第 2 版。

围绕着那些"以人民为中心"的优秀作品展开具体深入的分析和有理有据的褒扬，以"剜烂苹果"的精神去拒斥和批判那种歪曲人民形象、漠视人民呼声、忽略人民审美需要的创作行为。这实际上是对人民审美权利及主体身份的捍卫和维护，随着这种捍卫和维护的不断推进，马克思主义人民美学研究也获得了持续发展，取得了很多具有当代价值的理论成果，对新时代文艺及文化建设起到了积极的引导作用。

三、厘清继承与创新之间的辩证关系

新时代文化的健康发展离不开中华优秀传统文化的滋养，新时代文学理论厘清了继承与创新之间的辩证关系，为中华优秀传统文化的创造性转化和创新性发展提供了坚实的理论基础。在创造性转化和创新性发展的过程中，中华优秀传统文化绽放出了新的时代光彩，得到了有效的传承和弘扬，大大增强了全党全国各族人民的文化自信，这对于中华民族的伟大复兴而言，有着至关重要的意义。

对于正在从事民族伟大复兴事业的中国人民来说，文化自信是最可宝贵的精神力量，正如习近平同志所说："文化自信，是更基础、更广泛、更深厚的自信，是更基本、更深沉、更持久的力量。坚定文化自信，是事关国运兴衰、事关文化安全、事关民族精神独立性的大问题。"①"增强文化自觉和文化自信，是坚定道路自信、理论自信、制度自信的题中应有之义。"②在增强文化自信的过程中，中华优秀传统文化作出了不可或缺的积极贡献，因为，"博大精深的中华优秀传统文化是我们在世界文化激荡中站稳脚跟的根基。中华文化源远流长，积淀着中华民族最深层的精神追求，代表着中华民族独特的精神标识，为中华民族生生不息、发展壮大提供了丰厚滋养"③。"中华文化独一无二的理念、智慧、气度、神韵，增添了中国人民和中华民族内心深处的自信和自豪。"④中华优秀传统文化所激发的自信心和自豪感为新文化建设提供了强大的精神保障，使新时代文化建设杜绝了"唯洋是从"的错误倾向，全面贯彻了"坚守中华文化立场、传承中华

① 习近平：《在中国文联十大、中国作协九大开幕式上的讲话》，《人民日报》2016年12月1日，第2版。

② 习近平：《在文艺工作座谈会上的讲话（2014年10月15日）》，北京：人民出版社2015年版，第25页。

③ 习近平同志在十八届中央政治局第十三次集体学习时讲话的要点，见中共中央文献研究室编：《习近平总书记重要讲话文章选编》，北京：中央文献出版社，党建读物出版社2016年版，第120页。

④ 习近平：《在中国文联十大、中国作协九大开幕式上的讲话》，《人民日报》2016年12月1日，第2版。

文化基因，展现中华审美风范”[1]的精神导向，进一步强化了中国人民的文化自觉和文化自信，对中华民族的伟大复兴起到了重要的推动作用。

在增强文化自信方面，中华优秀传统文化的确具有得天独厚的优势，但是，创造性转化和创新性发展才是能够使这种优势获得长足发展的有效途径和必要保障。正如习近平同志所说：“传承中华文化，绝不是简单复古，也不是盲目排外，而是古为今用、洋为中用，辩证取舍、推陈出新，摒弃消极因素，继承积极思想，‘以古人之规矩，开自己之生面’，实现中华文化的创造性转化和创新性发展。”[2]在中华优秀传统文化实现创造性转化和创新性发展的过程中，新时代文学理论起到了重要的指导作用。新时代文学理论的思想基础是马克思主义，马克思曾经指出：“人们自己创造自己的历史，但是他们并不是随心所欲地创造，并不是在他们自己选定的条件下创造，而是在直接碰到的、既定的、从过去承继下来的条件下创造。一切已死的先辈们的传统，像梦魇一样纠缠着活人的头脑。”[3]列宁也曾说过：“只有确切地了解人类全部发展过程所创造的文化，只有对这种文化加以改造，才能建设无产阶级的文化。”[4]这些经典言论科学阐释了继承与创新之间的辩证关系，为中华优秀传统文化的创造性转化和创新性发展提供了坚实的理论基础：在新时代文化建设的历史进程中，继承传统和创造新质构成了共生互动的关系；传统并不是已经终结的历史，而是可以在新质的加持和改造下，重新获得创造未来的动力；新质并不是凭空产生的幻觉，而是在时代精神的感召下，从传统的土壤中萌生出来的新质。对此，习近平同志也有过精辟的阐释：“不忘历史才能开辟未来，善于继承才能善于创新。……我们要善于把弘扬优秀传统文化和发展现实文化有机统一起来，紧密结合起来，在继承中发展，在发展中继承。”[5]在马克思主义思想和新时代文学理论的指导下，新时代文化建设成功实施了中华优秀传统文化的传承发展工程，全面推动了中华优秀传统文化的创造性转化和创新性发展。

通过创造性转化，优秀传统文化获得了新的时代内涵和表现形式，其生命力

---

① 习近平：《在文艺工作座谈会上的讲话（2014 年 10 月 15 日）》，北京：人民出版社 2015 年版，第 26 页。

② 同上。

③ 卡·马克思：《路易·波拿巴的雾月十八日》，载《马克思恩格斯选集》第一卷，北京：人民出版社 2012 年版，第 669 页。

④ 列宁：《青年团的任务》，载《列宁专题文集：论无产阶级政党》，北京：人民出版社 2009 年版，第 281 页。

⑤ 习近平在纪念孔子诞辰 2565 周年国际学术研讨会暨国际儒学联合会第五届会员大会开幕会上的讲话，载《习近平谈治国理政》第二卷，北京：外文出版社 2017 年版，第 313 页。

得到了激活和延续；经由创新性发展，中华优秀传统文化的内涵得到补充、完善和拓展，其影响力和感召力都获得了显著增强。《我在故宫修文物》《本草中华》《典籍里的中国》等一大批高质量文化产品都是优秀传统文化进行创造性转化和创新性发展的成功范例。这些范例告诉我们，文化传统不是抽象的固定符号和静态存在，而是随着历史迁移不断游走的动态流程，成功的创造性转化和创新性发展不仅准确把握到了这一动态流程中最突出的活性元素，而且用最恰切的表现方式凸显出了这些活性元素内部最深刻的价值特质，切实发挥出了传承中华文化基因、弘扬中华文化风范的精神力量。在这种精神力量的引导和支持下，新时代的中国人民既不会因为现代生活的裹挟而忽视传统文化中有生命、有价值的东西，也不会因为外来文化的冲击而丧失文化自信，陷入民族虚无主义的泥沼。更重要的是，在中华优秀传统文化实现创造性转化和创新性发展的过程中，我国文化软实力和对外文化交流水平都得到了有效提升，越来越多的中国当代故事和中国当代旋律因中华文化基因的独特魅力而成了世界文化舞台上的靓丽风景，在展现出中国形象、中国气派、中国风范的同时，也为世界文化发展作出了不可磨灭的贡献。

总之，新时代文学及文化事业坚守中国立场、彰显中国特色、弘扬中国精神、凝聚中国力量，取得了重大的历史性成就。在这个伟大的历史进程中，文学理论起到了积极有效的引导作用，强化了马克思主义的思想指导地位，坚定了“以人民为中心”的文艺工作导向，推动了中华优秀传统文化的创造性转化和创新性发展，为进一步开创党和国家事业的新局面、实现中华民族的伟大复兴提供了坚强的思想保证和强大的精神力量。但是，“虽比高飞雁，犹未及青云”，直到今天，中华民族的伟大复兴仍然是一个尚未实现的目标，新时代文学及文化事业也仍然处于进行时态。只有始终坚持正确的发展方向，根据时代需要不断调整和强化文学理论的时代内涵，才能持续发挥文学理论对于新时代文学及文化事业的引导作用，持续推动文化繁荣，提升文化自信，为实现中华民族的伟大复兴作出积极持久的贡献。

第五章　当代文学理论的话语重建问题

从 20 世纪初的西学东渐到 20 世纪末的“方法年”，中国文论的现代性追求一直伴随着对西方(含俄苏)文论话语的尊崇和搬运，但这种尊崇和搬运不仅导致了以西释中倾向的泛滥，而且弱化了中国文论的民族性与独创性。随着西语移植弊端的暴露，当代文学理论的话语重建就成了众多理论家亟须面对的重要问题。

第一节　尴尬的西语移植

新时期以来，文学理论大概是和西方话语接轨最多的人文科学之一了，在大规模的西语移植中，文学理论不止一次地找到了新的话语生长点，但是也经常面临着语境错位所带来的言说尴尬和文论话语西化所带来的身份认同尴尬。在言说尴尬和身份认同尴尬的双重挤压下，越来越多的理论家渐渐意识到了片面移植西语的弊端，开始重新思考文学理论的话语建设问题。

一、语境错位所导致的言说尴尬

他山之石，可以攻玉，吸收和引入西方话语资源当然可以为中国当代文学理论话语建设提供有益的借鉴，但是，有益的借鉴必须以深刻的理解为前提。深刻的理解意味着对西方话语资源的吸收引入不能仅仅停留在机械搬运名词术语为我所用的层面上，而是要从思想源头上认识和把握西方话语资源的产生背景、整体特征与发展进程，并在此基础上，仔细考量和准确判断其与时下语境的契合程度。若是一味断章取义、盲目引进，就会因语境错位而导致言说尴尬。下面，我们就以“日常生活审美化”21 世纪初的“中国之旅”为例，谈谈这种言说尴尬的产生成因。

作为一种话语，“日常生活审美化”产生于西方发达国家消费社会的大背景之下，散见于西方后现代社会学家和哲学家的理论著作之中。21 世纪初，我国一些学者将其移植进来，是为了解决当代文学理论研究疏离现实所导致的困境，但是，由于言说环境的差异和面临任务的不同，当运用西方话语资源探讨中国具体问题的时候，“日常生活审美化”既没有像倡导者所希望的那样带给文艺学更多的理论希望，又没能解释中国当代复杂社会生活状况。非但无助于问题的解决，反而增加了理论的混乱。

具体说来，“日常生活审美化”的“中国之旅”始自21世纪初一些中国学者对文艺学学科的反思。他们在借鉴迈克·费瑟斯通“日常生活的审美总体必然推翻艺术、审美感觉与日常生活之间的藩篱”[①]的说法和沃尔夫冈·韦尔施建立“超越美学的美学”[②]学科新形式言论的基础上，结合中国当代大众文化的发展情况（主要局限于大城市范围内），强调“日常生活审美化”对文学艺术定义方式的深刻改变：

> 不管我们是否承认，在今天，审美活动已经超出所谓纯艺术/文学的范围、渗透到大众的日常生活中。占据大众文化生活中心的已经不是小说、诗歌、散文、戏剧、绘画、雕塑等经典的艺术门类，而是一些新兴的泛审美/艺术门类或审美、艺术活动，如广告、流行歌曲、时装、电视连续剧乃至环境设计、城市规划、居室装修等。
>
> 无可否定的是，日常生活的审美化以及审美活动日常生活化深刻地导致了文学艺术以及整个文化领域的生产、传播、消费方式的变化，乃至改变了有关“文学”“艺术”的定义。
>
> 文艺学如果回避日常生活的审美化以及审美泛化的事实，只讲授与研究历史上的经典作家作品；如果坚持把那些从经典作品中总结出来的特征当作文学的永恒不变的“规律”，那么它就无法建立与日常生活与公共领域的积极的建设性的关系，最后导致自己的萎缩与枯竭。[③]

以后数年间，“日常生活审美化”成了我国学界的热门话题。各家学者纷纷抛出自己的观点，有的积极赞同，有的坚决反对，一时间众说纷纭，争得不亦乐乎。

可以说，从被引进中国的那一天起，“日常生活审美化”理论就肩负着诠释和解决中国现实问题的使命。可是，肩负这一使命对于它来说实在是太过尴尬。

---

① [英]迈克·费瑟斯通：《消费文化与后现代主义》，刘精明译，南京：译林出版社2000年版，第103页。

② [德]沃尔夫冈·韦尔施：《重构美学》，陆扬、张岩冰译，上海：上海译文出版社2002年版，第104页。

③ 陶东风：《日常生活的审美化与文化研究的兴起——兼论文艺学的学科反思》，《浙江社会科学》2002年第1期，第166页、第166页、第167—168页。

主要原因有二：

首先，“日常生活审美化”理论是消费社会的产物，与物质的极大丰盛是孪生姐妹：在物的包围中，调动消费潜能成了最重要的生活选择，“创造完美的消费者”成了“新资产阶级及新型小资产阶级的前卫们所表现出来的新伦理”①，服务于消费目的的“日常生活审美化”就是这种新伦理的明显征候。但是，21世纪初，中国就总体而言还不是一个消费社会，多数人尚处于物质匮乏的边缘或是正处在物质匮乏之中，“日常生活审美化”在中国也不是一个普遍现象。这就使得“日常生活审美化”理论缺乏阐释现实的根据。难怪会有学者发出质问：“日常生活审美化”中的“日常生活”，到底是谁的日常生活？② 更有论者愤然指出：

> “日常生活审美化”问题上的分歧，实际是对于我们所处的时代究竟应如何定位的分歧。
>
> 如果硬要说我们进入了“消费主义”的时代的话，那么，只有百分之一的人进入“消费主义”的时代，对于百分之九十的农民、城市打工者、下层收入者，并没有进入消费主义的时代。从这个意义上说，今天的所谓“日常生活的审美化”，决不是中国今日多数人的幸福和快乐。③

此言堪称一语中的，击中了“日常生活审美化”在中国缺乏现实根基的“硬伤”。虽然倡导者也做出了一些相应解释，譬如，日常生活审美化与消费文化虽然是中国城市的现象，但是正如在经济上城市对乡村具有辐射力一样，在文化和观念上也是如此。尽管中国许多地区还很穷，但是由于电视这个最重要的大众传播手段的极大普及，城市的消费主义意识形态实际上已经强有力地影响到了农村。追求名牌、追求夸饰性消费的心理在农村同样十分普遍，故而研究消费文化与消费主义是符合中国国情的，更何况学术研究也可以具有超前性。④ 但是这些解释显得有些无力而且经不起深入推敲。向往消费和实现消费是两个概念。对广大农民和城市中的普通劳动者来说，电视或其他媒体所展示的消费文化是高不可攀的，只能是他们永远的梦想，这些“符号与影像之流”⑤在加剧人们的消费向往之时，也会带给他们更多的精神焦虑，使他们产生一种对现实人生的不满和厌

① [英]迈克·费瑟斯通：《消费文化与后现代主义》，刘精明译，南京：译林出版社2000年版，第133页。

② 姜文振：《谁的“日常生活”？怎样的“审美化”？》，《文艺报》2004年2月5日，第3版。

③ 童庆炳：《“日常生活审美化”与文艺学》，《中华读书报》2005年1月26日，第12版。

④ 陶东风：《也谈日常生活的审美化与文艺学》，《中华读书报》2005年2月16日，第12版。

⑤ [英]迈克·费瑟斯通：《消费文化与后现代主义》，刘精明译，南京：译林出版社2000年版，第98页。

恶。物质上匮乏，精神上焦虑，这样的日常生活怎么能和“审美化”沾边呢？更不要说那些连起码的温饱都难以解决的贫困群体了。在中国目前的社会现实中进行“日常生活审美化”研究，实在是太超前了。不管倡导者如何申明自己的立场是在大众和真正的弱势群体上，都难以避免他人的指责：“更多的时候，他则是取消了批判，祛魅也淹没在他那种说不清是无奈还是欣赏的解读或阐释兴趣中。究其原因，是他对日常生活审美化这一命题始终持一种比较暧昧的态度。”①也许倡导者会觉得自己遭遇了误读，但是引发指责的主要原因在于“日常生活审美化”并非中国现实日常生活和公共领域的主要特征，但是倡导者却提出“文艺学如果回避日常生活的审美化以及审美泛化的事实，……那么它就无法建立与日常生活与公共领域的积极的建设性的关系，最后导致自己的萎缩与枯竭”②。既然“日常生活的审美化”如此重要，以至于必须为了它去改变文艺学学科的形态，那么必然意味着它已经被倡导者视为中国社会的主要特征了。这就导致了倡导者陷于遭受质疑的被动处境。笔者冒昧揣测，大概倡导者在引进“日常生活审美化”理论的过程中，只看到了它对拓展文艺学学科边界所具有的工具价值，却忽视了对它与中国现实语境之间关系的全方位考察。直到当后来遭受质疑时，才又回过头来重新思考这个问题，这就难免在论说上多有矛盾，显得底气不足。

其次，充溢着魅力刺激的“日常生活审美化”与拒绝欲望化商品化的西方传统美学观③是格格不入的，只有在倡导多元异质的后现代语境中，在艺术、审美和日常生活之间的界限被推翻的过程里，它才有了进入美学视域的资格。在当代中国，后现代作为一个流行概念已经泛滥开来，后现代主义也已经影响到了一部分中国学者的学术思维，但是这并不意味着中国就具备了和西方相同意义上的后现代氛围。土生土长于西方后现代语境中的“日常生活审美化”，一朝移居，难免会有水土不服之虞。

根据美国学者马泰·卡林内斯库的看法，后现代一词虽然由来已久，但是它

---

① 赵勇：《谁的“日常生活审美化”？怎样做“文化研究”——与陶东风教授商榷》，《河北学刊》2004年第5期，第83页。

② 陶东风：《日常生活的审美化与文化研究的兴起——兼论文艺学的学科反思》，《浙江社会科学》2002年第1期，第167—168页。

③ 自康德、黑格尔以降，西方美学主流一直将引发物欲的日常生活拒绝于研究视域之外：“美是一个纯粹的、没有任何商品形式的领域。”（[美]弗·杰姆逊：《后现代主义与文化理论——弗·杰姆逊教授讲演录》，唐小兵译，西安：陕西师范大学出版社1987年版，第129页）只有“当刺激和感动没有影响着一个赞赏判断（尽管它们仍然和这对于美的愉快结合着），后者仅以形式的合目的性作为规定根据时，这才是一个纯粹的鉴赏判断。”“至于一个对象由于它的形式而具有的那种美，当人们以为凭借魅力的刺激能够提高它，这种想法是一个庸俗的错误。”（[德]康德：《判断力批判》（上卷），宗白华译，北京：商务印书馆1964年版，第61页、第63页）

作为思潮诞生则是在第二次世界大战之后，具体而言：

> 第二次世界大战以其史无前例的野蛮与破坏，以其对居于高度技术文明核心深处的残暴的揭示，可以说是作为一种恶魔现代性的顶峰而出现的，这种现代性最终得到克服。因而，一些更具革新性的战后美国诗人（战争的后果在大西洋这边不像在满目疮痍的欧洲那么惨恻）把后现代概念从汤因比附加于它的悲观主义焦虑中解放出来，把新时代作为一个崇高的时代来为之欢呼。①

从诞生之日起，后现代思潮就是对现代文化的反叛和拯救：

> 对后现代一词的这种乐观主义-天启式的阐释，使它适宜于在六十年代的革命修辞中获得一个突出地位。恶魔现代性已寿终正寝，它的葬礼乃狂野欢庆的时刻。几乎在一夜之间，小小的前缀“后”成了解放行话中备享荣宠的修饰语。……在六十年代，后现代主义的命运似乎已经不可分解地联系到对抗文化的命运。②

迈克·费瑟斯通也曾经说过：“‘后现代’一词，更多强调的是对现代的否定，是一种认知的扬弃，它肢解或消解了‘现代’的一些确凿无疑的特征。”③这种肢解或消解大多不是空穴来风，因为沃尔夫冈·韦尔施和迈克·费瑟斯通这些后现代学者一直浸润在西方社会形态之中，对于西方现代性的后果和弊端，他们有自己的切身感受。但是西方现代性的弊病未必就是我们所面临的问题。即使中国有了后现代主义（postmodernism），我们的后现代所要 post 的 modern，也绝非西方意义上的 modern。西方的现代性进程，是从科技发展和对外掠夺开始的；而中国的现代性进程，是和本民族的屈辱史、抗争史同步开始的。历史背景和发展经历不同，所面临的难题也不可能一样。譬如，西方现代性进程的弊端在于工具理性的过分膨胀，但是在中国谁又能断言现代性进程中的工具理性也跟着过剩了呢？这方面的问题还有很多，我们不再一一赘述，只偏重谈谈与本论题密切相关的两个问题。

其一，西方后现代要肢解或消解的主要对象之一就是现代精英主义和高雅文化。譬如迈克·费瑟斯通就认为，减少了高雅文化和精英主义的美国艺术更

---

① ［美］马泰·卡林内斯库：《现代性的五副面孔：现代主义、先锋派、颓废、媚俗艺术、后现代主义》，顾爱彬、李瑞华译，北京：商务印书馆 2002 年版，第 287 页。

② 同上，第 287—288 页。

③ ［英］迈克·费瑟斯通：《消费文化与后现代主义》，刘精明译，南京：译林出版社 2000 年版，第 4 页。

多的带有民主风气。[①] 但是在中国当代，西方意义上的现代精英主义根本就没有形成过规模，知识分子要么就是思想改造的对象，要么就是体制内的组成分子，再不然就在市场大潮的冲击下摇摆不定，什么时候产生过像法兰克福学派那样站在精英主义立场上的批判群体呢？我们反精英主义，到底要反什么呢？难道是要消解仅有的那一点清醒意识和批判良知吗？再说高雅文化，经历了十年浩劫的文化沙漠之后，我们的高雅文化才仅仅发展了二十余年，难道这么快就该和市井文化乃至日常生活融为一体、不辨你我了？不错，我们是有了电视，有了网络，但是这并不意味着我们就真的实现世界大同了，如果说西方的精英主义和高雅文化是太多了[②]，那么我们的精英文化和高雅文化则是发展得不够。在贫富悬殊、问题成堆的历史转型期，知识分子不应该降低自己的社会责任感和理想主义情怀，只满足于做个后现代意义上的注释者和评论者，而应该在关注普通人日常生活，成为“沉默的大多数”的代言人的基础上，创作出更多的高雅文化，给人提供真正的美感享受，提升大众的精神层次。

其二，具体到美学领域，沃尔夫冈·韦尔施等人力主从“日常生活的审美化”出发，去重新思考对“审美”的界定，他们思考的起点是西方两千多年的美学史，他们所质疑的是从黑格尔开始的美学即是艺术哲学的主流意识，他们要消解的是美学的艺术哲学学科形态。而在中国现代美学史上，除了朱光潜、马奇等少数学者力主美学的对象是艺术以外，大多数美学家都认为美学研究可以遍及自然、社会的诸多领域，真正意义上的作为一门学科的艺术哲学根本就没有诞生过。我们的美学要消解的是什么呢？

通过上述分析，我们可以充分体会到：21 世纪初，中国所面临的社会文化语境和西方的差异很大。作为对西方社会和西方文化发展新阶段的描述和概括，“日常生活审美化”并不是一个中西通用的理论学说，而是后现代消费社会的产物：消费社会的全面启动为它的产生和发展提供了现实条件；而后现代主义的多元化视野又为其进入美学视域提供了理论基础。只有在现实条件和理论基础兼备的前提下，“日常生活审美化”才可能具备阐释价值，而不至于只是流于一个空

---

① ［英］迈克·费瑟斯通：《消费文化与后现代主义》，刘精明译，南京：译林出版社 2000 年版，第 158 页。

② 这只是西方后现代学者的看法，在西方也不乏反对者，譬如，美国学者埃伦·迪萨纳亚克在《审美的人——艺术来自何处及原因何在》中就批评后现代主义者“背弃了高雅艺术的昂贵而丰盛的大餐，转而提供了乱七八糟、无味也没有营养的小汤。而且很奇怪，尽管后现代主义的目标是挑战旧的精英秩序，但其蛮横无理、难以让人理解的理论即使对心地善良的普通读者来说也远比高雅艺术的辩护者所创作的任何东西更加晦涩和难以接近”（［美］埃伦·迪萨纳亚克：《审美的人——艺术来自何处及原因何在》，户晓辉译，北京：商务印书馆 2004 年版，第 12 页）。

洞的能指。这些与西方语境相互依存的理论话语纵使被移植到当代中国，也不会带给文艺学更多的理论希望，反而会因语境错位引发许多不必要的争论，说不定还会遮蔽掉真正需要迫切关注的问题。理论的困惑和言说的无奈屡屡可见，我们的探讨非但没有变得轻松，反而更加复杂沉重。这样的西语移植，只能用“尴尬”二字来形容。

二、文论话语西化所引发的身份认同尴尬

20 世纪 90 年代中期，中国文论患上“失语症”的说法风行学界，发起者大声疾呼：

> 中国现当代文艺理论基本上是借用西方的一整套话语，长期处于文论表达、沟通和解读的“失语”状态。自“五四”“打倒孔家店”（传统文化）以来，中国传统文论就基本上被遗弃了，只在少数学者的案头作为“秦砖汉瓦”来研究，而参与现代文学大厦建构的，是五光十色的西方文论；建国后，我们又一头扑在俄苏文论的怀中，自新时期（1980 年）以来，各种各样的新老西方文论纷纷涌入，在中国文坛大显身手，几乎令饥不择食的中国当代文坛“消化不良”。
>
> 我们根本没有一套自己的话语，一套自己特有的表达、沟通、解读的学术规则。我们一旦离开了西方文论话语，就几乎没有办法说话，活生生一个学术“哑巴”。
>
> 所谓“失语”，并非指现当代文论没有一套话语规则，而是指她没有一套自己的而非别人的话语规则。当文坛上到处泛滥着……西方文论话语时，中国现当代文论就已经失落了自我。她并没有一套属于自己的独特话语系统，而仅仅是承袭了西方文论的话语系统。[①]

在倡导者看来，文论话语的全面西化是造成“失语症”的根源：“一个世纪快要过完了，可我们的文学理论却一直处在引进、引进、再引进的状态。……整个民族几乎失去了自己的理论意识”[②]“在西方五花八门的时髦理论面前，只能扮演学舌鸟的角色……”[③]“终其一生以搬运、贩卖、阐释西方的东西为业，而浑然不知这种理论自我的双重遗失是多么可悲！”[④]不错，百年以来的中国文论一直

---

① 曹顺庆：《文论失语症与文化病态》，《文艺争鸣》1996 年第 2 期，第 50 页、第 51 页、第 53 页。

② 顾祖钊：《略论中国古代文论的现代转换》，《人文杂志》1997 年第 2 期，第 98 页。

③ 曹顺庆、李思屈：《再论重建中国文论话语》，《文学评论》1997 年第 4 期，第 44 页。

④ 顾祖钊：《略论中国古代文论的现代转换》，《人文杂志》1997 年第 2 期，第 98 页。

是通过借鉴西方理论来开展自身建设的，但是，这种西语的输入并不是“话语主体强行霸占的结果，而是我国文学及文论话语主动的寻求、模仿、融合理解及民族国家的现代性吁求使然。与其说我国文论话语内部所体现的霸权是西方文论话语针对中国文论话语的霸权，不如说是我国文论建设体制及文论话语内部对于西方文论话语的优先使用呈现出了霸权性”①。而且，在“优先使用”“西方文论话语”的过程中，尽管不乏因为忽视语境而导致言说尴尬的时候，但是，就总体而言，西方理论话语的引入还是极大地拓宽了中国理论家的视野，促进了中国文论的改革与创新，许多理论范畴经过多年的阐释，已经成了中国文论话语的有机组成部分。严格说来，以“失语”二字概括中国现当代文艺理论的发展还是有失客观公允的。十年之后，倡导者自己也承认“失语症”只是一个“策略性的口号”，“如同五四新文化运动时提出的‘打倒孔家店’的口号”，“有偏激之嫌”。② 用历史的眼光来看，这个不够科学的“失语症”口号之所以会在20世纪末的中国学界引起轰动效应，主要是因为它集中表达了因文论话语西化所导致的身份认同尴尬，这种身份认同尴尬是“20世纪以来几代中国学人的一种‘基本焦虑’”③：对于一个民族来说，千百年来的文化积淀直接关涉到国人的民族文化身份认同，若是将其破坏丢弃，一味沉浸在对西方理论话语的被动模仿中，进而将外来文化价值移植为在本国占据主流地位的文化理想，就会使国人面临因民族文化身份的暧昧不清所带来的认同尴尬。

从国粹派的“中西会通”到新儒家的“中西互为体用”，我们屡屡可以感到学人的“基本焦虑”，听到弘扬传统的呼声，只不过这种“焦虑”和呼声却因为不合时宜而被主流话语长期漠视，也从未引起整个学界的关注。直到20世纪90年代中期，“失语症”这一“策略性口号”所表达的对西方话语充斥中国文论的不满情绪恰好迎合了全球化趋势中国内学人强烈的民族身份焦虑感和民族文化认同意识，才引起了众多学者的热情关注和热烈响应。显而易见，“失语症”所引发的轰动效应离不开特定时代背景下普遍的社会心理和学人心态，要真正理解这种社会心理和学人心态，我们就必须结合20世纪90年代的全球化语境展开思考。1992年，联合国前任秘书长加利向全世界宣告，“真正的全球化时代已经到来了”④。从此，“全球化”成了中国学者关注的热门话题，“越来越多的学者承认，全球化已经是我

---

① 王钦峰：《论处于全球化外围的文学与文学研究》，《文学评论》2002年第1期，第124页。

② 曹顺庆、邹涛：《从“失语症”到西方文论的中国化——重建中国文论话语的再思考》，《三峡大学学报（人文社会科学版）》2005年第5期，第47页。

③ 李春青：《在审美与意识形态之间》，北京：北京大学出版社2006年版，第269页。

④ 李惠斌主编：《全球化：中国道路》，北京：社会科学文献出版社2003年版，第10页。

们这个时代最重要的特征，是世界历史发展的一个新阶段和未来的客观趋势，它是各民族国家和全人类都无法回避的客观现实”①。无论“失语症”的提出是不是“全球化”趋势的必然结果，其发展都无法回避这一背景的影响。

目前国内外学界流行的全球化定义很多，我们暂取两个加以观照。安东尼·吉登斯将全球化视为“世界范围内的社会关系的强化，这种关系以这样一种方式将彼此相距遥远的地域连接起来，即此地所发生的事件可能是由许多英里以外的异地事件而引起，反之亦然”②。戴维·赫尔德等人则认为：“全球化指的是社会交往的跨洲际流动和模式在规模上的扩大、在广度上的增加、在速度上的递增，以及影响力的深入。它指的是人类组织在规模上的变化或变革，这些组织把相距遥远的社会联结起来，并扩大了权力关系在世界各地区和各大洲的影响。”③两个定义大同小异，都将“全球化”看作世界各地相互关联空前加强的表现。

作为一个术语，“全球化”的历史很短④，但是作为一种现象，它的起始至少要追溯到资本主义的对外扩张时期。在资本扩张热望的驱动下，各民族之间原有的经济、政治、文化壁垒被逐一打破，正如马克思和恩格斯 1848 年在《共产党宣言》中指出的：

> 资产阶级，由于开拓了世界市场，使一切国家的生产和消费都成为世界性的了。使反动派大为惋惜的是，资产阶级挖掉了工业脚下的民族基础。……过去那种地方的和民族的自给自足和闭关自守状态，被各民族的各方面的互相往来和各方面的互相依赖所代替了。物质的生产是如此，精神的生产也是如此。各民族的精神产品成了公共的财产。民族的片面性和局限性日益成为不可能，于是由许多种民族的和地方的文学形成了一种世界的文学。

---

① 俞可平：《全球化：中国学者的争论》，载俞可平主编：《全球化：西方化还是中国化》，北京：社会科学文献出版社 2002 年版，第 297 页。

② [英]安东尼·吉登斯：《现代性的后果》，田禾译，南京：译林出版社 2011 年版，第 56—57 页。

③ [英]戴维·赫尔德、安东尼·麦克格鲁：《全球化与反全球化》，陈志刚译，北京：社会科学文献出版社 2004 年版，第 1 页。

④ 根据戴维·赫尔德和安东尼·麦克格鲁在《全球化与反全球化》第 2 页中的论述：“直到 20 世纪 60 年代和 70 年代早期，‘全球化’一词才在学术界广泛流行起来。”（[英]戴维·赫尔德、安东尼·麦克格鲁：《全球化与反全球化》，陈志刚译，北京：社会科学文献出版社 2004 年版，第 1 页）程光泉在《全球化与价值冲突》第 1 页亦有论述：“全球化（Globalization）一词最早是由一个名叫泰奥多尔·莱维（Theodre Levitt）的学者于 1985 年发明的。他在《哈佛商报》上的一篇题为‘谈市场的全球化’一文中，用全球化这个词来形容此前 20 年间国际经济发生的巨大变化。即‘商品、服务、资本和技术在世界性生产、消费和投资领域中的扩散’。”（程光泉：《全球化与价值冲突》，长沙：湖南人民出版社 2003 年版，第 1 页）两者说法不同，但都说明“全球化”一词出现的历史并不长。

> 资产阶级，由于一切生产工具的迅速改进，由于交通的极其便利，把一切民族甚至最野蛮的民族都卷到文明中来了。它的商品的低廉价格，是它用来摧毁一切万里长城、征服野蛮人最顽强的仇外心理的重炮。它迫使一切民族——如果它们不想灭亡的话——采用资产阶级的生产方式；它迫使它们在自己那里推行所谓的文明，即变成资产者。一句话，它按照自己的面貌为自己创造出一个世界。[①]

这些经典描述对我们理解“全球化”的起始进程不无裨益：正是资产阶级追逐利润的需要才促成了世界市场的诞生，并加强了各民族和各地方之间的相互联系和依赖，这种联系和依赖不仅表现在物质方面，而且体现在科学、艺术、哲学等精神方面。从根本上说，“全球化”只是西方资产阶级单向推行的进程，而其他民族和地方只是被动卷入而已。时至今日，市场经济体系在全球所取得的优势使它在世界上获得了更大幅度的蔓延。但是，对于广大的发展中国家而言，“全球化”仍然只不过是西方跨国资本直接横亘在它们面前的一个事实，不管它们从中得益，还是从中受害，它都会经由强权政治的压力、金融资本的诱惑和现代传媒的输送，冷酷而顽强地进入它们的经济建设和日常生活。美国理论家阿里夫·德里克就一针见血地指出：“全球化作为一种话语似乎变得越来越普遍，但是对它的最热情的宣传是来自旧的权力中心，尤其是来自美国，因而实际上更加剧了对霸权企图的怀疑。”[②]中国也有学者指出，在西方跨国资本的操控下，“当代的全球化是不公正、不平衡的全球化”，尽管“中国是一个正在崛起的、具有巨大发展潜力的国家”，但是“她至今仍然是全球化进程中的配角”。[③] “随着跨国资本的发展，文化也将进入跨国化的过程，形成所谓的全球文化；也可以说跨国资本主义使各种文化更加接近，通过传媒互相交流、渗透乃至融合，改变各种文化原有的特点。”[④]但是，在这种文化全球化的进程中，各国文化同样无法获得平等的参与机会，西方发达国家（以美国为最）以强大的经济实力和先进的传媒技术为依托，源源不断地向发展中国家倾销所谓的先进文化，使发展中国家的民族文化、价值观念和言说方式遭受强烈的冲击和侵蚀。

---

① 卡·马克思和弗·恩格斯：《共产党宣言》，载《马克思恩格斯选集》第一卷，北京：人民出版社2012年版，第404页。

② [美]阿里夫·德里克：《全球性的形成与激进政见》，王宁译，载王宁、薛晓源主编：《全球化与后殖民批评》，北京：中央编译出版社1998年版，第2页。

③ 蔡拓：《中国全球化的选择与对策》，载李惠斌主编：《全球化：中国道路》，北京：社会科学文献出版社2003年版，第299页、第295页。

④ 王逢振：《全球性、文化认同和民族主义》，载王宁、薛晓源主编：《全球化与后殖民批评》，北京：中央编译出版社1998年版，第93页。

如果说经济全球化尚因为给第三世界带来了一些发展机遇而被有限度地接受，那么文化全球化对“世界文化多样性的‘脱色处理’”[①]则使第三世界感到无法容忍。因为在许多第三世界知识分子看来，“文化才是一个民族的身份证”[②]。为了捍卫自己的民族身份，他们对全球化中的西方文化霸权进行了深刻地揭露和尖锐的批判：“全球化的力量正在同化世界各地的本土文化。……其中之关键则是形象入侵。在许多国家（如同我的祖国）的历史上，我们第一次看到西方或北方的文化同化为一个牢固又散发着诱惑力的他者形象。那是一个自由的形象，一个资本的形象，一个充满物质与性诱惑的市场形象。”[③]“西方文化的影响力实际上已经成为西方霸权的一个组成部分。”[④]从这个意义上说，西方的文化霸权主义不仅没有达到世界文化一体化的预期目标，反而激发了其他国家的民族情结和民族意识，使之生发出一种抵制文化全球化的强大力量。为了抵制文化全球化，避免被西方文化吞并或同化，亚非国家纷纷努力从本民族的传统文化中汲取能量，将弘扬民族文化视为消解西方文化中心地位的利器。具体到我国学术界，20 世纪 90 年代兴起了与 80 年代的西化倾向迥异的“国学热”思潮，其核心是反思激进主义，强调民族本位。“对于国学的倡导者来说，中华文化几乎包含了人类精神文明一切精华的源泉……只有中华文化方能克服西方文明固有的缺点，因此，21 世纪将是中国文化的世纪。”[⑤]这种对“国学”的推崇，与其说是基于对中国古老传统文化的热爱之情，不如说是出于对西方文化霸权的反抗之心。在这种大背景下，尽管“失语症”口号经不起仔细推敲，但是，其对西语充斥文论界的强烈不满，其对文化身份认同尴尬的警示，其所体现的民族自尊心和民族本位意识都足以使众多知识分子引之为知音，为之激动不已。

可见，吸收和引进西方理论话语固然可以为中国当代文学理论的发展注入生机和活力，但是，大规模的西语移植也带来了语境错位的言说尴尬和文论话语西化的身份认同尴尬。从学界对文论“失语症”这一话题所进行的具体讨论中，我们不难看到，越来越多的学者已经意识到了片面移植西语的弊端，开始认真考虑文论话

---

① 章敬平：《文化：失落的身份证》，载俞可平主编：《全球化：西方化还是中国化》，北京：社会科学文献出版社 2002 年版，第 256 页。

② 同上，第 257 页。

③ ［美］谢里夫·海塔塔：《美元化、解体和上帝》，载［美］弗雷德里克·杰姆逊、三好将夫主编：《全球化的文化》，马丁译，南京：南京大学出版社 2001 年版，第 239 页。

④ 田德文：《西方文化霸权与冷战后的国际关系》，载俞可平主编：《全球化：西方化还是中国化》，北京：社会科学文献出版社 2002 年版，第 146 页。

⑤ 俞可平：《全球化：美国化和西方化，还是中国化和现代化？》，载俞可平主编：《全球化：西方化还是中国化》，北京：社会科学文献出版社 2002 年版，第 15 页。

语的本土定位和民族特色问题。为此，不断有人提倡中国现代文论建设绝不能抛开诗学传统，要求“我们中国文论家必须改弦更张，先彻底摆脱西方文论的枷锁，回归自我，仔细检查、阐释我们几千年来使用的传统的术语，在这个基础上建构我们自己的话语体系，然后回头来再对西方文论，不管是古代的，还是现代的，加以分析，取其精华，为我所用”①。也就是说，只有重新建立与本民族传统话语之间的亲和性联系，在传统话语中科学地融入现代转换的动因，实现古今中西理论资源的沟通与融合，才能建构起既有民族特性又有现代意义的文学理论话语。

第二节　传统文论的话语转化

历史的经验证明，在文学和文化研究领域，任何新的理论话语都应该从本民族固有的历史文化系统内部产生并得到合乎逻辑的发展。而且，任何一种文学和文化理论只有体现出鲜明的民族文化特征，才有望对世界学术发展作出贡献。中断本民族的话语传统，单纯地跟在西方话语之后拾人牙慧，必然会因为缺乏独创性而丧失生命力：“中国文学理论之所以创造乏力，并不在于中国人不敢创造或不能创造，而正在于它中断了传统，被人从本土文化精神的土壤中连根拔起。”②为了激活自身的独创性和生命力，重新建构立足于中国当代语境且具有鲜明民族特性的理论话语，当代文学理论围绕着传统文论的话语转化问题展开了深入的探讨。

一、继承传统和寻求现代民族文化身份

传统文论的话语转化是在追求现代性的文化大背景下展开的，而继承传统与寻求现代民族文化身份则是中国现代性追求的题中应有之义。

首先，这里提到的现代性，是一种产生于特定历史语境的价值观念体系。在这个体系中，传统和现代既相互对立又相互融合，传统是未终结的历史，现代是未完成的方案，而传统与现代的复杂关系本身就构成了现代性作为价值观念的内涵和具体表现方式。

源自西方的“现代性”，其含义可以从两个方面来理解：一是将其理解为一种绝对意义上的时间概念，“是一种直线向前、不可重复的历史时间意识，一种与循

---

① 季羡林：《门外中外文论絮语》，载钱中文、杜书瀛、畅广元主编：《中国古代文论的现代转换》，西安：陕西师范大学出版社1997年版，第6页。

② 曹顺庆、李思屈：《再论重建中国文论话语》，《文学评论》1997年第4期，第44页。

环的、轮回的或者神话式的时间认识框架完全相反的历史观”[①]，以时间的未来向度为价值导向。美国学者马泰·卡林内斯库即是由此出发来追溯“现代性”起源的：“只有在一种特定时间意识，即线性不可逆的、无法阻止地流逝的历史性时间意识的框架中，现代性这个概念才能被构想出来。……尽管现代性的概念几乎是自动地联系着世俗主义，其主要的构成要素却只是对不可重复性时间的一种感觉，这个构成要素同犹太-基督教末世论历史观所隐含的那种宗教世界观绝非不能相容。”[②]二是将其理解为一种相对意义上的价值观念，即在特定历史语境下对某种性质的理解和界定。正如法国理论家伊夫·瓦岱所说：“现代性并不属于历史学家在编年史中按照某种规约而划分的某个界线分明的、可以打上相对精确日期的时期……”[③]“建立‘现代性’这一概念可以依赖的首要基础——也是最广泛的基础——是文化人类学，而不是历史。”[④]“从人类学的角度被界定为‘运动加不确定性’的现代性总是与我们的历史环境相关的。”[⑤]“现代性可以被定义为那种其主要特征与传统文化特征相对立的文化状态。”“与传统价值的对立，而不是与古代价值的对立。即使传统看上去按部就班地在现代性面前不断后退(正如森林在牧场或田野面前、田野和村庄在大都市面前后退时的运动一样)，但它并不因此而失去了它在现时和当代历史时期中的作用。……现代性有时还会依靠远古的思想模式来战胜最新或较新的思想模式，比如浪漫主义盛行时的德国曾求助于古希腊的思想模式来反对法国的古典主义……”[⑥]较之时间概念，“现代性”更应该被宽泛地理解为价值观念。因为，如果一味将“现代性”等同于时间的现在性，就会使我们将与时间性相对应的“新/旧”观作为对“现代性”进行判断的基本尺度，将与“过去”传统划清界限的方式作为对“现代性”的先进的表示。而实际上，虽然“现代性”是与传统相对立的范畴，却并不是凭空产生的幻觉，而是在未来理想的感召下，从“过去”传统的土壤中萌生出来的新质。就这个意义而言，“传统”和“现代”是一个“连续体”，不可能出现真正的决裂。只有将“现代性”理解为一种产生于特定历史语境的价值观念体系，才有可能跳出那种“新”与“旧”二元对立的思维模式，从特定历史语境出发，将“现代性”置入和“过

---

① 汪晖：《韦伯与中国的现代性问题》，载《汪晖自选集》，桂林：广西师范大学出版社 1997 年版，第 2 页。

② [美]马泰·卡林内斯库：《现代性的五副面孔：现代主义、先锋派、颓废、媚俗艺术、后现代主义》，顾爱彬、李瑞华译，北京：商务印书馆 2002 年版，第 18 页。

③ [法]伊夫·瓦岱：《文学与现代性》，田庆生译，北京：北京大学出版社 2001 年版，第 2 页。

④ 同上，第 24 页。原文为“建立‘现代性’这一概念可以依赖的要首要基础……”，疑有误，故去掉“要”字。

⑤ 同上，第 116—117 页。

⑥ 同上，第 25 页。

去"传统既对立又牵连的复杂关系中加以考察,并在考察中发现"过去""现在"和"未来"的真正关系:"现在"以一定的形式蕴含或潜藏在过去的传统中,又通过不断地回归传统、解构传统来获得创造未来的动力。从而体会到,"不应当再把现代性视为古代性的对立面或把古代性视为现代性的对立面"①。"现代性和古代性是相关的。它们之间关系不啻是相互对立或排斥的关系,而且是相互牵连的关系。我们正是应当对它们之间的这种牵连关系进行思考"②,最终超越"现代和古代之间那条不确定的界线"③。

可见,当代文学理论并不是破旧立新之后在某个凝固的时间点和空间点出现的话语成果,而是处于永无止境的发展中。在这个过程中,创造新质和继承传统是共生互动的两个重要因素:前者由于吸收后者而获得丰富,后者因为受前者感召而有所转化,二者相互对立又相互依存、相互渗透。新质往往是以一定的形式潜藏在传统之中,通过不断地回归传统汲取养料来获得向未来开放的动力,与传统文论的彻底决裂将会导致文论新质失去萌芽生长的土壤,无法获得长足的进步。只有协调好继承传统和创造新质之间的关系,处理好传统文论的话语转化问题,才有望建立起既植根民族传统又富有现代气息的文学理论话语。

其次,这里提到的现代性,是"具有历史具体性"的"中国现代性"④。较之西方,中国现代性的历史具体性主要体现在对现代民族文化身份的寻求和建构上。

在中国,作为理论问题的"现代性",直到近年来才逐渐引起学界的关注,但是,作为文化追求的"现代性",其历史却已过百年。在李欧梵看来,五四新文化运动就是"中国知识分子自晚清以来追求'现代性'(modernity)的一部分"⑤。从起源上讲,中国文化的现代性追求不是原生的、自发的,而是在西方异质文化刺激下的被动反应。按照王一川等学者的理解:"中国的现代性主要是指中国社会自1840年鸦片战争以来,在古典性文化衰败而自身在新的世界格局中的地位急需重建的情势下,参照西方现代性指标而建立的一整套行为制度与模式。"⑥所以,"并没有与欧美的现代性绝然不同的中国的现代性,尽管中国的现

① [法]伊夫·瓦岱:《文学与现代性》,田庆生译,北京:北京大学出版社2001年版,第113页。

② 同上,第102页。

③ 同上,第8页。

④ 关于"中国的现代性具有历史的具体性"的提法见刘小枫:《现代性社会理论绪论》,上海:上海三联书店1998年版,前言第3页。

⑤ 李欧梵:《未完成的现代性》,北京:北京大学出版社2005年版,第17页。

⑥ 王一川:《中国现代性体验的发生:清末民初文化转型与文学》,北京:北京师范大学出版社2001年版,第19页。

代性具有历史的具体性”①。对我们来说，“重要的不是把中国现代性与西方现代性割裂开来，而是看到中国现代性的历史具体性”②。

西方的现代性进程，是从启蒙运动时代的科技发展和对外扩张开始的，而中国的现代性进程，是和1840年后本民族的屈辱史、抗争史同步的。历史背景和发展经历不同，所面临的难题也不可能一样。较之西方现代性进程中急需解决的理性桎梏和物欲膨胀问题，中国现代性所遭遇的主要课题是对现代民族文化身份进行寻求和建构。民族文化身份“意味着一种文化只有通过自己文化身份的重新书写，才能确认自己真正的文化品格和文化精神。这种与他种文化相区别的身份认同，成为一个民族的集体无意识和精神向心力，也是拒斥文化霸权的前提条件”③。现代民族文化身份即是处在现代性进程中的民族文化的内在品格和独特精神。对现代民族文化身份进行寻求和建构，即是要确认本民族现代文化区别于他民族现代文化的异质性，并以之作为对现代性进程中的民族身份进行重新定位的文化标志，从而在西方文化冲击所带来的文化裂变中保证现代民族文化的延续和发展。

与西方现代性不同，中国的现代性不是社会自然过渡和文化内发演进的产物，而是前现代社会及其文化在西方现代性的强烈冲击和无情挤压之下发生急剧断裂的产物。这种创伤性体验注定了像中国这样后发型的现代民族国家在面对“现代性”时患得患失的复杂心态——既热切期许又满怀疑虑。晚清以后，积贫积弱的社会现状激发出了国人奋发图强的强烈渴求，现代知识者急欲扫除封建积弊、改造国民灵魂。于是，在“物竞天择，适者生存”的进化论思想指导下，他们自觉采纳象征科学与进步的西方现代话语为参照，展开了对本民族传统文化的激烈批判。但是，随着西方“现代性”渐渐被价值化为占据主流地位的文化理想，当中国现代知识者渐渐习惯于从西方现代性立场出发反观和审视中国文化时，中国的现代民族文化身份就开始变得模糊不清，这令人感到迷惑和焦虑。民族文化身份的暧昧所带来的认同危机不可避免地使国人在追求“现代性”的过程中因丧失文化归属感而面临犹疑、矛盾和痛苦。所以，在民族文化身份认同危机的压迫下，该如何阐释与重建现代民族文化身份，就成了中国文化现代性追求所应具备的题中之义。百年来，中国现代知识者在追求现代性的进程中，尽管一直将西方现代性理论体系中的科学精神和理性精神奉为自己的参照和楷模，但同

---

① 刘小枫：《现代性社会理论绪论》，上海：上海三联书店1998年版，前言第3页。

② 王一川：《中国现代性体验的发生：清末民初文化转型与文学》，北京：北京师范大学出版社2001年版，第21页。

③ 王岳川：《后殖民主义与新历史主义文论》，济南：山东教育出版社1999年版，第147页。

时也从未放弃过对民族文化身份的寻觅和叩问。而他们以各种方式进行的对现代民族文化身份的想象、认同和建构，则直接导致了对中国现代文化价值观念的探求和建构，从而构成了“中国现代性的历史具体性”①。

“在当今的世界文论中，完全没有我们中国的声音。”②这一慨叹不仅表达了对中国文论价值地位和未来走向的深切忧虑，而且隐含着对现代民族文化身份的呼唤和渴求。文论“失语症”的提出，就是这种忧虑、呼唤和渴求的集中体现。为了弘扬中国文论的民族特色，在世界文论舞台上发出属于中国的声音，不少文论家主张通过将传统文论的话语转换重建中国文论话语，要求“大力整理与继承古代文论遗产”，“站在当代社会、历史的高度，既有继承，又有超越，使我国具有丰富文化底蕴的文论，有机地而不是作为寻章摘句的点缀，既是形而上地也是形而下地融入当代文论之中，也即吸取其思维内在特性，选择其合理的范畴、观念乃至体系，并在融合外国文论的基础上，激活当代文论，……使我国文论自立于世界文论之林”。③

二、传统文论的话语转化问题

尽管传统文论的话语转化被相当多的学者视作疗治“失语症”的一剂良方，但是，这道方剂从开出之日起，就面临着质疑和反思。具体而言，这种质疑和反思主要来自两个方面：

其一，近代以来的文学形态和传统文论的表述程式已是渐行渐远，文学形态的变革决定了传统文论资源很难被直接挪用于对当代文学的阐释批评。正如希利斯·米勒所说：“文学理论家做出的程式化表述看起来具有普遍性，但事实上却受到其所从中生成的文学形态的约束。”④中国古代文论植根且受制于鲜活的古诗文创作鉴赏活动。譬如，若无“欲令诗语妙，无厌空且静。静故了群动，空故纳万境”⑤和“作文必要悟入处，悟入必自工夫中来”⑥等创作经验为起点，若无“轻阴阁小雨，深

---

① 王一川：《中国现代性体验的发生：清末民初文化转型与文学》，北京：北京师范大学出版社2001年版，第21页。

② 黄维梁：《龙学未来的两个方向》，转引自曹顺庆：《文论失语症与文化病态》，《文艺争鸣》1996年第2期，第58页。

③ 钱中文：《建设有中国特色的当代文论——“中国古代文论的现代转换”学术研讨会开幕词》，《陕西师范大学学报(哲学社会科学版)》1997年第1期，第49页。

④ [美]J. 希利斯·米勒：《文学理论的未来》，刘蓓、刘华文译，《东方丛刊》2006年第1期，第18页。

⑤ (宋)苏轼：《送参寥师》，(宋)苏轼著，李之亮笺注：《苏轼文集编年笺注(诗词附)十一》，成都：巴蜀书社2011年版，第177页。

⑥ (宋)吕本中：《童蒙训》，载郭绍虞辑：《宋诗话辑佚》下册，北京：中华书局1980年版，第1页。

院昼慵开。坐看苍苔色，欲上人衣来”①等诗语形态为依托，所谓“大抵禅道惟在妙悟，诗道亦在妙悟”②之说将是无法被理解和想象的。古代文学形态以诗为主，注重感悟，其理想境界是“不著一字，尽得风流”③“不涉理路，不落言筌”④，讲究言外之意、韵外之旨是其共同的创作特征。在此基础上产生的中国古文论大多是点到即止、言简意繁，而且常常采用诗的语言重造境界、引人联想。而中国当代文学是在主动学习西方文学的基础上发展起来的，讲究性格、叙事、结构、寓意，与重感兴重领悟的古代文学差异甚大。特别是20世纪90年代以来，在文化商业市场的推动下，以往作家那种有感而发、自觉自然的写作方式已经渐渐让位给一种根据公众趣味，先择定商业卖点再开掘生活经验的经济化写作方式。在这种功利写作中诞生的文学形态可能遍布着身份、性别、种族、阶级的烙印，却注定与意境、风骨、韵味、气象无缘，因为后者必须以“涤除玄鉴”“澄怀味象”的“虚静”状态⑤为前提。因此，许多批评家在试图运用古文论范畴解读分析现当代文学作品时都会不同程度地感到批评武器的错位和无力，觉得还不如来自异域的西方现代理论更能贴近文本的实际批评需要。而20世纪的中西文学理论发展证明，越是能与批评实践紧密结合的理论，越能被广泛接受。与批评实践的疏离决定了传统文论在当代文学界和理论界的影响远远落后于西方现代文学理论。

其二，思维方式和理论话语的巨变决定了当代学者在对传统文论进行话语转换的同时，很可能将原有的精神实质和独特个性一并转换掉，从而使古代文论失去魅力和价值。由于我国特殊的审美文化背景，传统文论的具体范畴在产生时，往往偏重于直觉式的感悟和启发，而缺乏系统、逻辑的表述，显得比较零散，在漫长的历史发展中，又因用法不同而增添了许多派生的意义，几乎所有理论范畴的含义都是庞杂的、模糊的、可意会而不可言传的。若是要对其进行现代意义上的话语转换，首先要对传统文论话语纷繁复杂的历史衍变进行全面把握，然后进行分析和比较，从中“选择其合理的范畴、观念乃至体系”⑥作为当代文学理论的话语资源。但是，

---

① (唐)王维：《书事》，载(唐)王维著，(清)赵殿成笺注：《王右丞集笺注》，上海：上海古籍出版社1984年版，第274页。

② (宋)严羽：《沧浪诗话》，载(宋)严羽著，郭绍虞校释：《沧浪诗话校释》，北京：人民文学出版社1983年版，第12页。

③ (唐)司空图：《诗品》，载祖保泉：《司空图诗品解说》，合肥：安徽人民出版社1980年版，第57页。

④ (宋)严羽：《沧浪诗话》，载(宋)严羽著，郭绍虞校释：《沧浪诗话校释》，北京：人民文学出版社1983年版，第26页。

⑤ 叶朗：《中国美学史大纲》，上海：上海人民出版社1985年版，第40页。

⑥ 钱中文：《建设有中国特色的当代文论——“中国古代文论的现代转换”学术研讨会开幕词》，《陕西师范大学学报(哲学社会科学版)》1997年第1期，第49页。

由于思维方式和理论话语的巨变，这一工作很难尽善尽美。多年来，国人一直奉体系性逻辑性俱强的现代理论为楷模。经过长期的系统训练，时至今日，学者们的思维方法、理论取向、语言表述都与古代人差异甚大：如果说古人往往倾向于在朦胧浑混中感觉和体认外物的话，那么当代学人显然更习惯用普遍的概念去统摄纷纭散乱的事项。在运用现代思维模式和理论话语对传统文论进行话语转换的过程中，必然会粗暴地过滤掉传统文论产生和发展过程中的许多鲜活的东西，遗失其原有的精神实质和独特个性。因为，传统文论的精神实质和独特个性实际上就蕴含在"立象尽意""得意忘言"的运思方式和言说方式之中，一旦将即兴的感悟固化为明确抽象的定义，将智慧的点拨细化为条分缕析的阐释，传统文论的价值和魅力就会大打折扣。针对这种弊病，有学者开出药方：以"体认"为中介去整理古文论，具体做法是"现代阐释者必须首先去体认其所包含的感性内涵，然后用具有表现性的话语将体认的结果尽可能准确地描述出来，通过一种'迂回'的表述方式整体呈现其蕴涵，然后方可进行归类、评判、比较和阐发"①。这听起来似乎十分理想，但问题是，就算是"现代阐释者"可以运用"中国式的经验主义"②尽可能准确地体认和描述出了传统文论当中的感性内涵，但是在比较和阐发之时，还是免不了用现代思维方式和理论话语对之进行归类评判，好不容易才获得的感性内涵恐怕又会被现代理性切割得支离破碎。

从这些质疑和反思中，我们可以看到传统文论的话语转化所面临的严峻问题，稍有不慎，这种话语转化就会导致新的理论困境。为了解决问题，摆脱困境，我们对传统文论进行话语转化时，首先要明确一点：传统文论并不是一系列已经凝固化了的概念范畴。如果将其理解为若干概念范畴固化后的集合，那么，自然难以从中体会到鲜活的生命力和积极的现实价值。事实上，尽管传统文论来自古代，但是不能被等同于僵滞的概念范畴，它赠予我们的，与其说是凝固于发黄典籍之中的静态存在，不如说是深植于民族心理结构之中的动态思维方式，延续性是它的重要特性，只要善于发掘且运用得当，这种延续性的动态思维方式完全可以成为发展和完善当代文学理论话语的重要力量。关键在于，我们不仅要充分注意到传统文论范畴的动态延续性，而且要以新的眼光、视角和方式对其进行解说、拓展和补充，通过对其内部结构的调整和重构去除其中已经不适合现当代文学形态的话语成分，保留和发展其精华，从精华中发掘出具有延续性的动态思维方式，激活传统文论的生命力，找到其在当代的理论生长点和存在意义，以之

---

① 李春青：《在审美与意识形态之间》，北京：北京大学出版社 2006 年版，第 302 页。

② 同上，第 271 页。

为基础，实现传统文论的话语转化和当代文学理论的话语重建。具体而言，这种转化和重建可以从三个方面展开：

（一）将传统文论视作具有动态延续性的生命体，以现代观念激发其内部的生机与活力。

只有在现代观念的刺激和影响下，传统文论所蕴含的动态思维方式才能得到持久的延续，传统文论话语才能获得相应的现代生存空间和价值意义，其生机与活力才能得到有效的激发。从"意境"这一传统文论范畴的内涵发展和话语转换中，我们可以清晰地体会到这一点。

作为我国古代文论的独创范畴，"意境"理论内涵的生成及流变与国人不断发展的艺术审美经验共生互动、水乳交融、密不可分。早在盛唐时期，著名诗人王昌龄就从山水诗创作经验和审美经验出发，在《诗格》中将"意境"列为诗之"三境"的重要组成部分：

> 诗有三境：一曰物境。欲为山水诗，则张泉石云峰之境，极丽绝秀者，神之于心，处身于境，视境于心，莹然掌中，然后用思，了然境象，故得形似。二曰情境。娱乐愁怨，皆张于意而处于身，然后驰思，深得其情。三曰意境。亦张之于意而思之于心，则得其真矣。①

无论是"得形似"的"物境"、"深得其情"的"情境"，还是"得其真"的"意境"，都是王昌龄对山水诗审美形态的概括和体认。尽管王昌龄并没有对三境的高下作出明确的判别，但是，从后人的接受和阐发来看，"得其真"的"意境"明显更契合国人的艺术审美经验和诗歌审美期待。

经过唐代诗僧皎然"诗情缘境发"②"境象非一，虚实难明"③、中唐诗人刘禹锡"境生于象外"④、晚唐诗人司空图"韵外之致"⑤"味外之旨"⑥"思与境偕"⑦"象外

---

① （唐）王昌龄：《诗格》，载郭绍虞主编：《中国历代文论选》第二册，上海：上海古籍出版社2001年版，第88—89页。

② （唐）皎然：《秋日遥和卢始君游何山寺宿扬上人房论涅槃经义》，载郭绍虞主编：《中国历代文论选》第二册，上海：上海古籍出版社2001年版，第83页。

③ （唐）皎然：《诗议》，载郭绍虞主编：《中国历代文论选》第二册，上海：上海古籍出版社2001年版，第88页。

④ （唐）刘禹锡：《董氏武陵集记》，载郭绍虞主编：《中国历代文论选》第二册，上海：上海古籍出版社2001年版，第90页。

⑤ （唐）司空图：《与李生论诗书》，载王济亨、高仲章选注：《司空图选集注》，太原：山西人民出版社1989年版，第97页。

⑥ 同上，第99页。

⑦ （唐）司空图：《与王驾评诗书》，载王济亨、高仲章选注：《司空图选集注》，太原：山西人民出版社1989年版，第104页。

之象,景外之景"[1]等诗学言论的充实和发展,"意境"范畴已经体现出了较为明确的理论内涵:在可以直接感受到的"景""象""韵""味"之外,还氤氲着有待深入体悟的"境""致""旨",而"情"与"思"则是决定象外有境、韵外有致、味外有旨的关键因素。后来,北宋诗人欧阳修在《六一诗话》中关于"难写之景"和"不尽之意"的评诗言论,又从"造语"的角度为"意境"理论注入了新的内涵:

> 圣俞尝语余曰:"诗家虽率意而造语亦难。若意新语工,得前人所未道者,斯为善也。必能状难写之景如在目前,含不尽之意见于言外,然后为至矣。贾岛云'竹笼拾山果,瓦瓶担石泉',姚合云'马随山鹿放,鸡逐野禽栖'等是山邑荒僻,官况萧条;不如'县古槐根出,官清马骨高'为工也。"余曰:"语之工者固如是,状难写之景,含不尽之意,何诗为然?"圣俞曰:"作者得于心,览者会以意,殆难指陈以言也。虽然,亦可略道其仿佛。若严维'柳塘春水漫,花坞夕阳迟',则天容时态,融合骀荡,岂不如在目前乎?又若温庭筠'鸡声茅店月,人迹板桥霜',贾岛'怪禽啼旷野,落日恐行人',则道路辛苦,羁愁旅思,岂不见于言外乎?"[2]

从《六一诗话》的这段记载中,我们可以看到,梅尧臣(字圣俞)所赞赏的"柳塘春水漫,花坞夕阳迟"[3]"鸡声茅店月,人迹板桥霜"[4]"怪禽啼旷野,落日恐行人"[5]等"状难写之景如在目前,含不尽之意见于言外"的"意新语工"之诗,都出自唐人之手。对于宋代诗人而言,唐诗中的杰作始终是难以企及的高峰,在《沧浪诗话》中,南宋诗人严羽将唐诗魅力的产生原因归纳为"兴趣":

> 诗者,吟咏情性也。盛唐诸人,惟在兴趣,羚羊挂角,无迹可求。故

---

① (唐)司空图:《与极浦东谈诗书》,载王济亨、高仲章选注:《司空图选集注》,太原:山西人民出版社1989年版,第108页。

② (宋)欧阳修:《六一诗话》,载(宋)欧阳修、释惠洪著,黄进德批注:《六一诗话 冷斋夜话》,南京:凤凰出版社2009年版,第6页。

③ (唐)严维:《酬刘员外见寄》,原诗为:"苏耽佐郡时,近出白云司。药补清羸疾,窗吟绝妙词。柳塘春水漫,花坞夕阳迟。欲识怀君意,明朝访楫师。"见(清)沈德潜选注:《唐诗别裁集 下》,上海:上海古籍出版社2013年版,第381—382页。

④ (唐)温庭筠:《商山早行》,原诗为:"晨起动征铎,客行悲故乡。鸡声茅店月,人迹板桥霜。槲叶落山路,积花明驿墙。因思杜陵梦,凫雁满回塘。"见(清)沈德潜选注:《唐诗别裁集 下》,上海:上海古籍出版社2013年版,第405页。

⑤ (唐)贾岛:《暮过山村》,原诗为:"数里闻寒水,山家少四邻。怪禽啼旷野,落日恐行人。初月未终夕,边烽不过秦。萧条桑柘外,烟火渐相亲。"见(清)沈德潜选注:《唐诗别裁集 下》,上海:上海古籍出版社2013年版,第399页。

> 其妙处，透彻玲珑，不可凑泊，如空中之音，相中之色，水中之月，镜中之象，言有尽而意无穷。①

正因为盛唐诸人作诗时“惟在兴趣”，唐诗才体现出了“言有尽而意无穷”的艺术审美特征，空灵澄澈又富有韵致，足以给人留下无限的回味空间。如果说“言有尽而意无穷”是“意境”妙处的最高表现，那么“兴趣”就是“意境”妙处的基本支点和重要源头。尽管严羽并未明确界定“兴趣”的具体所指，但是这并没有影响今人对“兴趣”的关注和重视，当代学者叶嘉莹就曾从“心”“物”关系这一角度入手，围绕着“兴趣”做过如是论述：

> 我以为他在提出“兴趣”之前所说的“诗者，吟咏情性也”一句话，实在极可注意，而“兴趣”二字本身的字义也可以给我们很大的提示。他所谓的“兴趣”应该并不是泛指一般所谓好玩有趣的“趣味”之意，而当是指由于内心之兴发感动所产生的一种情趣，所以他才首先提出“诗者，吟咏情性”之说，便因为他所谓的“兴趣”，原是以诗人内心中情趣之感动为主的。而“兴”字所暗示的感兴之意，当然也包含了外物对内心的感发作用。像这种对于“心”“物”之间兴发感动之作用的重视，在中国诗论中，实在有着悠久的传统……②

在叶嘉莹的诗学视域中，“兴趣”主要关涉的是诗人内心与外物之间的“兴发感动之作用”。与叶嘉莹不同，当代学者王运熙更关注的是“兴趣”所昭显的抒情诗艺术特征：

> 所谓兴趣（书中有时称为“兴致”或“意兴”），是指抒情诗所以具有感染力量的艺术特征。具体说来，这里面大致包含着三个要素。一是抒情，所谓“诗者，吟咏情性也”。……二是要有真实感受和具体形象。严羽强调兴，兴是诗人对外界事物有所感触而发生出来的，所谓感物起兴。……三是要含蓄和自然浑成。所谓“不落言筌”“羚羊挂角，无迹可求”，意在譬喻诗歌要写得自然浑成，不露斧凿痕迹。《诗评》评王安石《胡笳十八拍集句》云：“浑然天成，绝无痕迹。”其说可以参照。所谓“透彻玲珑，不可凑泊，如空中之音，相中之色，水中之月，镜中之象”，意在譬喻说明诗歌要写得精炼含蓄，意味深长，有“言有尽而意无穷”的妙

---

① （宋）严羽：《沧浪诗话·诗辩》，载（宋）严羽著，张健校笺：《沧浪诗话校笺》，上海：上海古籍出版社2012年版，第157页。

② 叶嘉莹：《王国维及其文学评论》，石家庄：河北教育出版社2000年版，第237—238页。

处。《诗法》云："语忌直，意忌浅，脉忌露，味忌短。"也是要求写得含蓄不露，意味深长，其议论可以互相参照。①

无论是将"兴趣"视作"兴发感动"所产生的"情趣"②，还是将"兴趣"视作抒情诗的感染力量赖以存在的"艺术特征"③，都大大充实并深化了这一范畴的理论内涵。这些现代观念的介入不仅激发了"兴趣"说的生机与活力，而且可以使我们更为清晰地体会到"兴趣"之于"意境"的重要意义。

继严羽"兴趣"说之后，清初诗人王士祯（号阮亭）师法沧浪，标举"神韵"之说，提倡"神韵天然""天然不可凑泊""有得意忘言之妙"④的"逸品"⑤。尽管王士祯对"清远"⑥诗境的全力推崇有窄化"意境"之嫌，但是，其所强调的"神韵"说仍然在一定程度上丰富了"意境"的理论内涵。近代学人王国维的"境界"说就建立在对严羽"兴趣"说和王士祯"神韵"说的关注和超越之上：

然沧浪所谓兴趣、阮亭所谓神韵，犹不过道其面目，不若鄙人拈出"境界"二字为探其本也。⑦

在王国维看来，较之"兴趣"和"神韵"，"境界"更能切中诗艺的本质：

言气质，言神韵，不如言境界。有境界，本也；气质、神韵，末也；有境界而二者随之矣。⑧

所以，"境界"才是决定诗艺高下和诗歌魅力的最关键因素：

---

① 王运熙：《全面地认识和评价〈沧浪诗话〉》，载王运熙：《中国古代文论管窥》，上海：上海古籍出版社2014年版，第209—210页。

② 叶嘉莹：《王国维及其文学评论》，石家庄：河北教育出版社2000年版，第237页。

③ 王运熙：《全面地认识和评价〈沧浪诗话〉》，载王运熙：《中国古代文论管窥》，上海：上海古籍出版社2014年版，第209页。

④ （清）王士祯：《香祖笔记》，载郭绍虞主编：《中国历代文论选》第3册，上海：上海古籍出版社2001年版，第370页。

⑤ （清）王士祯：《分甘诗话》，载郭绍虞主编：《中国历代文论选》第3册，上海：上海古籍出版社2001年版，第370页。

⑥ （清）王士祯：《池北偶谈》，原文为："汾阳孔文谷云：诗以达性，然须清远为尚。薛西原论诗，独取谢康乐、王摩诘、孟浩然、韦应物，言'白云抱幽石，绿篠媚清涟'，清也；'表灵物莫赏，蕴真谁为传'，远也；'何必丝与竹，山水有清音''景昃鸣禽集，水木湛清华'，清、远兼之也。总其妙在神韵矣。'神韵'二字，予向论诗，首为学人拈出，不知先见于此。"（李毓芙选注：《王渔洋诗文选注》，济南：齐鲁书社1982年版，第417页）

⑦ 王国维：《人间词话》，载周锡山编校：《王国维集》第一册，北京：中国社会科学出版社2008年版，第212页。

⑧ 王国维：《人间词话未刊稿》，载周锡山编校：《王国维集》第一册，北京：中国社会科学出版社2008年版，第227—228页。

词以境界为最上。有境界，则自成高格，自有名句。五代、北宋之词所以独绝者在此。①

根据美学家叶朗的考证，“在清代一些美学家那里，‘境界’和‘意境’是常常作为同义词来使用的”。同理，“当王国维谈到艺术作品的时候”，他也是“把‘境界’和‘意境’当作同义词来使用的”。② 所以，《人间词话》第四十二则、第四十三则中，就出现了“境界”和“意境”混用的现象：

古今词人格调之高，无如白石。惜不于意境上用力，故觉无言外之味，弦外之响，终不能与于第一流之作者也。③

南宋词人，白石有格而无情，剑南有气而乏韵，其堪与北宋人颉颃者，唯一幼安耳。近人祖南宋而祧北宋，以南宋之词可学，北宋不可学也。学南宋者，不祖白石，则祖梦窗，以白石、梦窗可学，幼安不可学也。学幼安者，率祖其粗犷、滑稽，以其粗犷、滑稽处可学，佳处不可学也。幼安之佳处，在有性情、有境界；即以气象论，亦有“横素波、干青云”之概，宁后世龌龊小生所可拟耶？④

这两则词话都提到了南宋词人姜夔（号白石道人），姜夔作词用语峭拔清峻，艺术格调很高，但是言外无味、弦外无响、缺乏意境，所以终究不能算是第一流词人，正所谓：“文学之工与不工，亦视其意境之有无与其深浅而已。”⑤而意境，作为决定诗艺高下和诗歌魅力的最关键因素，恰恰又是最难学习和模仿的，所以，尽管北宋词普遍比南宋词更具意境，但是，近世词人宁可学习意境欠佳的南宋词，也不愿意学习意境绝妙的北宋词。同理，模仿南宋词作时，近世词人宁可模仿姜夔和吴文英（号梦窗）的词作，也不愿意模仿辛弃疾（字幼安）的词作，就是因为后者颇有北宋词风，有境界，无法成为被模仿的对象。可见，《人间词话》此处提到的“意境”“境界”基本上是同一个意思：所谓的有“意境”即是有“境界”，所谓的有“境界”即是有“意境”。

“意境”（“境界”）不仅是王国维衡量词艺高低的核心标准，而且是其判定文

① 王国维：《人间词话》，载周锡山编校：《王国维集》第一册，北京：中国社会科学出版社2008年版，第210页。

② 叶朗：《中国美学史大纲》，上海：上海人民出版社1985年版，第612页。

③ 王国维：《人间词话》，载周锡山编校：《王国维集》第一册，北京：中国社会科学出版社2008年版，第219页。

④ 同上。

⑤ 王国维：《人间词话附录》，载周锡山编校：《王国维集》第一册，北京：中国社会科学出版社2008年版，第246页。

章之妙和戏曲之佳的基本尺度。在他看来，较之后世戏曲，元杂剧主要胜在“意境”上：

> 元剧最佳之处，不在其思想结构，而在其文章。其文章之妙，亦一言以蔽之，曰：有意境而已矣。……明以后，其思想结构，尽有胜于前人者，唯意境则为元人所独擅。①

那么，如何才能做到有“意境”（“境界”）呢？王国维也给出了明确的答案，那就是：“能写真景物、真感情者，谓之有境界。”②

“真”本是中国传统诗思的固有价值取向，其基本内涵是真实自然地表达人自身的天性，在对其进行阐释时，王国维主动吸收了西方近现代审美无功利思想的影响，指出熟谙人情世故凡事功利至上的人永远无法到达“真”的境界，只有在无功利心态的保障下，词人才能走出拘执于一己得失的狭窄境界，深刻体悟人生本质，酝酿出一种与天地宇宙同化的天真自然之作。在他看来，“阅世愈浅则性情愈真”，“词人者，不失其赤子之心者也。故生于深宫之中，长于妇人之手，是后主为人君所短处，亦即为词人所长处”（根据《人间词话》手稿，此句后原本还有两句：“故后主之词，天真之词也；他人，人工之词也”）③。词人接触的世俗之物越少，其心中的世俗欲望和功利目的就越少，其词作所达到的“真”的程度就越高，李煜阅世不多，保持着相对纯真的天性，没有受到世俗欲望和文学功利主义的濡染，所以才能写出天真自然之作。而且，正是因为李后主保持着纯真天然的性情，不受杂念和私欲的干扰，其抒情言志才能走出宋道君皇帝《燕山亭》词拘执于一己得失，“自道身世之戚”④的狭窄境界，进入到一种与天地同化、体悟宇宙大道的广阔境界，“俨有释迦、基督担荷人类罪恶之意”⑤，成为一个“以人类之感情为其一己之感情”“不以发表自己之感情为满足，更进而欲发表人类全体之感情”的“真正之大诗人”。⑥ 这大概才是王国维将“真”视作“有境界”之前提的深层动因。如此，在审美无功利思想的影响下，“真”作为传统诗思的价值内涵就得了进一步的发展和深化，而“境界”（“意境”）也因此脱离了传统文论的限制，成长为一

---

① 王国维：《宋元戏曲考》，载周锡山编校：《王国维集》第三册，北京：中国社会科学出版社 2008 年版，第 79 页。

② 王国维：《人间词话》，载周锡山编校：《王国维集》第一册，北京：中国社会科学出版社 2008 年版，第 211 页。

③ 同上，第 214 页、第 213 页。

④ 同上，第 214 页。

⑤ 同上。

⑥ 王国维：《人间嗜好之研究》，载周锡山编校：《王国维集》第二册，北京：中国社会科学出版社 2008 年版，第 319 页。

个具有现代意味的诗学范畴。

继王国维之后，现代美学家宗白华又将现代生命哲学融入对“意境”的理解之中，在他看来，“艺术本就是人类——艺术家——精神生命底向外的发展，贯注到自然的物质中，使他精神化，理想化”①。艺术是生命的表现形式，“我们要明白生命创造的过程，可以先去研究艺术创造的过程”②。而“意境”，作为一个“造化和心源”凝合而成的“鸢飞鱼跃，剔透玲珑”的“有生命的结晶体”，是“一切艺术的中心之中心”。③

如果说宗白华是将“意境”视作“一切艺术的中心之中心”，那么，朱光潜则更倾向于将“诗境”理解为“意境”的最高体现，而他的“诗境”说亦离不开现代艺术观念的影响，正如有学者所论述的那样：“‘诗境’说抓住意象与情趣契合这一核心，以克罗齐的‘直觉’说为逻辑起点，引进了布洛的‘距离’说，立普斯的‘移情’说，谷鲁斯的‘内模仿’说，与中国传统诗论的‘顿悟’说、‘出入’说、‘情景交融’说等互相阐发，移西方形式派美学之花接中国传统思想文化之木，力图在互证、互释中审视、把握、凸现最具中国传统哲学——审美艺术精神底蕴的‘意境’的内涵、特征、构成要素，将艺术境界和人生审美境界结合起来，探求生命的本真存在和人生的终极意义，为传统诗论注入了强烈的现代科学理性分析精神……”④

可见，正是在现代观念的刺激和影响下，“意境”这一传统文论范畴才实现了话语转换，其生机与活力才得到了有效的激发。

（二）将本土的传统文论话语和来自异域的现代理论话语置于一处相互比照，从中寻绎传统文论话语超越具体时空限制的动态思维方式和生命活力。

现代诗学家钱锺书曾经说过：“东海西海，心理攸同；南学北学，道术未裂。”⑤中西古今文论话语背后，是貌异心同的互文性特征，这种互文性特征不仅昭示着具有普遍意义的诗学规律，而且体现出了传统文论话语的生命延续性。所以，将中国传统文论话语和西方现代理论话语置于一处相互比照，可以有效凸显传统文论的内在活力与话语转换可能。

譬如，在《谈艺录》补订部分，钱锺书将“不著一字”“一唱三叹”“曲有余音”等中国传统文论话语与“静默”“空白”“含蓄”等西方现代理论话语置于一处相互比

---

① 宗白华：《美学与艺术略谈》，载《宗白华全集》第一卷，合肥：安徽教育出版社 1994 年版，第 190 页。

② 同上，第 207 页。

③ 同上，第 326 页。

④ 张旭曙：《朱光潜“诗境”说述评》，《古籍研究》2001 年第 3 期，第 114 页。

⑤ 钱锺书：《钱锺书集・谈艺录》，北京：生活・读书・新知三联书店 2007 年版，第 1 页。

照，从中寻绎出了中西古今共通的诗心文心：

> 海德格尔至谓“人乃具理性之动物”本旨为“人乃能言语之动物”……且曰：“默不言非喑不言。真谈说中方能著静默。必言之有物，庶能无言。”……“诗禅”当作如是观。司空表圣《诗品·含蓄》曰：“不著一字，尽得风流。”“不著”者、不多著、不更著也。已著诸字，而后“不著一字”，以默佐言，相反相成，岂“不语哑禅”哉。
>
> 当世英国论师亦谓“默”是诗中至境，示意便了，不复著词……即由言入默之“含蓄”也。
>
> 马拉美、克洛岱尔辈论诗，谓行间字际，纸首页边之无字空白处与文字缥组，自蕴意味而不落言诠，亦为诗之干体。……盖犹吾国古代山水画，解以无笔墨处与点染处互相发挥烘托，……岂“无字天书”与圆光之白纸哉。破额山人《夜航船》卷八嘲八股文名师“无无生”，传“全白真无”文诀，妙臻“不留一字”之高境；休休亭主之“不著一字，尽得风流”，与无无生之“不留一字”，毫厘千里焉。
>
> 陆农师《埤雅》卷十三《杨》论《折柳》《皇华》之曲曰：“《记》曰：‘清庙之瑟，朱弦而疏越，一唱而三叹，有遗音者矣。’若此，诗之至也。《中庸》曰：‘上天之载，无声无臭。’至矣。”夫《乐记》言“有遗音”也，《中庸》言原“无声”也；农师连类论诗，是混“含蓄”于“全白”矣。[①]

这些理论话语相互启发、相互比较、相互补充、相互融合，共同凸显出“诗藉文字语言，安身立命”与“言外之致”“文外远神”[②]相互依存的辩证关系。从这种辩证关系中，我们可以领会到中西古今共通的诗心文心，而“不著一字”“一唱三叹”“曲有余音”等中国传统文论话语的生命延续性、当代意义及转换可能就蕴含在这种诗心文心之中。

又如，童庆炳将明朝文学家李贽的“童心说”和现代人本主义心理学家亚伯拉罕·马斯洛的“第二次天真说”并置一处加以比照。在他看来，尽管前者产生于16世纪的中国，“是在吸收中国道家的传统和佛教禅学以及反对儒学教条的文化运用中产生的”，而后者产生于20世纪中叶的美国，是“在西方的心理学派的斗争中产生的”，“两者在各个方面都十分不同，但它们从基本理论假设到具体的论点都有相通和相似之处”，从中可以看到：“人类的确存在某些共同的普遍的

---

① 钱锺书：《钱锺书集·谈艺录》，北京：生活·读书·新知三联书店2007年版，第240页，第240页、第240—241页、第241页。

② 同上，第238页。

思想追求"[1]。在李贽和马斯洛那里,这种"共同的普遍的思想追求"集中体现为对人的自然本性的呼唤:"用李贽的话说是'天生一人,自有一人之用',用马斯洛的话说是'人的这种内部本性是好的','最好让它表现出来'。在李贽这里是反对用理性的教条扼杀'人之初'和'心之初',在马斯洛那里是反对以病态的、机械的研究把人等同于动物,并还人性的本来面目。"[2]文学应该是"童心"即自然天性的表现,但是,文学家也往往是阅历丰富、深谙世情且读书颇广的人,那么,已经社会化了的文学家如何才能保持"童心"并将其化作创作动力呢?尽管李贽并没有给出明确答复,但是,马斯洛和另一个人本主义学者卡尔·罗杰斯的观点却提供了绝佳的说明:"马斯洛提出了'第二次天真'和'健康的儿童性'的概念,对已经社会化了的成人的'自我实现'者(当然包括作家诗人)在创造性时刻的心理作了描述和讨论。……正是'第二次天真'或者'童心',使作为成人的作家诗人,'既是非常成熟的,同时又是非常孩子气的',……一方面,他以十分成熟的、深刻的、理性的眼光看生活,能够把生活的底蕴揭示出来,但同时他又以儿童般的天真的、陌生的、非理性的眼光看生活,充分地展现生活的充满情趣的方面。"[3]这种儿童般的眼光是一种"健康的倒退(复归)",这种"倒退(复归)"[4]是作家进入文学创作境界的必要前提。罗杰斯认为,成年人往往会迎合外界的需要,戴着一个个虚假面具生活,"人要'真正变成我自己',就必须'从面具后面走出来'",这也就是李贽所说的,"抛开'闻见'与'道理',找回'童心',找回'最初一念之本心',这样他们就能'对经验开放',……不会被先入之见所左右,不会落入套板反应,而能如实地窥见世界的真面目,这也正是一个真正的作家所必须具有的品质"[5]。如此,在与西方现代人本主义理论相互比照的过程中,"童心说"的内在生命活力与话语转换可能性也就得到了充分的彰显。

(三)在具体的文学研究和批评中凸显传统文论话语的生命力和实践功能。

一般来说,与文学研究及批评实践结合得越紧密,文论话语的生命力就越强。很多学者质疑传统文论的现代价值,理由即是传统文论话语难以被用于对现当代文学的阐释、研究和批评。这种质疑当然具有一定的合理性,因为,传统文论话语毕竟是伴随着古代文学形态产生的理论范畴,若是将其直接机械地挪用到阐释和批评现当代文学的过程中,很可能会导致文学形态和理论话语的错

---

① 童庆炳:《中国古代文论的现代意义》,北京:北京师范大学出版社2001年版,第290页。
② 同上,第293页。
③ 同上,第293—294页。
④ 同上,第294页。
⑤ 同上,第295页。

位。但是，我们也必须看到，只要杜绝直接挪用的机械做法，发掘出传统文论精华中所蕴含的具有延续性的动态思维方式，并以之作为融入具体文学研究及批评实践的起点，就可以重建传统文论话语与文学研究及批评的联系，在文学研究和文学批评中凸显出传统文论话语的生命力和实践功能。下面，我们就以“文学意蕴的隐秀功能新解”为例，谈谈如何在具体的文学研究和批评中凸显“隐秀”等传统文论精华的生命力和实践功能，推动传统文论的话语转化，重建其与当下文学研究及批评实践的密切联系。

三、文学意蕴的隐秀功能新解：以批评实践推动传统文论话语转化的范例

“隐秀”的说法原本出自刘勰的《文心雕龙》：“夫心术之动远矣，文情之变深矣，源奥而派生，根盛而颖峻，是以文之英蕤，有秀有隐。隐也者，文外之重旨者也；秀也者，篇中之独拔者也。隐以复意为工，秀以卓绝为巧，斯乃旧章之懿绩，才情之嘉会也。夫隐之为体，义主文外，秘响傍通，伏采潜发，譬爻象之变互体，川渎之韫珠玉也。故互体变爻，而化成四象；珠玉潜水，而澜表方圆。”“深文隐蔚，余味曲包。”①

这里的“互体变爻，而化成四象”意指《易》卦之复义互生难以尽述的现象。“珠玉潜水，而澜表方圆”意指水底珠玉无法被明见，只能凭水纹形状推测其是方是圆的情状，它们和“重旨”“复意”“秘响”“伏采”“隐蔚”“曲包”等描述性词语配合在一起，共同说明了“隐”幽深微妙又丰富无限的特点。前辈学者范文澜、黄侃都对其有过解说和归纳：“重旨者，辞约而义富，含味无穷，陆士衡云‘文外曲致’，此隐之谓也。”②“夫文以致曲为贵，故一义可以包余，……盖言不尽意，必含余意以成巧，……言含余意，则谓之隐，……隐者，语具于此，而义存乎彼。”③一言以蔽之，“隐”所强调的就是文本中可意会不可言传的深层意味。

这里的“独拔”“卓绝”主要用来说明“秀”的特征，前辈学者多将其归纳为词句意象的生动秀拔之美和恰切表意之功，如，黄侃在《文心雕龙札记》中提出，“秀者，理有所致，而辞效其功……若故作才语，弄其笔端，以纤巧为能，以刻饰为务，非所云秀也……秀以卓绝为巧，而精语峙乎篇中……或状物色，或附情理，皆可

---

① (南朝梁)刘勰：《文心雕龙·隐秀》，载范文澜：《文心雕龙注》(下册)，北京：人民文学出版社1958年版，第632页。

② 同上，第633页。

③ 黄侃著，吴方点校：《文心雕龙札记》，北京：中国人民大学出版社2004年版，第191页。

为秀……意有所重,明以单辞,超越常音,独标苕颖,则秀生焉……”[①]而范文澜则在《文心雕龙注》中将刘勰所言之“独拔”和陆机所言之“警策”相提并论,认为“独拔者,即士衡所云‘一篇之警策’”[②],较之卓绝“精语”,“警策”更注重整体篇章的表达效果。对于“警策”,钱锺书先生曾在《管锥编》中做过专门的探讨:“采摭以入《摘句图》或《两句集》(方中通《陪集》卷二《两句集序》)之佳言、隽语,可脱离篇章而逞精采;若夫‘一篇警策’,则端赖‘文繁理富’之‘众辞’衬映辅佐,苟‘片言’孑立,却往往平易无奇,语亦犹人而不足惊人。”[③]将黄侃、范文澜和钱锺书的论述相互参照,便可归纳出“独拔”之“秀”的基本特征:生动精妙,效果突出。

结合南宋张戒《岁寒堂诗话》之中所引用的《隐秀》篇佚文:“情在词外曰隐,状溢目前曰秀”[④],我们认为,将“隐秀”这一视角借用到对文学意蕴功能的考察中是完全可行的。如果说“隐”主要指的是含蓄微妙难以名状的深层复杂意蕴,那么“秀”主要强调的就是集中鲜明动人心目的显在审美效果,其中既包括语言词句的生动精妙,亦包括文章主旨的醒目独特。“秀”是和“隐”相对而言的,本书中所谈到的“隐秀”功能,指的是文学意蕴以“隐”显“秀”的审美功能。我们的这一看法主要建立在对“隐”“秀”关系的理解之上。由于《文心雕龙·隐秀》属于断简残篇,所以我们无法从中确定刘勰对“隐秀”之间的关系是否做过进一步论述,前辈学者对这一问题的认识也多有分歧。黄侃先生更强调二者间的区别,认为“隐”和“秀”是不同的表意方式所导致的两种相异的文体风格:“隐秀之原,存乎神思,意有所寄,言所不追,理具文中,神余象表,则隐生焉;意有所重,明以单辞,超越常音,独标苕颖,则秀生焉。”[⑤]刘永济先生则更关注二者间的联系,认为“盖隐处即秀处也”[⑥]。在这里,我们对二者关系和“隐秀”功能的看法主要是从刘永济先生的观点生发而来的,即倾向于认为“隐”和“秀”可以成为水乳交融、辩证统一的有机体,二者的关系,根本还是在“隐”:“隐”是“秀”的前提和基础,有“隐”才有“秀”;有了“文外之重旨”,才有“篇中之独拔”;有了复杂含蓄难以言传的深层意蕴做底,文学篇章才更能彰显出动人心目又强烈持久的审美效果。

(一) 意蕴之“隐”

意蕴之“隐”指的是文学意蕴的幽深微妙和难以尽述。具体而言,意蕴之

---

① 黄侃著,吴方点校:《文心雕龙札记》,北京:中国人民大学出版社 2004 年版,第 191—192 页。

② (南朝梁)刘勰:《文心雕龙·隐秀》,载范文澜:《文心雕龙注》(下册),北京:人民文学出版社 1958 年版,第 633 页。

③ 钱锺书:《钱锺书集·管锥编》第三册,北京:生活·读书·新知三联书店 2007 年版,第 1887 页。

④ (宋)张戒著,陈应鸾笺注:《岁寒堂诗话笺注》,成都:四川大学出版社 1990 年版,第 58 页。

⑤ 黄侃著,吴方点校:《文心雕龙札记》,北京:中国人民大学出版社 2004 年版,第 192 页。

⑥ 刘永济:《文心雕龙校释》,北京:中华书局 1962 年版,第 157 页。

“隐”的形成原因主要有三：

首先，意蕴处于作品结构的深层，作为语言和形象世界背后的一种潜在可能性，其本身就具有可意会不可言传的含蓄特质。

其次，文学创作是一种创造性的艺术活动，艺术活动的创造性本质直接决定了文学作品内在意蕴的朦胧属性。瑞士心理学家荣格的相关论述可以深化我们对于这个问题的理解。在荣格看来，尽管艺术作品是一种复杂心理活动的产物，尽管心理学家一向热衷于研究复杂的心理事件并在其间建立因果联系，但是，面对艺术世界时，心理学家却难以建立起这种因果分析的理性程式。因为，在艺术活动里，人类生命中创造性的一面得到了最充分的表现，这意味着，艺术创作决不同于一般心理事件。一般心理事件可以被推导为一种对刺激的反应：“任何一种对刺激的反应，都可以从因果性上去做出解释；但是，创造性活动与单纯的反应是完全对立的，它将永远使人类难以理解。我们只能描述其表现形式；它可能被朦胧地感受到，但不可能被完全把握住。”[①]文学作品的产生尽管和创作主体的心理活动有关系，但是，文学创作作为创造性活动的本质特征也决定了作家的具体心理动向乃至生活经历并不能够成为说明和解释文学意蕴的充足依据。与作家心理活动的非因果性联系在很大程度上造成了文学意蕴的朦胧和含混。

最后，从文学接受的角度来说，文学作品所揭示的哲理性生命感悟和形而上的存在意义并不是逻辑认识的对象，而是审美体验的对象，读者只能从审美体验出发去感受和领悟文学作品的内在意蕴，很难凭借纯理智的方式对其加以确定和把握，更不可能用逻辑判断和命题的形式把它们清楚明晰地表述出来。凡此种种，势必会使文学意蕴呈现出不同程度的多义性、宽泛性、微妙性和难以尽述性，类似于中国古代诗论中常说的“韵外之致”“味外之旨”[②]“言有尽而意无穷”[③]，足以使文学作品具备一种永远也说不完的艺术魅力。

意蕴之“隐”所指涉的幽深微妙和难以尽述直接关联着文学意蕴的复杂性和非确定性，这种复杂性和非确定性大大拓展了语言和形象结构的内在信息场，形成了一种多向度的意义表达方式，优秀的文学作品每每可以因此获得丰富而深刻的内涵。我们不妨试举两例。

---

① [瑞士]荣格：《心理学与文学》，冯川、苏克译，北京：生活·读书·新知三联书店 1987 年版，第 125 页。

② (唐)司空图：《与李生论诗书》，载王济亨、高仲章选注：《司空图选集注》，太原：山西人民出版社 1989 年版，第 97 页、第 99 页。

③ (宋)严羽：《沧浪诗话·诗辩》，载(宋)严羽著，张健校笺：《沧浪诗话校笺》，上海：上海古籍出版社 2012 年版，第 157 页。

鲁迅在散文《风筝》中写道，萧瑟的冬季里，“我”在北京街头所见到的放风筝的图景将一段与风筝有关的往事带到“我”的眼前，少年在故乡的时候，“我”认为玩风筝是没有出息的行为，可多病瘦弱的十岁弟弟偏偏特别喜欢风筝，为了防止弟弟沦落为没有出息的孩子，“我”简单粗暴又心安理得地行使了长兄的权利，不顾小兄弟的惊惶、瑟缩和绝望，愤怒地毁掉了他正在偷偷制作的风筝。直到中年之后，“我”从外国书籍中了解到玩具是儿童的天使，明白了游戏是儿童的神圣天性，这才意识到自己少年时候对弟弟的粗暴行为是一种“精神的虐杀”①，自己的心也因此“仿佛同时变了铅块，很重很重的堕下去了”②。为了卸下自责与痛悔所带来的心灵重负，我在弟弟面前忏悔，请求他原谅，但是已经长了胡子的弟弟却惊异地笑着：“有过这样的事吗？”③若是就读者直接接触的简洁语言和单纯形象而论，这是一篇非常简单明了的作品，但是，简单明了的叙述却引发了极其丰富的审美体验。究其原因，主要是因为该文本隐在意蕴的复杂性和不确定性大大扩充了简洁语言和单纯形象的内在信息含量，使得简单明了的叙述成了一种多向度意义的表达方式，从而造就了极其丰富的审美体验。在这里，我们试着见仁见智，从几个有限的层面感受一下这篇经典佳作的复杂意蕴。其一，心灵隔膜交流阻断所带来的失落和无奈。对于“我”这个昔日的伤人者而言，忏悔的意义只能在被倾听被宽恕中得到实现，一旦倾听者和宽恕者消失，忏悔者的意义就会悬空，忏悔者的存在也几近荒诞。弟弟的忘却不仅阻断了亲人之间的心灵交流，而且使我永远失去了以忏悔获得救赎的可能，只有在孤独的自我拷问中独自背负起这沉重的虚空，这是一种孤独人生刻骨铭心的悲凉体验：“我还能希求什么呢？我的心只得沉重着。”④其二，对麻木健忘行为的痛心和失望。对于“弟弟”这个往昔的受伤者而言，童年创伤的记忆已经消失，“全然忘却，毫无怨恨，又有什么宽恕之可言呢？无怨的恕，说谎罢了”⑤。长期折磨着兄长的痛悔之情只不过是一个虚妄的精神泡沫，过去的意义已经在遗忘中被搁置和悬空，这种搁置和悬空本身就意味着，“我”今天清醒认识到并深深自责的“精神虐杀”在弟弟那里却是合情合理的，根本不值得为之痛苦介怀，如此麻木健忘的个体非但没有能力和意识去完成精神上的自我救赎，反而会对几千年来的“精神虐杀”起到推波助澜的作用。其三，无处倾诉的儿时回忆使“我”和春日故乡的精神联系变得无可

① 鲁迅：《风筝》，载《鲁迅全集》第2卷，北京：人民文学出版社2006年版，第188页。

② 同上。

③ 同上，第189页。

④ 同上。

⑤ 同上。

把握，只能被拘囿在现实严冬中承受“非常的寒威和冷气”[①]。对于“我”和“弟弟”共同的故乡记忆来说，因风筝而起的冲突似乎应该是不可缺少的一部分，在假想出来的和“弟弟”“嚷着、跑着、笑着”[②]放风筝的补过场景中，“我”仿佛逃离了京城肃杀的严冬，回到了“久经诀别的故乡的久经逝去的春天”[③]，在一派“春日的温和”[④]中享受着久已失去的欢快童年，即使因为年龄所限，不能真正追回童年的欢乐，至少也可以在和弟弟谈论往事的过程中重现与故乡的精神联系，寻得一个温暖的灵魂栖息地，但是这种源自心灵深处的还乡冲动一经出口，即遭幻灭，“弟弟”已经什么都不记得了，随着时间的流逝，“我”和故乡的精神联系早已失去，留下的只是无可把握的悲哀、怅惘和空虚。如此，对隔膜的无奈和自我拷问的决心，对遗忘的痛心和直面空虚的勇气，对故乡的追怀和还乡冲动的幻灭等种种意蕴交织在一起，就使得作品呈现出了一种既孤独又悲壮、既彷徨又执着、既虚幻又清醒的复杂况味，给读者留下了无尽的体会空间。

又如，沈从文1929年创作的小说《萧萧》。主人公萧萧从小失去父母，无所依傍，十二岁时，嫁到一户殷实的人家，做了一个三岁孩子的童养媳，每日忙于做家务干农活照料丈夫，而她自己也因此过上了吃饱穿暖衣食无忧的生活。十五岁时，萧萧受到长工“花狗”的诱骗而失身怀孕，花狗逃走，秘密暴露，萧萧面临着被“发卖”的厄运，在等待合适主顾的日子里，萧萧的儿子牛儿出世，合家欢喜，“发卖”的事情也无人再提。二十六岁时，萧萧按照原定计划与丈夫圆房，两年后，又抱着新生的毛毛，照规矩为十二岁的牛儿迎娶了一个十八岁的媳妇。朴实无华的语言文字，简单纯净的形象世界，勾勒出了一种淳朴自然的生命形态。但是，面对这种淳朴自然的生命形态时，读者所感觉到的，并不只是轻松和愉悦，和轻松愉悦同时并存的，是朦胧飘忽的忧郁情绪、模糊深广的人生哲思和含义暧昧的复杂感受。造成这种复杂感受的，即是隐藏在表层叙事结构背后的多元的、矛盾的和不确定的深层意蕴。应该说，小说所描写的生活环境里，处处洋溢着牧歌式的单纯、宁静和天真，人们勤劳、善良、朴实、健康，不受衣食匮乏之苦，还能时时体会到集体生活的温情和乐趣。萧萧虽然是个家庭地位较低的童养媳妇，但是并没有遭受任何虐待或不公。相反，在身孕暴露之前，夫家对萧萧还是颇为厚待的，萧萧可以通过劳作攒点本分私房钱，可以和小丈夫愉快地说笑玩耍，可以像亲孙女一样得到祖辈的疼爱，还可以自在地享受被花狗追求和撩拨的快乐。

---

① 鲁迅：《风筝》，载《鲁迅全集》第2卷，北京：人民文学出版社2006年版，第189页。
② 同上，第188页。
③ 同上，第187页。
④ 同上。

在产下私生子牛儿以后，夫家人也没有嫌弃萧萧母子，反而“把母子二人照料得好好的，照规矩吃蒸鸡同江米酒补血，烧纸谢神。一家人都欢喜那儿子”[1]。牛儿“平时喊萧萧丈夫作大叔，大叔也答应，从不生气”[2]。从这些叙述中，我们看不到对童养媳苦难生活的控诉，看不到对包办婚姻的批判，反而可以感觉到，这种宁静单纯、不懂“子曰”也没有礼法束缚的乡间生活是一种与自然和谐相处、对历史毫无负担的生存方式，既封闭自足又明朗优美。但是，和赞美肯定同时并存的，还有另一种颇为悲凉的意蕴。萧萧起起落落的人生遭际实际上是一个小人物的命运被类似于天意的偶然因素随意拨弄的悲喜剧。在封闭自足的乡村文化体系中，女性的价值主要体现为传宗接代的生殖功能，萧萧以生下儿子为条件换来了被家族和乡村重新接纳的幸运，如果生下的不是儿子，萧萧恐怕仍然难以摆脱被转卖的厄运。但是，对于自己的实际生存状态，萧萧始终茫然无知：先是顺应青春欲求接受了花狗的引诱；然后便是听天由命地等着夫家惩处发卖，在等候发卖的日子里，也不见其对未来的惶恐，甚至还有兴致和小丈夫“姊弟一般有说有笑的过日子”[3]；最后是怡然自得地抱着自己新生的毛毛，欣欣然地观看着又一场幼夫长妻的婚礼，“同十年前抱丈夫一个样子”[4]。理性的缺失使生命堕入了无意义的蒙昧轮回，十几年的时光，仿佛只是使一切又回到了起点，另一个童养媳嫁过来的场景非但没有唤起萧萧对自身痛楚经历的回忆，反而给她提供了看热闹的好心情。也许，这并不是因为萧萧遗忘了自己昔日的伤痛，而是这伤痛从来就没有存在过，她只是被动地顺应着自然本能的驱使和乡间生活的规范，对自身的独立价值和情感需求始终无知无觉，当然也就谈不上什么难以消弭的心灵创伤。在现代社会里，这种蒙昧麻木的生活状态和个体意识的全面缺失只能使乡村文化无可挽回地走向没落。但是，值得注意的是，小说尽管揭示出了乡村生活的严重弊端，但是并没有因此对其加以全盘否定，相反，我们从萧萧的故事中，仍然能够感受到叙述者对乡村生活的诗意观照和脉脉深情。如此，一面是对封闭自足自然平和的生存方式的欣赏认同，一面则是对处于这种生存中的人们的精神状态的反思质疑；一面是浓浓的怀念和眷恋，一面又是深深的遗憾和忧虑；一面是乡村生活的热情赞颂，一面是乡村文化的悲凉挽歌。正是这种不确定且相互矛盾的隐在意蕴铸就了小说《萧萧》的无尽魅力。

---

① 沈从文：《沈从文别集・萧萧集》，重庆：重庆大学出版社 2011 年版，第 34 页。

② 同上。

③ 同上。

④ 同上，第 35 页。

（二）篇章之“秀”

有了复杂含蓄难以尽述的深层意蕴做底，文学篇章才更能彰显出动人心弦又强烈持久的显在审美效果。这种显在审美效果就是我们要谈到的篇章之“秀”。具体说来，意蕴之“隐”对篇章之“秀”的造就作用主要体现在两个层面：

其一，语言词句的生动精妙。

如果将文学作品视为一件艺术成品，那么词句所发挥的就是最基础和最直接的造型作用，它不仅承载着传达创作主体微妙情感和复杂思想的重任，而且担负着激发接受主体审美再创造热情的使命。所以，杰出的作家都深谙语言锤炼之道，他们会努力根据特定的语境及所要表达的感情揣摩和把握每个词和每句话的情调、色彩、冷暖、节奏感，精心选择最合宜的词句，以保证文学语言的表现力得到最大限度的发挥。但是，语言词句的生动精妙并不单单取决于作家的语言储备和精心锤炼。在文学作品这个表情达意的有机结构整体中，语言词句和深层意蕴往往是难解难分的，深层意蕴好像是一种潜在的气流，把每个词和每句话都笼罩在一种难以言说的氛围之中，影响和决定着所有语言词句的内涵和意义。翻开古今中外的名篇佳作，我们不难发现，很多语言词句之所以令人感到生动精妙，并不是因为其自身的特殊属性，而是因为其内在属性和文本的深层意蕴相互融合所滋生出的情感和意味。虽然我们可以将这些词句对文学意蕴的贡献和作用分析出来，但是，离开了隐在的深层意蕴，语言词句的生动精妙也就不复存在了。换言之，正是复杂含蓄难以尽述的深层意蕴赋予了语言词句新的内涵，使其经历了一个从文学作品所使用的符号到文学作品的有机成分的转化过程，任何语言词句，只要成功经历了这个过程，就会超越自身的有限性和独立意义，成为一种生动精妙足以表情达意的“活”的存在。我们仍以《风筝》和《萧萧》为例。在《风筝》中，当“我”向弟弟忏悔往事希望得到宽恕的时候，弟弟的反应是：“‘有过这样的事么？’他惊异地笑着说，就像旁听着别人的故事一样。他什么也不记得了。”[①]在《萧萧》中，当牛儿迎娶童养媳的时候，萧萧“抱了自己新生的毛毛，在屋前榆蜡树篱笆间看热闹，同十年前抱丈夫一个样子”[②]。无论是描写弟弟反应的句子还是描写萧萧看热闹的句子，无论是“惊异”这个词还是“一个样子”这个词，其本身都谈不上“独拔”“卓绝”或是“警策”，但是，这两部作品复杂含蓄难以尽述的深层意蕴决定了这些词句的丰富内涵和传达复杂生命感受的特殊能力，使它们成了个性化心灵体验的生动载体：与“惊异”一词相联系的，是忏悔

① 鲁迅：《风筝》，载《鲁迅全集》第2卷，北京：人民文学出版社2006年版，第189页。

② 沈从文：《沈从文别集·萧萧集》，重庆：重庆大学出版社2011年版，第35页。

者的失落，觉悟者的孤独，健忘者的麻木，清醒者的痛心，怀乡者的幻灭……；与“一个样子”这四个字相联系的，是封闭自足的乡村生活，是蒙昧轮回的生命状态，是理性精神的彻底缺失，是习俗力量的强大惯性，是无视个体价值的麻木和病态，亦是不思改变的被动生活方式所带来的宁静与安适……。看似简单的词句因为深层意蕴的介入而成了生动精妙的“警策”之语，足以引起读者的情感震动。

其二，审美感受的强烈持久。

举凡耐人寻味又动人心弦的佳作，大都是不确定的精神意蕴和强烈真切的审美感受的有机统一，换言之，正是多重感悟启示所造成的丰厚审美弹性赋予了作品饱满动人的艺术生命和耐人寻味的多维度体验空间。这种艺术生命和体验空间呈现出的巨大感染力足以给读者带来强烈的震撼和持久的感动。李商隐的诗歌《锦瑟》便是一个典型的例证。“庄生晓梦迷蝴蝶，望帝春心托杜鹃。沧海月明珠有泪，蓝田日暖玉生烟”①中典故和意象的堆叠与活用使该诗呈现出迷离恍惚难以尽述的精神意蕴，但是这种丰富复杂朦胧含蓄的精神意蕴却传达出了一种真切强烈的审美感受：对逝去时光的迷惘彷徨、无限惆怅。又如海子的诗歌《抱着白虎走过海洋》：“倾向于宏伟的母亲/抱着白虎走过海洋//陆地上有堂屋五间/一只病床卧于故乡//倾向于故乡的母亲/抱着白虎走过海洋//扶病而出的儿子们/开门望见了血太阳//倾向于太阳的母亲/抱着白虎走过海洋//左边的侍女是生命/右边的侍女是死亡//倾向于死亡的母亲/抱着白虎走过海洋”②。抱着白虎走过海洋的母亲，卧于故乡的一只病床，陆地上的五间堂屋，扶病而出的儿子们，开门望见的血太阳，生命和死亡这两位侍女，以及母亲所倾向的宏伟、故乡、太阳、死亡……这种种纯粹梦幻式的画面组合和富有神话色彩的场景拼贴使作品意蕴的表达方式趋向于寓言化、象征化甚至谜语化。但是，谜语般的精神意蕴却呈现出了强大的生命力和辐射力，将读者笼罩进一种宏阔超拔的精神气象中，使读者结结实实地感受到了一种难以遏制的激情，并在激情中生发出真切强烈的审美感受：宏伟、故乡、太阳和死亡这四种倾向交织出了生命本身的复杂内涵。而母亲怀中的白虎则仿佛是生命中灾难和创生的咒符，给她的形象笼罩上了一层神秘而悲壮的色彩，抱着白虎的母亲，承载着崇高和苦难，新生和毁灭，希望与绝望等种种对称又对抗的力量，内心燃烧着对炽热生命的渴望和对精神超越的不懈追求、向死而生、义无反顾、勇往直前，成为生命之源和意志之源的聚结点，复杂的生命感受和坚定的生活信念就在这个聚结点上融为一体。再如老舍

① 《全唐诗》(下)，上海：上海古籍出版社 1986 年版，第 1360 页。

② 海子：《以梦为马：海子的诗》，北京：群言出版社 2018 年版，第 188—189 页。

的小说《断魂枪》,对时代变化中个体生存状态的关注和其生命价值无从寄托的虚无主义气息交织在一起,对现代潮流的认可尊重和对传统文化的依恋痛惜纠缠在一起,这种深层的心理冲突造成了文本内部的紧张感,共同铸就了一种既悲凉迷惘又执着愤激的复杂意蕴,而正是在这种复杂意蕴的作用下,沙子龙这个过时江湖侠士才能激发出读者真切强烈的悲剧体验和审美感受:他失意彷徨又矜持孤傲,内心痛苦却神态超然,为了捍卫昔日走镖事业的光荣,他不愿像王三胜那样,将功夫当作挣饭吃的手段和炫耀的本钱,宁可自居为与世无争的客栈老板。出于对时代变化的清醒认识,他拒绝了孙老者的学艺请求,在他看来,昔日威震西北的"五虎断魂枪"只能与走镖事业同在,既然走镖的行业已日薄西山,那么"五虎断魂枪"只有自觉淡出新的时代才有望维护它最后的尊严:"夜静人稀,沙子龙关好了小门,一气把六十四枪刺下来;而后,拄着枪,望着天上的群星,想起当年在野店荒林的威风。叹一口气,用手指慢慢摸着凉滑的枪身,又微微一笑:'不传!不传!'"①小说的意蕴是丰富复杂难以尽述的,但是末世英雄的执着和苍凉却是具体可感的,荡气回肠的强大审美效果即由此而生。

可见,幽深微妙的深层文学意蕴和动人心弦的显在审美效果之间存在着水乳交融的因果关系:难以尽述的文学意蕴渗透在字里行间,灌注于形象世界,就好像古代禅宗所说的"水中盐味,色里胶青,决定是有,不见其形",体匿而性存,无痕而有味,鲜明的理性认识和确定的价值判断虽然已经隐去,但是无限丰富的文本内涵和多维度的感受空间却造就了强烈持久的审美效果。文学意蕴的"隐秀"功能由此可见一斑。

从"文学意蕴的隐秀功能新解"这一话题中,我们可以体会到,只要认真发掘且运用得当,传统文论精华中的动态思维方式完全可以融入当下的文学研究及批评实践。而有效的文学研究及批评实践又可以凸显和强化传统文论精华的生命力和实践功能,推进传统文论的话语转化,使之成为重建当代文学理论话语的契机和力量。

要之,历史的经验已经证明,片面移植西方理论话语非但无助于解决中国当代文学和文化发展进程中所面临的诸多问题,反而会带来理论言说尴尬和身份认同尴尬,甚至会引发"失语症"的危机。只有从中国传统文论精华中发掘出具有延续性的动态思维方式,以之为基点,重新建构起立足于中国当代语境且具有鲜明民族特性的理论话语,才能激活当代文学理论话语的独创性和生命力。

① 老舍:《断魂枪》,载《老舍小说》,杭州:浙江文艺出版社 2017 年版,第 117 页。

参考文献

[1] 刘勰. 文心雕龙[M]. 黄霖，导读. 上海：上海古籍出版社，2008.

[2] 王维. 王右丞集笺注[M]. 赵殿成，笺注. 上海：上海古籍出版社，1984.

[3] 苏轼. 苏轼文集编年笺注[M]. 李之亮，笺注. 成都：巴蜀书社，2011.

[4] 严羽. 沧浪诗话校释[M]. 郭绍虞，校释. 北京：人民文学出版社，1983.

[5] 张戒. 岁寒堂诗话笺注[M]. 陈应鸾，笺注. 成都：四川大学出版社，1990.

[6] 欧阳修，释惠洪. 六一诗话　冷斋夜话[M]. 黄进德，批注. 南京：凤凰出版社，2009.

[7] 王阳明；马昊宸. 王阳明全集：全4册[M]. 北京：线装书局，2016.

[8] 曹雪芹，高鹗. 红楼梦[M]. 中国艺术研究院，红楼梦研究所，校注. 北京：人民文学出版社，1982.

[9] 沈德潜. 唐诗别裁集[M]. 上海：上海古籍出版社，2013.

[10] 刘熙载. 刘熙载集[M]. 刘立人，陈文和，点校. 上海：华东师范大学出版社，1993.

[11] 王夫之. 姜斋诗话笺注[M]. 戴鸿森，笺注. 上海：上海古籍出版社，2012.

[12] 姚莹. 康辅纪行　东槎纪略[M]. 施培毅，徐寿凯，点校. 合肥：黄山书社，1990.

[13] 刘鹗. 老残游记[M]. 上海：上海古籍出版社，2007.

[14] 曹础基. 庄子浅注[M]. 2版. 北京：中华书局，2000.

[15] 范文澜. 文心雕龙注[M]. 北京：人民文学出版社，1958.

[16] 刘永济. 文心雕龙校释[M]. 北京：中华书局，1962.

[17] 黄侃. 文心雕龙札记[M]. 吴方点校. 北京：中国人民大学出版社，2004.

[18] 祖保泉. 司空图诗品解说[M]. 修订本. 合肥：安徽人民出版社，1980.

[19] 李醒民. 什么是科学[M]. 北京：商务印书馆，2014.

[20] 吴国盛. 什么是科学[M]. 广州：广东人民出版社，2016.

[21] 杜书瀛. 价值美学[M]. 北京：中国社会科学出版社，2008.

[22] 何炼成. 价值学说史[M]. 修订版. 北京：商务印书馆，2006.

[23] 黄凯锋. 价值论视野中的美学[M]. 上海：学林出版社，2001.

[24] 敏泽,党圣元. 文学价值论[M]. 北京:社会科学文献出版社,1995.
[25] 李春青. 文学价值学引论[M]. 昆明:云南人民出版社,1994.
[26] 黄海澄. 艺术价值论[M]. 北京:人民文学出版社,1993.
[27] 程麻. 文学价值论[M]. 北京:人民文学出版社,1991.
[28] 李连科. 哲学价值论[M]. 北京:中国人民大学出版社,1991.
[29] 李德顺. 价值论:一种主体性的研究[M]. 北京:中国人民大学出版社,1987.
[30] 辞海编辑委员会. 辞海[M]. 上海:上海辞书出版社,1979.
[31] 朱光潜. 西方美学史[M]. 2 版. 北京:人民文学出版社,1979.
[32] 朱光潜. 朱光潜全集:第一卷[M]. 合肥:安徽教育出版社,1987.
[33] 郑振铎. 郑振铎文集:第六卷[M]. 北京:人民文学出版社,1988.
[34] 谭好哲. 文艺与意识形态[M]. 济南:山东大学出版社,1997.
[35] 谭好哲. 审美的镜子[M]. 济南:山东友谊出版社,2002.
[36] 王朝闻. 美学概论[M]. 北京:人民出版社,1981.
[37] 朱狄. 当代西方艺术哲学[M]. 北京:人民出版社,1994.
[38] 朱狄. 当代西方美学[M]. 武汉:武汉大学出版社,2007.
[39] 王春元. 文学原理:作品论[M]. 北京:社会科学文献出版社,1989.
[40] 胡经之. 文艺美学[M]. 北京:北京大学出版社,1989.
[41] 叶嘉莹. 王国维及其文学评论[M]. 石家庄:河北教育出版社,2000.
[42] 王运熙. 中国古代文论管窥[M]. 上海:上海古籍出版社,2014.
[43] 宗白华. 宗白华全集:第一卷[M]. 合肥:安徽教育出版社,1994.
[44] 宗白华. 宗白华全集:第二卷[M]. 合肥:安徽教育出版社,1994.
[45] 钱锺书. 钱锺书集[M]. 北京:生活·读书·新知三联书店,2007 年.
[46] 童庆炳. 文学活动的美学阐释[M]. 西安:陕西人民出版社,1989.
[47] 童庆炳. 中国古代文论的现代意义[M]. 北京:北京师范大学出版社,2001.
[48] 童庆炳. 文化诗学的理论与实践[M]. 北京:北京师范大学出版社,2016.
[49] 童庆炳. 文化诗学导论[M]. 合肥:黄山书社,2020.
[50] 王一川. 意义的瞬间生成:西方体验美学的超越性结构[M]. 济南:山东文艺出版社,1988.
[51] 王一川. 审美体验论[M]. 天津:百花文艺出版社,1992.
[52] 王一川. 语言乌托邦:20 世纪西方语言论美学探究[M]. 昆明:云南人民出版社,1994.
[53] 王一川. 通向本文之路[M]. 成都:四川人民出版社,1997.
[54] 王一川. 中国现代性体验的发生:清末民初文化转型与文学[M]. 北京:北京师

范大学出版社,2001.
[55] 王一川. 文学理论[M]. 成都:四川人民出版社,2003.
[56] 王岳川. 后殖民主义与新历史主义文论[M]. 济南:山东教育出版社,1999.
[57] 龚见明. 文学本体论:从文学审美语言论文学[M]. 桂林:广西师范大学出版社,1998.
[58] 戴锦华. 犹在镜中:戴锦华访谈录[M]. 北京:知识出版社,1999.
[59] 以群. 文学的基本原理[M]. 上海:作家出版社,1964.
[60] 王元骧. 文学原理[M]. 杭州:浙江教育出版社,1989.
[61] 李咏吟. 走向比较美学[M]. 合肥:安徽教育出版社,2000.
[62] 毛泽东. 毛泽东论文艺[M]. 北京:人民文学出版社,1983.
[63] 习近平. 在文艺工作座谈会上的讲话:2014 年 10 月 15 日[M]. 北京:人民出版社,2015.
[64] 巴金. 巴金选集[M]. 成都:四川人民出版社,1982.
[65] 朱光潜. 朱光潜全集[M]. 合肥:安徽教育出版社,1987.
[66] 程光泉. 全球化与价值冲突[M]. 长沙:湖南人民出版社,2003.
[67] 李春青. 在审美与意识形态之间:中国当代文学理论研究反思[M]. 北京:北京大学出版社,2006.
[68] 汪晖. 汪晖自选集[M]. 桂林:广西师范大学出版社,1997.
[69] 刘小枫. 现代性社会理论绪论:现代性与现代中国[M]. 上海:上海三联书店,1998.
[70] 李欧梵. 未完成的现代性[M]. 北京:北京大学出版社,2005.
[71] 叶朗. 中国美学史大纲[M]. 上海:上海人民出版社,1985.
[72] 鲁迅. 鲁迅全集:第一卷[M]. 北京:人民文学出版社,1981.
[73] 沈从文. 自传集[M]. 重庆:重庆大学出版社,2011.
[74] 海子. 以梦为马:海子的诗[M]. 北京:群言出版社,2017.
[75] 谢冕. 1898 百年忧患[M]. 济南:山东教育出版社,1998.
[76] 李毓芙. 王渔洋诗文选注[M]. 济南:齐鲁书社,1982.
[77] 郭绍虞. 宋诗话辑佚[M]. 北京:中华书局,1980.
[78] 郭绍虞. 中国历代文论选:第 1 册[M]. 上海:上海古籍出版社,2001.
[79] 郭绍虞. 中国历代文论选:第 2 册[M]. 上海:上海古籍出版社,2001.
[80] 郭绍虞. 中国历代文论选:第 3 册[M]. 上海:上海古籍出版社,2001.
[81] 王济亨,高仲章. 司空图选集注[M]. 太原:山西人民出版社,1989.
[82] 刘德清,刘宗彬. 汤显祖小品[M]. 上海:上海三联书店,2008.

[83] 钟叔河. 知堂序跋[M]. 长沙:岳麓书社,1987.
[84] 刘殿祥. 闻一多代表作[M]. 北京:华夏出版社,2008.
[85] 马海甸. 梁宗岱文集Ⅱ:评论卷[M]. 北京:中央编译出版社,2003.
[86] 中国古代文学理论学会. 古代文学理论研究:第一辑[M]. 上海:上海古籍出版社,1979.
[87] 周锡山. 王国维集:全四册[M]. 北京:中国社会科学出版社,2008.
[88] 龙协涛. 鉴赏文存[M]. 北京:人民文学出版社,1984.
[89] 钱中文,杜书瀛,畅广元. 中国古代文论的现代转换[M]. 西安:陕西师范大学出版社,1997.
[90] 李惠斌. 全球化:中国道路[M]. 北京:社会科学文献出版社,2003.
[91] 俞可平. 全球化:西方化还是中国化[M]. 北京:社会科学文献出版社,2002.
[92] 王宁,薛晓源. 全球化与后殖民批评[M]. 北京:中央编译出版社,1998.
[93] 林熹,等. 亚里士多德形式逻辑言论选编[M]. 长沙:湖南人民出版社,1984.
[94] 伍蠡甫,蒋孔阳,程介未. 西方文论选[M]. 上海:上海译文出版社,1988.
[95] 孔党伯,袁謇正. 闻一多全集:神话编・诗经编上[M]. 武汉:湖北人民出版社,1994.
[96] 蒋孔阳. 二十世纪西方美学名著选:下[M]. 上海:复旦大学出版社,1988.
[97] 洪谦. 现代西方哲学论著选辑(上册)[M]. 北京:商务印书馆,1993.
[98] 段宝林. 西方古典作家谈文艺创作[M]. 沈阳:春风文艺出版社,1980.
[99] 李惠国,何培忠. 面向 21 世纪的国外社会科学[M]. 武汉:武汉大学出版社,2003.
[100] 马克思恩格斯选集　第一卷[M]. 北京:人民出版社,2012.
[101] 马克思恩格斯选集　第二卷[M]. 北京:人民出版社,2012.
[102] 马克思恩格斯选集　第三卷[M]. 北京:人民出版社,2012.
[103] 马克思恩格斯选集　第四卷[M]. 北京:人民出版社,2012.
[104] 亚里斯多德. 诗学[M]. 罗念生,译,北京:人民文学出版社,2002.
[105] 威廉斯. 关键词:文化与社会的词汇[M]. 刘建基,译. 北京:生活・读书・新知三联书店,2005.
[106] 贝尔纳. 历史上的科学:卷一　科学萌芽期[M]. 伍况甫,彭佳礼,译. 北京:科学出版社,2015.
[107] 伊格尔顿. 二十世纪西方文学理论[M]. 伍晓明,译,北京:北京大学出版社,2007.
[108] 伊格尔顿. 文学理论导论(英文版)[M]. 北京:外语教学与研究出版社,2004.

[109] 瑞恰慈. 文学批评原理[M]. 2 版. 杨自伍,译. 南昌:百花洲文艺出版社,2010.
[110] 贝尔. 艺术[M]. 周金环,等译. 北京:中国文联出版公司,1984.
[111] 亚历山大. 艺术、价值与自然[M]. 韩东辉,张振明,译. 北京:华夏出版社,1999.
[112] 费瑟斯通. 消费文化与后现代主义[M]. 刘精明,译. 南京:译林出版社,2000.
[113] 吉登斯. 现代性的后果[M]. 田禾,译. 南京:译林出版社,2011.
[114] 赫尔德,麦克格鲁. 全球化与反全球化[M]. 陈志刚,译. 北京:社会科学文献出版社,2004..
[115] 康德. 判断力批判[M]. 宗白华,译. 北京:商务印书馆,1964.
[116] 康德. 自然科学的形而上学基础[M]. 邓晓芒,译. 上海:上海人民出版社,2003.
[117] 黑格尔. 小逻辑[M]. 贺麟,译. 北京:商务印书馆,2009.
[118] 黑格尔. 美学[M]. 朱光潜,译. 北京:商务印书馆,2017.
[119] 莱辛. 汉堡剧评[M]. 张黎,译. 北京:华夏出版社,2017.
[120] 莱辛. 拉奥孔[M]. 朱光潜,译. 北京:商务印书馆,2017.
[121] 马克思. 1844 年经济学—哲学手稿[M]. 刘丕坤,译. 北京:人民出版社,1979.
[122] 卡西尔. 人论[M]. 甘阳,译. 上海:上海译文出版社,2004.
[123] 卡西尔. 人文科学的逻辑[M]. 沉晖,海平,叶舟,译. 北京:中国人民大学出版社,1991.
[124] 狄尔泰. 人文科学导论[M]. 赵稀方,译. 北京:华夏出版社,2004.
[125] 李凯尔特. 文化科学和自然科学[M]. 涂纪亮,译. 北京:商务印书馆,1986.
[126] 盖格尔. 艺术的意味[M]. 艾彦,译. 北京:华夏出版社,1998.
[127] 舍勒. 伦理学中的形式主义与质料的价值伦理学:为一种伦理学人格主义奠基的新尝试[M]. 倪梁康,译. 北京:商务印书馆,2017.
[128] 韦伯. 社会科学方法论[M],李秋零,田薇,译. 北京:中国人民大学出版社,1999.
[129] 波塞尔. 科学,什么是科学[M]. 李文潮,译. 上海:上海三联书店,2002.
[130] 格罗塞. 艺术的起源[M]. 蔡慕晖,译. 北京:商务印书馆,1984.
[131] 海德格尔. 存在与时间[M]. 修订译本. 陈嘉映,王庆节,译. 北京:生活・读书・新知三联书店,2006.
[132] 姚斯,霍拉勃. 接受美学与接受理论[M]. 周宁,金元浦,译. 沈阳:辽宁人民出

版社,1987.
[133] 伊泽尔.审美过程研究——阅读活动:审美响应理论[M].霍桂桓,李宝彦,译.北京:中国人民大学出版社,1988.
[134] 韦尔施.重构美学[M].陆扬,张岩冰,译.上海:上海译文出版社,2002.
[135] 丹纳.艺术哲学[M].傅雷,译.北京:生活·读书·新知三联书店,2016.
[136] 狄德罗.狄德罗美学论文选[M].张冠尧,桂裕芳,等译.北京:人民文学出版社,2008.
[137] 巴特.批评与真实[M].温晋仪,译.上海:上海人民出版社,2016.
[138] 瓦岱.文学与现代性[M].田庆生,译.北京:北京大学出版社,2001.
[139] 杜夫海纳.美学与哲学[M].孙非,译.北京:中国社会科学出版社,1985.
[140] 波德里亚.消费社会[M].刘成富,全志钢,译.南京:南京大学出版社,2000.
[141] 韦勒克,沃伦.文学理论[M].刘象愚,邢培明,陈圣生,等译.北京:生活·读书·新知三联书店,1984.
[142] 韦勒克.批评的诸种概念[M].丁泓,余徵,译.成都:四川文艺出版社,1988.
[143] 贝尔.当代西方社会科学[M].范岱年,等译,北京:社会科学文献出版社,1988.
[144] 杜威.确定性的寻求:关于知行关系的研究[M].傅统先,译.上海:上海人民出版社,2005.
[145] 阿恩海姆.艺术与视知觉:视觉艺术心理学[M].滕守尧,朱疆源,译.北京:中国社会科学出版社,1984.
[146] 朗格.艺术问题[M].滕守尧,朱疆源,译.北京:中国社会科学出版社,1983.
[147] 爱伦·坡.爱伦·坡诗歌全集:英文[M].沈阳:辽宁人民出版社,2016.
[148] 狄金森.狄金森诗选[M].蒲隆,译.上海:上海译文出版社,2010.
[149] 科恩.文学理论的未来[M].程锡麟,等译.北京:中国社会科学出版社,1993.
[150] 杰姆逊;三好将夫.全球化的文化[M].马丁,译.南京:南京大学出版社,2002.
[151] 杰姆逊.后现代主义与文化理论:弗·杰姆逊教授讲演录[M].唐小兵,译.西安:陕西师范大学出版社,1987.
[152] 卡林内斯库.现代性的五副面孔:现代主义、先锋派、颓废、媚俗艺术、后现代主义[M].顾爱彬,李瑞华,译.北京:商务印书馆,2002.
[153] 迪萨纳亚克.审美的人:艺术来自何处及原因何在[M].户晓辉,译.北京:商务印书馆,2004.
[154] 别林斯基,别列金娜.别林斯基论文学[M].梁真,译.上海:新文艺出版

社，1958.
[155] 什克洛夫斯基，等. 俄国形式主义文论选[M]. 方珊，等译. 北京：生活·读书·新知三联书店，1989.
[156] 斯托洛维奇. 审美价值的本质[M]. 凌继尧，译. 北京：中国社会科学出版社，1984.
[157] 斯托洛维奇. 现实中和艺术中的审美[M]. 凌继尧，金亚娜，译. 北京：生活·读书·新知三联书店，1985.
[158] 佛克马，蚁布思. 文学研究与文化参与[M]. 俞国强，译. 北京：北京大学出版社，1996.
[159] 索绪尔. 普通语言学教程[M]. 高名凯，译. 北京：商务印书馆，1980.
[160] 荣格. 心理学与文学[M]. 冯川，苏克，译. 北京：生活·读书·新知三联书店，1987.
[161] 英加登. 论文学作品[M]. 张振辉，译. 开封：河南大学出版社，2008.
[162] 克罗齐. 作为表现科学和一般语言学的美学的理论[M]. 田时纲，译. 北京：中国社会科学出版社，2007.

后　记

从动笔到成书,十余年倏忽而逝。几经中断,几度放弃,终于还是迎来了付梓之日,这不能不说是一件值得欣幸的事情。然而,沉重感犹如无形的铅块,不容置辩地压上心头,欣幸未及升起,便沉甸甸地坠了下去,在怅然中化为乌有。这份沉重,既是对理论,又是对自己。

理论何为?对于文学理论研究者而言,这是一个绕不过去的话题。派纳曾经说过:“理论的功能在于激发思维。”这话很有几分道理。恒定的答案从来就不是理论的追求,永无止息的探索才是理论的最高境界。可见,在理论研究中,问题远比答案来得重要。那么,如何发现问题和面对问题,就成了理论研究者的首要任务。一般说来,有待发现的问题,应该是有价值的真问题,而面对真问题时,绝不能因执着于寻求答案而消泯问题的价值,取消追问的权利。但是,很多时候,我们自以为发现了真问题,实际上却与真问题无缘,我们自以为在孜孜追寻正确的答案,实际上却与问题的价值渐行渐远。在《当代文学理论问题阐释录》的写作中,我不止一次地有过自我怀疑甚至自我否定,深恐自己发现问题和面对问题的能力辜负了如此宏大的选题。若不是为了给自己多年的理论思考一个交代,只怕我早已黯然退却。

这本小书的写作断断续续地陪伴了我十余年,其中的若干章节已经发表于各类学术期刊,见证着我在理论之路上的蹒跚步履。趺趺撞撞的行进中,师友和家人的关爱鼓励宛如温暖的阳光,驱散了路途的清冷和寂寞。小书的问世,虽然并未使我感到轻松愉悦,但是,小书诞生过程中,我所得到的关爱和鼓励,却足以令我铭记终生。

孙　媛

2022 年 5 月 26 日